KB253651

중국의 전통연극과 희곡문물(戱曲文物)
·
민간연예(民間演藝)를 찾아서

─ 중국희곡연예 답사기(中國戱曲演藝踏査記) ─

머리말

　나는 1992년으로부터 2002년에 이르는 동안 한국 중국희곡학회를 조직하고 그 학회의 회장으로 있으면서 3차에 걸쳐 중국의 희곡과 민간곡예를 직접 가서 보고 조사하는 탐사여행(探査旅行)을 실시하였다. 1993년 7월에 행해진 샨시(山西)를 중심으로 하는 지역의 첫 번째 조사보고는 『중국희곡』 창간호(한국중국희곡연구회 발행, 1993. 12.)에 오수경 교수에 의하여 「중국희곡문물 및 극종 조사기」란 글로 씌어져 실리었다. 다시 1995년 2월에 행해진 쓰추안(四川) 지방을 중심으로 하는 지역의 두 번째 조사보고의 일부와 1996년 2월에 행해진 샨둥(山東) 지방을 중심으로 하는 조사보고는 『중국희곡』 제4집(한국중국희곡연구회 발행, 1996. 12.)에 오수경 교수의 「쓰추안의 쯔퉁(梓潼) 양희(陽戲)」, 본인의 「중국 샨둥 희곡·곡예 조사기(제3차)」로 이루어져 각각 실렸다. 이것은 중국희곡 연구를 전공하는 사람들을 위한 보고서이다.

　중국희곡학회의 탐사여행은 첫 번째 오수경 교수의 조사기의 제목이 말해주듯이 더욱 계속되어 중국의 희곡 문물과 극종에 관한 전반적인 탐사가 이루어질 것으로 믿었다. 그리고 적어도 10차 정도의 탐사가 이루어져 중국 전역의 희곡과 곡예를 어느 정도 탐사하고 난 뒤 누군가에 의하여 그 탐사여행기가 일반 사람들도 읽고 이해할 수 있는 형식으로 쓰이게 될 것으로 여기고 있었다. 그러

나 내가 1997년 정년퇴임을 앞두고 일본으로 가 장기체류를 하면서도 바로 중국희곡학회의 회장직을 다른 사람에게 인계하지 못한 탓일까, 이 탐사여행은 중단되고 말았다. 정년퇴직을 하고 비교적 한가하게 지내는 지금 돌이켜 보니 그대로 묵히기가 아까워 여기에 다시 그 때의 탐사기를 정리해 본 것이다.

3차의 탐사기만으로는 내용이 너무 간략한 것 같아서 다시 5종의 중국 희곡 또는 곡예의 경험과 관계되는 글을 실었다. 2001년 한국고전희곡학회와 남경대학(南京大學)의 공동 주최로 찌앙수(江蘇) 우시(無錫)에서 열렸던 한중희곡학술회의 참가기를 실은 것은 쑤조우(蘇州)의 곤곡(崑曲)과 함께 난퉁(南通)의 동자희(童子戲) 및 남방의 여러 가지 민간 연예를 보았기 때문이다. 칭하이(靑海) 문화청과 대만의 전통예술중심(傳統藝術中心)이 공동주최한 곤륜문화(昆侖文化)의 고찰(考察) 및 학술대회(與學術大會)에 갔다 온 글을 실은 것은 장극(藏劇)을 비롯하여 보기 힘든 여러 가지 그곳의 전통연극과 곡예를 본 것을 소개하고 싶었기 때문이다. 다시 샨둥 지방의 문학 탐사여행기를 실은 것은 청대의 대표적인 희곡작가 공상임(孔尙任)과 고사(鼓詞)의 명인 가부서(賈鳧西)가 모두 샨둥 사람으로 그들은 탐사의 대상이었다. 포송령(蒲松齡)도 샨둥 사람으로 그의 『요재지이(聊齋志異)』는 일찍이 작자 자신의 손으로 민간의 설창(說唱) 형식으로 개편되기도 하였고, 여러 가지 고아사(鼓兒詞)와 이곡(俚曲) 및 희곡 작품을 직접 쓰기도 하였음으로 공연예술과도 관련이 매우 깊다. 그리고 필자 홀로 베이찡에 가서도 구경한 희곡과 민간연예가 있어서 그것을 소개하고 싶었다. 그리고 샨둥의 문학적 분위기의 이해는 그곳의 희곡과 설창 등을 이해하는 데에도 도움이 될 것이다. 끝으로 필자의 「중국 탈의 수집 경위」라는 간단한 글을 실은 것은 중국의 탈놀이에 대하여도 소개하고 싶은 욕심이 있었기 때문이다. 앞으로 이 수집한 탈을 중심으로 하여 『중국의 탈과 탈놀이』라는 책을 엮어 본격적으로 탈놀이를 소개하려는 뜻을 미리 알리려는 의도도 담겨 있다.

이 밖에도 학술대회에 참가하여 산발적으로 관람한 상해의 곤곡을 비롯하여 여러 곳의 지방희 및 여러 가지 곡예들을 소개하지 못하는 것이 아쉽기만 하다. 다만 독자들이 이 책을 통하여 중국 각지의 여러 가지 전통 연극과 민간연예 및 희곡문물 등에 보다 가까이 가게 되기를 바랄 따름이다. 그리고 이 책을 편찬하면서 사진을 고르다 보니 평소에 사진을 잘 간직하지 못한 점이 무척 후회가 된다. 사진을 찾는데 협조해 준 이창숙 교수와 사재동 교수에게 감사를 드린다.

대만 중앙대학의 홍웨이쭈(洪惟助) 교수가 그의 희곡연구실에서 발행한 곤곡 명배우들의 연극 사진으로 만든 사진 엽서 중 장찌칭(張繼青)의 사진을 여기에 쓰고 싶어서 연락을 했더니, 자기의 사진은 모두 마음대로 써도 좋은데 장찌칭의 사진만은 랴오환즈(廖煥之) 선생의 것임으로 랴오 선생에게 연락해 보라는 대답이었다. 다시 랴오 선생에게 연락을 취하는 중에 그 사이 그는 고인이 되었다고 하며 따님이 사진을 써도 좋다는 허락을 해 주었다. 삼가 료 선생님의 명복을 빈다. 그리고 모든 사진 사용을 흔쾌히 허락한 홍웨이쭈 선생과 료 선생님의 따님에게 감사를 드린다.

무엇보다도 여러 번의 탐사여행을 적극적으로 협조해준 중국 각계의 여러분들, 이런 경험을 쌓을 수 있도록 초청해준 분들, 탐사여행에 참가하여 탐사를 함께해준 분들, 탈을 모으는데 협조해준 분들, 필자가 큰 빚을 진 고마운 분들이 너무나 많다. 이 기회를 빌려 모든 분들에게 진심으로 감사의 뜻을 표한다.

2006년 11월 3일
김 학 주 인헌서실에서 씀.

차례

1. 산시(山西) 지방 희곡과 희곡문물 답사기

❀ 메이란팡 기념관에서
메이보오찌우, 필자, 메이보오유에.

● 명(明) 탕현조(湯顯祖, 1550~1617)의 전기(傳奇) 「모란정기(牡丹亭記)」를 경극으로 연출한 「유원(遊園)」에서, 여주인공 두려낭(杜麗娘)으로 분장한 메이란팡(梅蘭芳)이 하녀 춘향(春香)으로 분장한 그의 아들 메이바오찌우(梅保玖)와 공연하고 있다.

❁ 샨시성(山西省) 홍퉁현(洪洞縣) 명응왕전(明應王殿)에 있는 잡극(雜劇)을 공연하는 원(元)대의 벽화.

샨시성(山西省) 허우마(侯馬)에 있는 금(金)나라 때의 동씨(董氏)의 무덤 안
에 있는 희대(戲臺)와 그 위에서 연희(演戲)를 하는 다섯 명의 흙 인형.

1. 샨시(山西) 지방 희곡과 희곡문물 답사기

 베이찡(北京) – 샨시 린푼(臨汾) – 훙퉁(洪洞) – 허우마(侯馬) – 찌샨(稷山) – 윈청(運城) – 시안시(陝西) 시안(西安) – 베이찡

중국의 희곡을 연구한다고 하면서도 중국 희곡을 연구하는 학자들이 실제로 중국 희곡이나 여러 가지 민간 연예(演藝)를 직접 관람할 수 있는 기회는 매우 적음으로, 오로지 문헌에 의존하여 연구를 진행하여 오는 형편이었다. 이는 중국 희곡에 대한 올바른 이해부터 제대로 하기 어려운 처지임을 뜻한다. 이에 중국희곡연구회의 회원들에게 직접 중국으로 가서 그곳 여러 지방의 희곡을 볼 수 있는 기회를 마련하려고 희곡 답사여행을 계획하게 되었다. 그러나 가는 곳마다 그 고장의 희곡 연출을 관람하고 희곡 문물을 조사해야 함으로 그런 여행일정을 마련한다는 것은 그리 쉽지 않은 일이다.

일 년여를 두고 중국 측과 교섭을 벌인 끝에 마침내 1993년 6월 중국희극가협회(中國戲劇家協會)로부터 나를 포함한 한국중국희곡연구회 회원 9명의 초청장과 그 사이 여러 차례의 협의를 통하여 정해진 1993년 7월 18일부터 7월 27일 사이의 여행일정표가 도착하였다. 첫 번째 희곡 답사 목표를 샨시 지방으로 정한 것은 그 고장에는 원(元)대에 잡극(雜劇)을 연출했던 희대(戲臺), 큰 묘실의 사방을 연극과 가무 잡희를 하는 사람들을 조각한 전(磚)으로 둘러쌓아 놓은 금(金)나라 사람들의 무덤, 옛날의 연극을 하는 벽화며 토용(土俑) 등 희곡에 관한 옛 문물들이 전국에서 가장 많이 남아있고 지방희도 여러 종류가 유행되고 있기 때문이었다.

이때 여행에 참가한 회원은 한양대학 오수경 교수·광주대학 김광영 교수·동의대학 김인호 교수·서울대학 이창숙 교수·대구대학 권응상 교수·인하대학 김우석 교수·강릉대학 안상복 교수·중국 쑤조우대학에 가 있는 김어진 군에 나를 합친 모두 9명이었다. 다행히도 그 여행일정표에는 나의 주 교섭 대상이었던 중국희극가협회 회원이며 중국나희학회(中國儺戲學會) 회장이기도 한 희곡학계의 거물인 취류이(曲六乙) 선생이 처음부터 끝까지 우리와 동행하기로 되어있고 전 일정의 여행 안배 및 연락책임자로 중국의 문화여행사(文化旅行社)의 허꽝화(和光華) 선생 이름이 올라있어 어느 정도 안심이 되었다.

오전 9시 30분 우리 일행 9명은 김포공항을 출발하여 무사히 티엔진(天津) 공항에 도착하였다. 도착하자마자 우리가 겪은 해프닝은 공항 활주로에 트럭이 서 있어 비행기가 한 참이나 기다린 뒤에 공항 건물 가까이로 가는 믿기 어려운 일을 경험한 것이다. 티엔진 공항에서는 문화여행사의 허꽝화 선생이 버스를 대기시켜 놓고 우리를 마중하여 주었다. 다시 버스로 한 시간 넘게 달려 베이찡(北京)의 우리가 묵을 호텔에 도착하였다. 호텔에는 취류이 선생과 함께 중국예술원 희곡연구소 연구원인 쑨충타오(孫崇濤) 선생이 와서 기다리고 있다가 우리를 마중해 주었다. 중국 양조우(揚州)에 와 있던 양회석 교수도 호텔에 나타나 우리와 합류하였다. 시간이 남아 멀지 않은 곳에 있는 일단공원(日壇公園)을 둘러보았다. 일단은 말할 것도 없이 옛날 천자가 해를 제사지내던 커다란 단(壇)이다. 일단은 북경의 동쪽에 있는데, 서쪽에는 월단(月壇), 남쪽에는 천단(天壇), 북쪽에는 지단(地壇)이 있다고 한다.

저녁에는 취류이 선생이 중국 오지의 탈놀이인 나희(儺戲)에 관한 비디오 테이프 몇 개를 갖고 와 보여주었다. 취 선생은 나이가 나와 거의 같고, 또 내가 중국학자들은 그 방면에 관심도 없었던 1963년에 발표한 논문 「나례(儺禮)와 잡희(雜戲)」(대만에서 중역)를 읽고 있어서 내게는 상당한 호의를 갖고 있었다. 취 선생이 갖고 온 테이프는 꾸이조우(貴州)·꽝시(廣西)·안후이(安

徽)·후난(湖南)·찌쇼우(吉首) 등지의 탈놀이를 녹화한 것이었고 취 선생이 상세한 설명까지 보태주어 우리에게 중국 나희에 관한 많은 견식을 넓혀 주었다. 비디오 관람이 끝난 뒤에도 취 선생은 한참 동안 중국의 나희에 관한 정보와 실정을 얘기해주고 갔다.

남자 배우인
메이란팡(梅蘭芳)이 경극 「낙신(洛神)」에서 낙하(洛河)의 여신인 낙신으로 분장한 모습. 「낙신」은 삼국시대 조식(曹植, 192~232)의 「낙신부(洛神賦)」를 바탕으로 편극한 것이다.

7월 19일

　조반을 마치고는 바로 중국의 세기적인 경극(京劇)의 명배우이며 특히 여주인공인 단역(旦役)으로 전 세계에 이름을 떨친 메이란팡(梅蘭芳)의 옛날 살던 집을 찾아갔다. 중국 측에서 미리 연락을 취해 주어 메이란팡의 둘째 아들 메이바오찌우(梅保玖)와 메이바오유에(梅保玥)가 어제 막 홍콩으로부터 귀국했다고 하면서 직접 나와 우리를 맞아주었다. 이들은 일찍이 아버지 메이란팡과 함께 「유원경몽(遊園驚夢)」·「백사전(白蛇傳)」 등을 공연한 일이 있고, 메이바오찌우는 아버지를 계승하여 60세가 가까운 나이인데도 아직까지도 여자 역을 맡아 출연하고 있어서 중국 경극 사상 '최후의 청의(青衣)'라 일컬어지고 있다. '청의'는 경극의 젊은 여자주인공을 가리키는 말이다. 그리고 얼마전 타이베이(臺北)에 가서는 직접 경주에 출연하여 그의 연기가 늙어가면서 자기 아버지를 닮아간다는 찬사도 받았던 사람이다. 그리고 이들 두 남매는 지금도 매란방경극단(梅蘭芳京劇團)을 이끌면서 아직도 직접 공연에 나서고 있다.

　그 집은 북경의 전형적인 주거 양식인 사합원(四合院)인데 메이란팡의 유물들이 전시되어 있었고 중간마당은 늘 메이란팡이 공연연습을 하던 곳이라고 한다. 메이란팡에 관한 화첩과 사진은 많이 보아온 터라 다른 물건들은 신기하게 느껴지지 않았으나 거기에서 특히 눈에 들어온 것은 인도 시인 타골이 친필로 메이란팡에게 써 준 다음과 같은 짧은 송시(頌詩)이다.

메이란팡 기념관에서
일행과 메이바오찌우(좌로부터 3번째),
메이바오유에(좌로부터 5번째), 쑨충타오 교수(맨 우측)

Mei Lan Fang!
You are veiled, my beloved,
in a language I not know,
as a hill that appears like a cloud
behind it's mask of mist.
Ralindra Nath Tagore May 20, 1924

메이바오찌우는 뒤에 한 한국의 기획사로부터 매란방 경극단의 한국 공연을 초청 받았는데 자신이 직접 가서 공연해야 할 것인지 망설이고 있으니 내게 의견을 말해 달라는 것이었다. 나는 한국 사람들이 경극을 별로 좋아하지 않는 상황과 그 이유를 설명하고 첫 번째는 직

메이란팡 기념관에서
(좌로부터) 이창숙 교수, 메이바오유에, 메이보오찌우, 쑨충타오 교수,
필자

접 가서 공연하지 않는 것이 좋겠다고 일러주었다. 결국 매란방경극단은 1997년 1월달 송(宋)대의 유명한 판관(判官) 포청천(包靑天)이 활약하는 「진향련(秦香蓮)」을 갖고 와서 서울 세종문화회관과 광주의 문화예술관에서 공연을 하였으나 별로 큰 반응을 얻지는 못하였다. 그때 메이바오찌우는 내한하지 않았다. 두 남매는 끝가지 우리를 안내하며 옛 친구처럼 대해주었다.

그곳을 나와 우리는 중국예술원(中國藝術院)을 방문하였다. 예술원은 청나라 귀족의 저택이었던 공왕부(恭王府)를 차지하여 사무실로 쓰고 있었다. 공왕부의 크고 복잡한 건물 한 편에 상당히 큰 규모의 옛날 연극을 하던 희대(戱臺)가 있어 눈길을 끌었다. 희대는 큰 홀

중국예술연구원이 쓰고 있는 공왕부(恭王府) 정문.

안 앞 쪽에 길이 9m, 너비 8m의 난간이 둘린 무대가 있고 무대 뒤에는 의상(衣裳)과 소도고(小道具)가 진열되어 있는 후대(後臺)와 후실(後室)이 있었다. 홀에는 구경하는 사람들을 위한 차탁과 의자들이 놓여있고, 무대 전면에는 다시 주인과 손님들이 앉아서 구경하던 특별석이 마련되어 있었다. 중국의 귀족들은 자기 집에 희대를 갖고 있었을 뿐만이 아니라 개인 극단인 희반(戲班)도 갖고 있었으니 경극(京劇)과 각 지방의 지방희(地方戲)가 크게 성행할 수밖에 없었다. 지금은 쓰지 않고 먼지만 쌓여있는 희대가 무척이나 아깝게 느껴졌다. 청나라 임금은 자금성(紫金城)과 별궁(別宮)에 삼층으로 이루어진 거대한 규모의 대희대(大戲臺) 4개를 비롯하여 도합 10여개의 크고 작은 편리한 희대를 갖고 있었다.

공왕부의 화원(花園)은 따로 관리하며 날짜를 정해놓고 공원으로 일반인들에게 개방하고 있었는데, 마침 그 날은 개방하는 날이라 호수가 깃들여진 화원을 구경할 수 있었다. 쑨충타오(孫崇濤) 선생은 열심히 따라다니면서 공왕부가 『홍루몽(紅樓夢)』의 작품 배경이 된 영국부(寧國府)라면서 일일이 여기는 『홍루몽』 제 몇 회에서

공왕부의 내정(內庭) 통로.

가보옥(賈寶玉)이 누구를 만나던 곳, 저기는 『홍루몽』 제 몇 회에 보이는 임대옥(林黛玉)이 봄 경치를 즐기면서 도화사(桃花社)라는 시사(詩社)를 만들던 곳이라는 등의 설명이었다. 공왕부의 문 앞에는 우리에게 좋은 자료가 될 책들을 많이 갖춘 예술원 소속 문화예술출판사(文化藝術出版社)의 책점이 있어 나오면서 모두들 책을 적지 않게 샀다.

공왕부를 나와 점심을 먹으러 갔는데 베이하이(北海) 공원 건너 형편없는 집으로 데려갔다. 나는 맥주만 조금 마시고 나왔고 다른 일행들도 음식에 거의 손을 대지 않았다. 나는 간곡히 취 선생에게 돈을 더 받더라도

공왕부의 화원(花園)
지금은 공원으로 개방되고 있는 공왕부의 화원(花園), 쑨충타오(孫崇濤)선생은 공왕부가 소설 『홍루몽(紅樓夢)』의 배경이 된 영국부(寧國府)라고 주장하였다.

위생시설이 잘 되고 그 지방 중국음식 맛을 제대로 내는 식당으로 안내해 달라고 부탁하였다. 처음 제자들을 중국에 데려왔는데 이런 데서 먹다가 탈이라도 나면 내 처지가 매우 어렵게 되고, 또 중국 여행은 각지의 음식 맛을 보는 것도 한 가지 공부가 되는 것이 아니겠느냐는 이유를 제시하였다. 취 선생도 알았다고 수긍을 하였고 그 뒤로는 계속 귀국할 때까지 음식도 만족할만한 수준이었다.

오후에는 예술원 산하의 중국희곡연구소(中國戲曲研究所) 희곡사료전시실(戲曲史料展示室)을 관람하였다. 푸시화(傳惜華) 선생의 유서와 메이란팡(梅蘭芳) 선생의

책도 수장되어 있고, 20000여 책의 장서와 희곡사료
등이 있었다. 나희(儺戲) 탈도 적지 않은 양이 있었는
데, 나무를 깎아 만든 꾸이조우(貴州) 안순(安順)의 탈놀
이인 지희(地戲)의 탈을 70원부터 120원 사이의 가격으
로 팔고 있었다. 나는 다른 탈까지 다 사려고 교섭을 하
였으나 그 탈의 책임 소재가 분명치 않다고 하여 뒷날
에 다시 상의하기로 약속하였다. 윗층에는 사진과 모형
등을 이용하여 중국희곡사를 미니어쳐로 구성해 놓고
있었다. 중국희극가협회에서도 나와 차 대접을 하여 환
담을 나누었다. 맨 아래 층에는 중국희극출판사(中國戲
劇出版社)가 자리 잡고 있어서 그 곳에서 출판된 책들을
구경하며 희곡관련 서적을 적지 않게 샀다.

베이찡의 북방곤극원 앞에서
희곡 탐사팀 전원

북방 곤극원 단원들이 공연에 앞서 우리가 보는 앞에서 화장을 하고 있다.

저녁에는 취 선생이 곤곡(崑曲)의 공연을 보여주겠다고 하면서 우리를 허술한 극장으로 데려갔다. '곤곡'은 16세기 중엽 명(明)나라 때 쑤조우(蘇州) 근방의 쿤샨(崑山)이란 고장에 생겨난 희곡음악의 일종인데, 청(清)나라 초엽까지 가장 성행하는 희곡의 일종으로 군림하다가 건륭(乾隆) 황제 때부터 경극(京劇)에 밀리기 시작하다가 마침내 전승이 끊어지기도 했었다. 그러나 베이찡에서 가장 먼저 손을 대어 이를 다시 부활시키기 시작하자 남쪽 여러 지방에서도 뒤질 새라 다시 살려내어 지금은 전국 각지에서 다시 이 곤곡을 연출하기 시작하였다. 특히 중국 전통희곡 애호가들 사이에는 곤곡이 가장 오래된 자기네 연극이라는 인식 때문에 곤곡 애호

북방 곤극원의 공연모습

열기가 대단하다. 특히 근래에는 유네스코에서 '인류 구술(口述) 및 비물질 유산의 대표작'으로 지정되어 이제는 곤곡을 세계적인 연극으로 발전시켜야 한다고 열을 올리는 사람들도 적지 않다.

우리를 위해 공연한다니 곤곡 연수생들이나 학생들이 하는 거려니 하고 따라가 보았더니 북방곤곡극원(北方崑曲劇院)의 공연이어서 크게 놀랐다. 이 북방곤곡극원은 1957년에 당시의 유명한 배우이며 연출가인 한세창(韓世昌)을 중심으로 하여 창설되어, 곤곡의 부흥에 지대한 공로를 세운 극단이다. 그리고 이날 출연한 홍슈에훼이(洪雪飛)·허우샤오쿠이(侯少奎) 같은 이들은 전국에 이름을 날리고 있는 명배우들이다. 우리를 먼저 배우들의 화장실로 데리고 가서 남녀 배우들이 나란히

'임충야분'에서 허우샤오쿠이(侯少奎)가 임충 역할을 하고 있다. 타이완 홍웨이쭈(洪惟助) 교수가 찍은 사진.

앞아 얼굴화장과 여러 가지 준비를 하는 것을 보여주었다. 우리는 배우들 사이에 끼어들어 그들이 짙은 화장을 하는 것을 신기하게 구경하면서 그들과 어울리어 한 동안 얘기도 하고 사진도 찍었다. 배우들과의 대화가 공연 관람 못지않게 중국 전통연극에 대한 이해를 증진시켜 주었고 재미도 있었다.

준비가 끝나자 바로 그들의 연습무대라지만 꽤 넓은 극장에서 몇 명 되지 않는 관객을 상대로 네 편의 곤곡 절자희(折子戲)를 공연해 주었다. 절자희란 한 작품의

북방 곤극원의 배우와 필자

일부분을 떼어내어 다듬은 비교적 길이가 짧은 연극을 말한다. 첫 번째는 「당마(擋馬)」라는 북송 때 전쟁터에서 생긴 장군과 한 여인 사이의 멜로드라마. 주인공인 양빠찌에(楊八姐)와 찌아오꽝푸(焦光普)의 무공(武功)을 깃들인 실랑이가 재미있었다.

두 번째는 『수호전(水滸傳)』을 극화한 『수호기(水滸記)』의 한 대목인 「활착(活捉)」인데, 송강(宋江)의 첩 염파석(閻婆惜)의 미모에 장문원(張文遠)이란 친구가 반하여 차를 빌리겠다는 핑계로 찾아가 수작을 벌이고, 뒤에 송강의 손에 죽은 염파석의 혼이 나타나 다시 장문원을 산 채로 저승으로 끌고 간다는 소설에는 없는 얘기이다. 염파석으로 분장한 명배우 홍슈에훼이(洪雪飛)

의 연기가 뛰어나다고 느껴졌다. 세 번째는 명대 이개선(李開先)의 작품 『보검기(寶劍記)』 중의 한 대목인 「임충야분(林冲夜奔)」이었다. 임충이 간악한 육우후(陸虞侯)를 죽이고 몰래 숨어 양산(梁山)의 산채(山寨)로 도망가 무리들과 합류하는 얘기이다. 명배우 허우샤오쿠이(侯少奎)의 일인극인 셈인데, 간악함을 미워하는 비분, 부정을 쳐부수려는 굳은 결심, 살인하고 쫓기는 다급한 심정 등을 창과 동작으로 잘 표현하고 있었다. 끝으로 중국의 각종 전통극의 레퍼토리로 유명한 『백사전(白蛇傳)』의 한 토막인 「도고은(盜庫銀)」을 보여주었다. 백사의 변신인 백소정(白素貞)은 시녀인 청아(靑兒)와 항조우(杭州)의 서호(西湖)를 유람하다가 허선(許仙)을 만나 서로 뜨거운 사랑에 빠진다. 백소정은 허선에게 약방을 내주기 위하여 청아에게 치엔탕(錢塘)으로 가서 탐관오리가 쌓아놓은 창고의 은을 훔쳐오도록 한다. 청아는 치엔탕으로 가서 창고지기와 싸운 뒤 은을 훔쳐갖고 돌아온다는 얘기 줄거리이다. 서정적인 창과 춤에 이은 청아를 비롯한 선동(仙童)과 수고신(守庫神)들의 여러 가지 무기를 활용한 싸움 장면 등 변화가 많아 신이 났고, 특히 청아로 등장하는 배우 류찡(劉靜)의 연기가 뛰어나다고 느껴졌다.

전체적으로 무장(武場)이 많이 나온 탓인지는 몰라도 베이찡의 곤곡은 이미 남방의 곤곡과는 많이 달라진 것 같다는 느낌이 들었다. 그리고 우리를 위하여 공연해준 곤극원(崑劇院) 사람들에게 정말 과분한 대우를 받았다고 여기며 진심으로 고마운 뜻을 표시하고 싶었다.

7월 20일

　오전에 일행은 자금성(紫金城) 구경을 갔으나 나는 전에 그 곳의 대희대(大戲臺)까지도 다 둘러본 터여서 한 친구와 함께 따로 떨어져 책점과 골동품 거리인 유리창(琉璃廠)을 찾아갔다. 유리창은 나희의 탈을 찾아보려는 목적도 있었는데, 몇 개 나와 있는 나무 탈이 있기는 하였으나 살만한 것은 발견 못하였다. 호텔로 돌아와서는 취 선생과 차를 마시며 한국으로 중국 나희 탈을 가져와 전시할 계획을 상의하였다. 취 선생은 내게 우선 탈을 모을 수 있는 대로 모은 뒤 부족한 것은 자기가 보충하도록 하여 머지않은 장래에 화보도 편찬하며 뜻있는 전시회를 하자고 약속하였다.

　오후에는 베이찡 역으로 가서 4인 1실의 연와(軟臥) 침대차를 타고 샨시성(山西省) 린펀(臨汾)으로 향했다. 기차 안에서 새벽녘에 먹은 일행이 가져온 컵라면은 이제껏 먹어본 어떤 국수보다도 더 맛있는 것 같이 느껴졌다.

7월 21일

　이른 아침에 린펀(臨汾) 역에 도착하였다. 산서사범대학(山西師範大學) 희곡문물연구소(戲曲文物研究所)의 황쭈산(黃竹三) 교수가 마중 나와 있었다. 산서사범대학의 초대소(招待所)에 여장을 푼 뒤 조반을 마치고는 홍퉁현(洪洞縣) 광승사(廣勝寺) 명응왕전(明應王殿)의 유명한 원곡벽화(元曲壁畫)를 보러 갔다. 가는 도중 청(淸)대 화부희(花部戲)의 명작인 「옥당춘(玉堂春)」의 무대가 되었던 홍퉁현(洪洞縣)을 지났다. 「옥당춘」은 옥당춘이라고 부르는 기생 소삼(蘇三)과 상서(尚書)의 아들이며 선비인 왕금룡(王金龍)과의 파란 많은 뜨거운 사랑 얘기를 소재로 한 것인데, 우리 나라 학자 중에 「춘향

명응왕전의 일부

전」이 「옥당춘」의 영향을 받아 이루어졌다고 주장한 학자도 있다. 「옥당춘」의 한 대목을 연출하는 전통극 「여기해(女起解)」에서 소삼이 갇혀있던 감옥이라는 건물도 보였다. 황쭈산 교수는 주인공 소삼이 머물던 곳이며 그가 일하던 기루(妓樓) 등을 손을 뻗어 가리키며 알려주었다. 소삼은 기루에서 왕금룡을 만나고 헤어진 뒤 그 곳 장사꾼에게 첩으로 팔려가 학대를 받다가 무고로 살인죄까지 뒤집어쓰게 된다. 그래서 극 중에 "홍퉁현에는 호인이 없다.(洪洞縣無好人)"는 대사가 나와 이곳에서는 「옥당춘」을 공연하지 못하다가 뒤에 그 구절을 "홍퉁현 관아에는 호인이 없다.(洪洞縣衙無好人)"는 말로 고친 다음에야 공연하게 되었다 한다. 이것은 길거리에 붙어있는 "홍퉁현 관아 안에는 호인이 없다!(洪洞縣衙裏沒好人)"라는 글씨를 보고 황 교수가 알려준 얘기이다.

광승사는 홍퉁현 북쪽 곽산(霍山) 기슭에 위치하고 있는데, 고풍을 간직하면서도 단아하고 금(金)대의 대장경(大藏經)이 있는 곳으로도 유명한 절이다. 곽산 위에는 중국 최고의 유리탑이라는 비홍탑(飛虹塔)이 멋진 자세로 솟아있다. 광승하사(廣勝下寺)에는 곽천(霍泉)의 수신(水神)을 제사지내는 명응왕전이 있다. '명응왕'이란 당(唐) 태종(太宗)이 오랜 가뭄 끝에 이곳의 수신에게 비를 내려달라고 기우제를 지내자 비가 내려 그 영험함을 기리기 위하여 내려준 봉호(封號)라 한다. 이 전각 안에는 "대행산악 충도수가 여기에서 연극을 하다.(大行散樂忠都秀在此作場)"라고 위에 제서(題書)한 여러

명응왕전 벽화를 다시 그린 그림

명의 배우와 악공들이 원(元)대의 희극을 연출하는 벽화
가 남아있어 특히 유명하다. 이 절은 당대 이전부터 있
었는데, 원대에 불이 나 타버려 다시 지은 것이라니 이
벽화는 원대에 절을 다시 신축하고 그린 것임에 틀림없
다. 여기의 '충도수'는 당시의 유명한 여배우이고 벽화
의 맨 앞 줄 가운데 붉은 장포(長袍)를 입고 홀(笏)을 들
고 서있는 모습의 인물이라고 추정되고 있다. 이 전각

샨시 훙퉁현(洪洞縣) 명응왕전에 있는 희대(戱臺), 밑에 통로가 있다.

을 다시 짓고 수신을 제사지낼 적에 '충도수'가 이끄는 극단이 와서 연극을 하여 그 모습을 그려놓은 것인 듯 하다. 샨시성은 매우 날씨가 건조하여 당(唐)대의 목조 건물까지도 남아있는 곳이라 그런지 벽화의 그림은 생 각보다는 훨씬 색깔이 덜 바래인 것으로 여겨졌다. 이 전각 안에는 명응왕 전상을 중심으로 하여 이 벽화 이 외에도 기우(祈雨)하는 그림·부인이 화장하는 그림· 바둑 두는 그림·공놀이 하는 그림과 신화전설과 관계 있는 것 같은 벽화들이 더 있었으나 늘 사진으로만 보 던 원잡극의 벽화에 압도되어 다른 것들은 눈에 잘 들 어오지도 않았다.

명응왕전의 산문(山門) 안쪽에는 역시 얼핏 보면 대문

분수정(분수교)

처럼 보이기도 하는 희대(戱臺)가 있다. 건물의 아래편
은 높이 2.25m의 사람이 지나다니는 대문처럼 생겼고
그 위에 폭 11.4m, 길이 5.10m 크기의 무대가 있다. 이
처럼 희대가 높게 마련되어 있는 것은 제사지내는 수신
이 전각 안에 앉아서 연극을 편히 구경하는 한편 모여
든 많은 사람들도 연극을 구경할 수 있도록 하기 위함
인 것 같았다. 사람들이 모여서 연극을 구경한 장소였
을 희대 앞 광장은 거칠어진 채 잡초가 더부룩하였다.
그리고 희대 근처에는 원나라 연우(延祐) 6년(1319)에
세운 중수명응왕전비(重修明應王殿碑)가 세워져 있는
데, 비문에는 매년 3월 제사지낼 때 멀고 가까운 고장에
서 신분이 높은 사람, 천한 사람을 가릴 것 없이 처자와

샨시 린펀(臨汾) 웨이춘(魏村) 우왕묘(牛王廟)에 있는
원(元)나라 때의 희대(戲臺)

노약자들까지 데리고 이곳에 찾아와 연극과 볼거리를
구경하였다는 내용의 글이 쓰여 있었다.

 명응왕전 산문(山門) 남쪽에 있는 곽천(霍泉)은 20여
개의 구멍에서 암반수가 솟아나오는데, 그 물의 흐름이
모여 곽거(霍渠)라는 많은 양의 수류(水流)를 이루고 있
다. 조금 아래에는 수문을 만들어 놓아 물 흐름이 두 갈
래로 나누어지고 있다. 훙퉁(洪洞)과 그 바로 북쪽의 자
오청(趙城) 두 현(縣) 사람들이 서로 많은 물을 끌어가
려고 다투다가 자오청 사람들이 내기에 이겨 분수정(分
水亭)을 세우고 물을 3 : 7의 비율로 더 많이 끌어간다
는 전문도 얻어들었다. 어떻든 건조한 산서지역 넓은
땅에 이처럼 풍부한 물을 대어주는 샘물이 있으니, 옛

날 사람들로서는 그 수신을 제사지내며 연희(演戱)를 크
게 벌이지 않을 수가 없었을 것이다.

수신묘를 나와 이번에는 린푼(臨汾) 지역의 웨이촌(魏
村) 우왕묘(牛王廟)에 있다는 원나라 때의 희대를 찾아
갔다. 샨시성은 고대 중국 연극 유적의 본고장이라 할
만한 곳이다. 확실한 원나라 때 희대만도 10개 전후 남
아있고, 송(宋)·금(金)·원 희대의 유적지는 20여 곳이
나 있다. 울퉁불퉁 꼬불꼬불한 길을 물어물어 가며 시
골길을 달려 작은 시골 마을의 우왕묘를 찾아가 보니
마왕(馬王)과 약왕(藥王)도 우왕과 함께 모셔져 있어 삼
왕묘(三王廟)라고도 부른다 하며, 사당 앞 널찍한 풀밭
저쪽에 비교적 높게 토대를 쌓고 그 위에 네 기둥을 세
워 만든 희대가 있었다. 가까이 가보니 화강암을 깎아
만든 기둥에 하나에는 원 지치(至治) 원년(1321)에 세웠
다고 새겨져 있고 다른 한 기둥에는 원 지원(至元) 20년
(1360)에 세웠다고 새겨져 있는데, 이처럼 기둥을 세운
연대가 다른 것은 원나라 때 지진으로 기둥 하나가 부
러져 다시 만들어 세운 탓이라고 한다. 희대는 뒷면만
이 벽으로 막히고 삼면은 트여있는데, 신들에게 제사를
지내고 신들을 즐겁게 해주는 연극을 할 적에 삼면에서
사람들도 풀밭 위에 앉아 연극을 구경할 수 있도록 하
기 위하여 그렇게 만들었을 것이다. 희대 옆에는 원대
의 비문을 그대로 옮겨 청대에 다시 세운 광선후비(廣禪
侯碑)가 세워져 있었는데, 우왕의 생일 날 제사를 지낼
적에는 인근 20여 마을로부터 사람들이 몰려와 제사를
지내고 연극을 구경하면서 술 마시고 노래하며 크게 법

석을 떨었다는 기록도 포함되어 있다.

오후 늦게 산서사범대학으로 돌아와 황쭈산 교수의 희곡문물연구소를 방문하였다. 희곡을 주제로 좌담을 한 뒤에 그들의 자료실과 희곡문물전시관(戱曲文物展示館)을 구경하였다. 샨시지방은 특히 중국 고대희곡 문물이 많이 보전되고 있는 지역인데, 황쭈산 교수는 그곳으로 부임하면서 연구소를 설립하고 새로운 희곡 관계 문물자료를 발굴 정리하면서 중국 희곡연구에 실증적 자료를 바탕으로 많은 업적을 올리고 있다. 그들 전시관에는 희곡사와 나희(儺戱) 및 나문화(儺文化) 두 방면으로 나누어 자료를 잘 정리해 놓고 있었다. 그리고 이곳 연구소에서는 중국희곡학회와 공동으로 중국 전통 희곡 연구의 대표적인 학술지인 『중화희곡(中華戱曲)』을 발간하고 있는데, 우리 일행이 접하지 못했던 제12집(輯)이 나와 있어 모두 샀고 각자가 자신의 중간에 빠져있는 것들을 모두 찾아 보충하였다.

저녁에는 산서사범대학의 초대로 성대한 식사를 대접받았는데, 학교의 부교장(副校長)·외사처장(外事處長)·당서기(黨書記) 같은 분들도 나와 주었다.

저녁을 먹은 뒤에는 시내로 나가 창문이 다 무너지고 파리도 우글거리는 극장으로 가서 우리를 위해 임분포극원(臨汾蒲劇院) 연출단(演出團)이 공연하는 포극(蒲劇)을 관람하였다. 극장은 작고 허술했지만 그래도 100 수십 석은 될 극장이 가운데 앞의 우리 자리만을 남겨 놓고 가득 차 연극 열기가 넘치고 있었다. '포극'은 샨시지방의 대표적인 지방희(地方戱)의 하나로 포주(蒲州,

포극 「벌자도(伐子都)」의 한 장면

지금의 永濟縣 일대)에서 생겨난 것이어서 포주방자(蒲州梆子) 또는 산서방자(山西梆子)라고도 불렀다. '방자'는 중국 희곡 창강(唱腔)의 일종으로 난탄(亂彈)이라고도 불렀고 역사가 오래되었으며 그 종류도 무척 많은 곡종(曲種)이다. 음악의 리듬이 강렬하고도 명쾌하며 호방(豪放)하면서도 매끄러운 것이 특징이라 하였다. 극장은 허름하지만 극단 단원 중에는 국가 최고 영예의 훈장인 매화장(梅花獎)을 받은 배우가 두 명이나 있고 산서성최가청년연원(山西省最佳靑年演員) 상을 받은 배우도 두 명이나 출연한다는 자랑이었다.

모두 다섯 종류의 절자희(折子戲)가 공연되었다. 첫 번째로는 「벌자도(伐子都)」라는 『동주열국지(東周列國志)』의 한 대목을 극화한 것이 공연되었다. 정(鄭)나라

포극(蒲劇) 「괘화(掛畵)」에서 의자 묘기를 부리는 장면

장군 영고숙(穎考叔)이 전쟁에 나가 큰 공을 세웠는데, 장군을 늘 시기하던 그의 부장(副將) 자도(子都)가 틈을 타 자기의 장수를 암살하고 전쟁의 공을 다 차지한다. 그러나 군사를 돌려 나라로 돌아오면서 자도는 정신이 이상해져서 나라에 도착하여 궁전에서 임금을 뵈올 때 영고숙 장군의 부친이 나와 직접 술을 따라주면서 전쟁의 공로를 치하하자 정신병이 극도에 달하여 마침내는 죽어버린다는 얘기 줄거리이다. 이 연극은 본시 포극의 전통극목 중의 하나이다. 전통극에서는 뒤에 영고숙의 혼이 나타나 자도의 목숨을 빼앗는 것으로 되어있었으나, 이를 개편하여 미신적인 요소를 제거해 버렸다는 것이다.

　젊은 배우 뢰이준성(雷俊生)이 자도로 분장하여 자도

의 여러 가지 심리 변화와 정신착란 상태를 멋지게 재현해 보여주었다. 그리고 정신착란의 연기 중에 공중에서 두 번 재주넘기를 하고, 높은 탁자 위에서 물구나무를 선 채 뛰어내리는 등 특별한 기공(技功)도 보여주었다. 이런 기공을 많이 쓰는 것도 포극의 특징 중의 한 가지라 한다.

다음으로는 그들의 전통 극목(劇目)인 「범왕궁(梵王宮)」의 한 절(折)인 「괘화(掛畵)」의 공연이었다. 원(元)나라 귀족의 누이동생 함언(含嫣)이 범왕궁(梵王宮)에 놀러갔다가 한 청년을 만나 사랑에 빠진다. 원나라 귀족인 '함언'의 집안사람이 아름답기로 소문난 남의 처를 빼앗아 첩을 삼으려 하고 있는 기회를 이용하여, 몇 사람의 도움으로 귀족 남자가 출정한 틈에 밖의 청년을 그 '남의 처'로 가장하여 집안으로 데려오는데, 함언은 그 청년이 집안으로 들어오게 되자 화장을 하고 '벽에 그림을 걸어[掛畵]' 방을 치장한 다음 기다리고 있다가 만나서 사랑을 이룬다는 얘기 줄거리이다. 매화장을 탔다는 여배우 런끈신(任跟心)이 함언으로 분장하였는데, 창이며 연기가 뛰어난 명배우라 느껴졌다. 그리고 벽에 그림을 걸면서 의자 위에서 뛰고 눕고 물구나무도 서는 여러 가지 재주를 부리는 독특한 의자묘기[椅子功]도 보여주었다.

다음은 「통천서(通天犀)」인데 산채(山寨)의 의협적인 호걸 청면호(靑面虎) 허세영(許世英)의 얘기이다. 허세영은 전에 관군(官軍)을 도와 자신에게 큰 타격을 준 일이 있는 십일랑(十一郎)이 죽을 처지에 놓이게 되었는

포극 「통천서」의 공연 모습.

데, 오히려 달려가 그를 구출하여 산 채로 데려온다는
애기 줄거리이다.

다음은 「구배생(救裵生)」. 남송(南宋) 때 가사도(賈似
道)라는 간신이 서호(西湖)에 놀이를 나갔는데, 그의 하
녀 이혜낭(李慧娘)이 역시 놀러 나온 배생(裵生)을 보고
마음이 끌리어 그것을 말로 나타낸다. 가사도는 하녀들
의 기풍을 잡는다고 이혜낭을 죽여 버린다. 이혜낭은
죽어서도 배생을 잊지 못하고 영혼이 배생을 찾아가 결
합한다. 이를 안 가사도는 무사들을 보내어 배생도 죽
이려 하나, 이혜낭의 혼이 무사들과 싸워 배생을 구해
낸다는 애기 줄거리이다. 간단한 연극이나 여자의 혼과
무사들의 변화 많은 무술 대결이 볼거리이며, 싸움 중
에 불을 입으로 내뿜는 토화(吐火)의 묘기도 보여준다.

포극「배구생」의 공연 모습.

귀신의 등장을 나타내기 위하여 특수한 무대효과를 드러내려고 애쓴 흔적이 보였다.

끝으로 「서책포성(徐策跑城)」, 당(唐)대에 조정의 권세를 잡고 있던 간신 장태(張台)의 횡포를 노신(老臣) 서책(徐策)이 13년에 걸친 노력 끝에 여러 가지 어려움을 극복하고 마침내는 간신을 처단하도록 한다는 얘기 줄거리이다. 이 서책을 매화장 수상자인 명배우 꾸어저민(郭澤民)이 분장하여 멋진 연기를 보여주었다.

지방희(地方戱)도 새 시대에 알맞는 변신을 위하여 애쓰고 있다는 것을 피부로 느낄 수 있었다. 전체적으로 높은 수준의 지방희라는 생각이 들었다.

7월 22일

　아침에 린푼(臨汾) 시내로 나가 미호극단(眉戶劇團)에서 마련해 놓은 장소로 갔다. 미호극단은 우리에게 자기네 연극을 공연해 줄 수가 없어 우리에게 미호희(眉戶戱)를 소개해 주고자 마련한 장소였다. 극단 단원들이 자기네 극종(劇種) 중에서 대표적이라 여겨지는 창조(唱調)를 골라 여러 배우들이 청창(淸唱)으로 들려주었다. ‘미호희’는 샨시성 황하(黃河) 유역의 민간가요를 바탕으로 하여 발전한 지방희라서 이 연극의 창에는 샨시 민요의 특징이 살아있고 가락이 아름다웠다. 그들 설명에 의하면 ‘미호’는 본시 사람들이 이 연극의 창을 듣고 그 곡조에 빠져들어 정신을 못 차리게 된다는 뜻으로 ‘미호(迷胡)’라 썼었는데 근래에 와서 ‘미호(眉戶)’라고 글자를 바꾸었다 한다. 이 극단의 매화장을 받은 여배우 쉬아이잉(許愛英)의 창은 거의 청중들을 ‘미호(迷胡)’시킬 만 하다고 여겨졌다. 악단도 와서 우리와 함께 어우러져 애기도 하면서 반주를 하였는데, 악기 중에는 서양악기 첼로도 있었다. 모두 너덧 명의 남녀 배우들이 창을 들려주었는데, 첼로가 말해주듯 미호희는 상당히 현대화하여 우리 귀에 보다 자연스럽고 아름답게 들리는 지도 모른다고 생각되었다.

　미호희의 창과 그 특징의 설명 등을 들은 다음 다시 그들 극단의 대표적인 극목인 「두 여자와 한 남자(兩個女人和一個男人)」의 비디오 테이프를 보았다. 이 연극은 1988년 창작되어 중국희곡현대희연구회 제7차 연회(中國戲曲現代戲研究會第九屆年會)에 나가 연출·편극·감독·음악·무용·연기 7개 부문에 걸쳐 상(6개 부문 1등상)을 탔고 그 뒤로도 많은 상을 타고 표창을 받은 극목이며, 1990년에는 이 연극의 주연배우 쉬아이잉(許愛英)이 여기에서의 연기로 중국에서 가장 영예로운 '매화장'을 탔다는 그들의 자랑거리였다. 연극 내용은 80년대 시골 농촌에서 장마와 가뭄 등 여러 가지 문제를 겪으면서 세 남녀가 펼치는 삼각관계 사랑의 얘기이다. 복장이나 무대는 완전히 현대화 되었고, 음악과 연출 방식만이 많은 개량을 거쳤으면서도 샨시의 민요조와 전통적인 형식 등을 다분히 보존하고 있었다. 사랑 얘기를 전개시키면서도 그 속에 중국 농민의 순박하고도 바른 정신 및 그런 중에 함께 공존하는 봉건적인 의식의 찌꺼기와 사회주의 개혁 추진의 효과 등을 잘 반영하고 있어 높은 평가를 받을 만 하다고 여겨졌다.

같은 장소에서 린푼시의 문화국장(文化局長)이 점심을 내었다. 화장실을 가느라고 아래 층을 내려가 보니 큰 뱀을 잡고 있었다. 설마 우리 줄 것은 아니려니 하고 돌아와 식탁에 앉아 기다리자, 먼저 파란 색의 뱀 쓸개와 붉은 뱀 피가 조그만 잔에 담겨져 나왔다. 내가 주빈인 셈이라 문화국장은 메인 테이블에서 내게 먼저 배갈(고량주)에 뱀 쓸개와 뱀 피를 타 주며 마시라고 두 개의 작은 컵을 내밀었다. 나는 그런 것 못 먹는다고 정중히 거절하고는 상한 비위를 달래려고 독한 술만을 마셨다. 뒤이어 뱀 고기 요리와 함께 큰 유리그릇에 뱀 한

마리가 서려있는 뱀탕이 나왔다. 나는 보고 있기조차
힘든 판인데 배우들이 어찌나 정성을 다하여 권하는지
메슥거리는 뱃속을 가라앉힐 겸 약간의 채소류를 안주
로 술만 계속 마시어 취하고 말았다. 나는 음식은 거의
입에 대지 않고 얼버무리며 술 취하고 어색한 내 처지
를 모면해 보려고 배우들에게 술을 권하면서 노래를 청
하여 마침내 노래판이 벌어졌다. 우리 편에서도 두세
명이 그들 요청으로 노래를 불렀다. 이럴 때엔 우리 팀
에 노래에 빼어난 오수경 교수 같은 멤버가 있어서 무
척이나 다행이었다. 배우들조차도 오 교수 노래에는 감
탄하는 눈치였다.

샨시 찌산(稷山) 마춘(馬村) 금나라 단(段)씨 묘
제2호 묘의 잡극을 하는 모양을 새긴 전(磚).

오후에는 남쪽 허우마(侯馬)로 금(金)나라 대안(大安)
2년(1210)에 만들어졌다는 동씨묘(董氏墓)를 보러 갔
다. 이는 1958년 허우마시(侯馬市) 교외에서 발굴된 두
개의 묘인데, 본시 땅 속 10여 미터 넘는 깊이에 묻혀있
던 것을 다음 해에 그대로 시내에 있는 산서성고고연구
소(山西省考古研究所) 후마공작참(侯馬工作站) 앞의 평
지로 옮기어 제 모습대로 보관하고 있는 것이다. 묘는

금(金)나라 동씨묘(董氏墓)의 잡극전조(雜劇塼雕)

작은 교실 반 정도의 크기로 전체가 조각된 전(磚)으로 둘러싸여 있고, 묘도(墓道)·묘문(墓門)·묘실(墓室)로 이루어져 있다. 두 개의 묘 중 하나는 이미 도굴되어 원형이 그대로 보존되고 있지 않으나 다른 한 묘는 보존이 완전하고 묘의 북쪽 벽 앞에 높다랗게 희대(戲臺)가 만들어져 있고 그 위에 연극을 하고 있는 5명의 채색 도용(陶俑)이 있어 유명하다. 부슬비가 약간 내리고 있었는데, 오늘처럼 습기가 있는 날씨에는 유물에 치명적인 타격을 줄 수 있음으로 개방하지 않는 게 원칙이나 특별히 우리를 대우하여 들여보내주는 것이라 하였다.

우리는 무덤 안으로 들어가 사진으로만 보아온 희대와 희용(戲俑) 등을 신기한 감상에 젖으면서 구경하였

샨시 찌산(稷山) 마춘(馬村) 금나라 때의 단(段)씨 묘
제4호 묘의 잡극하는 모양을 조각한 전(磚).

다. 맨 가운데에는 원령홍포(圓領紅袍)의 긴 옷에 흑색 전각복두(黑色展角幞頭)를 쓴 관리 같은 인물, 가장 왼편에는 가슴이 드러나게 누런 옷을 걸치고 얼굴은 수심에 차 있는 서민의 모습, 왼편 두 번째 인물은 노한 얼굴의 가운데 사람의 시종(侍從)처럼 보이는 인물, 오른편에서 두 번째 인물은 춤을 추고 있는 모습의 여자의 조각, 가장 오른 편은 이상한 옷차림을 한 오른 손으로는 두 손가락을 입에 넣고 휘파람을 불고 왼 손에는 누런 색 몽둥이를 들고 있는 후세의 축(丑) 곧 우스갯짓 전문배우 모습의 인물이다. 각각 장고(裝孤)·말니(末泥)·부정(副淨)·장단(裝旦)·부말(副末)에 해당하는 각색들이라 여겨지고 있다.

여기의 희용들의 연희 모습은 전날 홍퉁현(洪洞縣) 수신묘(水神廟)에서 보았던 원(元)대 잡극(雜劇) 벽화의 연출 분위기와 아주 흡사하다. 이전까지는 원대 잡극이 갑자기 생겨난 것으로 알았지만, 이런 샨시성의 문물자료를 통해 볼 때 금·원 시기에 북방지역에는 민간에 희극예술이 널리 유행하였음을 알 수 있다. 여기에서 발달한 민간연극이 원나라 대도(大都, 지금의 北京)로 들어가 지식인들에 의하여 세련을 거쳐 잡극으로 이루어진 뒤 성행하게 되었던 것으로 짐작이 가게 된다.

금대 동씨묘를 보고는 다시 찌샨(稷山)으로 땅 속의 금대의 묘를 구경하러 갔다. 찌샨현에서는 마춘(馬村)·화위(花峪)·미아오푸(苗圃) 등지에서 20여 기의 금대 묘가 발굴되었는데, 그 중 9기의 연희를 하는 인물이 조각된 전(磚)으로 사방을 쌓아놓은 무덤이 있다. 그 묘의 연대는 북송(北宋) 말(1126)에서 금나라 대정(大定) 21년(1181)에 이르는 기간의 것이라 한다. 그곳은 먼지 같은 흙으로 이루어진 지역이라 부슬비에 땅 표면이 젖자 우리가 탄 작은 버스의 바퀴가 미끄러지며 헛바퀴만 돌아 더 이상 갈 수가 없었다. 모두들 낙심하고 있던 중 다행히도 황쭈산 교수가 인근 군부대에 있는 제자에게 전화를 걸어 군 지프차 5대를 우리를 위하여 동원할 수가 있었다.

마춘에는 단씨묘(段氏墓) 14기가 땅 속에 있는데 그 중 6기가 잡극 연출을 조각한 전(磚)으로 장식된 묘라 한다. 날씨도 습하고 시간도 모자라 빠른 속도로 그 중 겨우 3기에 들어가 볼 수 있었다. 땅 속은 추위가 느껴질 정도로 온도가 낮았다. 묘의 기본 구조는 허우마(侯馬)의 것과 크게 다를 것이 없었으나 연희(演戲)를 하는 도용(陶俑) 배우들의 모양은 모두가 달랐다. 거의 묘마다 희대(戲臺)가 만들어져 있고 그 위에는 도용들이 연희를 하고 있다. 묘의 사벽도 모두 여러 가지 조각이 된 전(磚)으로 쌓여있어 송(宋)·금(金)대의 건축이나 풍습 같은 것을 연구하는 데에도 매우 중요한 자료가 되고 있다 한다. 개중에는 어린 처녀가 집 문을 빠끔히 열고 연희를 구경하고 있는 조각도 있어서 속으로 웃음을 머금게 하였다. 특히 제2호 묘의 희용은 두 명의 관원·낮은 관리·서민 등 신분이 뚜렷하고 아홀(牙笏)·형판(刑板) 같은 물건도 분명하며, 모두가 한 가지 일에 집중하고 있는 모습이어서 재판을 진행하는 장면임이 분명하다. 이 밖에 악대들을 보면 대고(大鼓)·요고(腰

포극단(蒲劇團) 단원들과 희곡탐사원 일행

鼓)·박판(拍板)·피리(觱篥)·저(笛) 등의 악기를 들고 있다. 어떻든 이들 금대 귀족들의 묘를 통해서 금나라 사람들이 얼마나 가무와 연극을 좋아했는지를 알 수가 있었다.

관람을 서둘러 끝내고 샨시성 남쪽의 도시 윈청(運城)으로 갔다. 우리는 저녁을 먹자마자 다시 포극(蒲劇)을 보러 극장으로 달려갔다. 우리가 개장시간에 40분이나 늦게 갔는데 1000여 석은 되어 보이는 큰 극장에 관중들을 가득 채워놓고 우리를 기다리고 있었다. 중간 앞자리에 우리 자리를 비워놓고 있어 자리로 나아가는 중에 관중 몇 사람이 박수를 쳐 주었다. 무척이나 쑥스럽게 들리는 박수소리였다. 이렇게 많은 관중이 운집한 이유는 운성 포극단(蒲劇團)의 원로 명배우 왕시우란(王秀蘭)이 오늘 공연에 출연하기 때문이라 한다. 왕시우란은 30년대 임분포극원과 운성포극단이 합쳐있던 산서진남포극원(山西晉南蒲劇院)의 5대 배우 중 유일한 생존자로 지금 나이 63세라 하였다.

세 편의 절자희(折子戱)가 공연되었는데, 첫 번째는 임푼에서도 본 「괘화(掛畵)」였다. 같은 연극이라 하더라도 춤과 창을 중심으로 연출되는 연극은 공연하는 사람에 따라 상당히 다른 느낌을 준다는 사실을 확인하였다. 저녁 먹으면서 마신 술 탓인가 전체적으로 임푼에서 본 것만 못한 듯이 느껴졌다.

두 번째는 모닥불을 쬔다는 뜻의 「고화(烤火)」란 포극의 전통 극목 『소화산(少華山)』 중의 한 대목이었다. 여기에 관중들이 고대하던 왕시우란이 청의(靑衣)로 소화산의 산적에게 잡혀온 관리의 젊고 아름다운 아내 윤벽련(尹碧蓮)으로 분장하고 나온다. 아무래도 창을 하는 목소리가 약간 변하였고 나이 먹은 티가 나기는 했지만 그녀의 연기는 노련하여 젊은 여인의 역할을 잘 수행해내어 관중들의 열렬한 박수와 갈채를 받았다. 윤벽련은 잡혀왔을 적에 마침 산적 괴수의 친구 예준(倪俊)이 과거를 보러 장안으로 가다 들리어, 괴수는 친구에게 윤벽련을 내려준다. 예준은 윤벽련을 살려주기 위하여 일부러 좋아하는 체 하고 모닥불 옆에서 함께 밤을 지내다가 새벽에 안전한 곳까지 데리고 가서는 이별한다는 내용이다. 왕시우란은 예준을 오해하다가 의심이 풀리어 신뢰를 보이게 되는데, 말 한 마디 없이 불을 쪼이며 앉아서 그런 감정의 변화를 연기로 표현한다. 새삼 춤과 노래로 연출하는 연극에 있어서 연기가 얼마나 중요한 것인가 깨닫게 하였다.

끝으로 포극의 전통 극목 『옥당춘(玉堂春)』의 한 대목인 「소삼기해(蘇三起解)」가 공연되었다. 『옥당춘』이란 연극은 특히 극의 배경이 샨시지방이라 이 곳 사람들에게 사랑받고 있을 것이다. 흔히 이 연극을 「여기해(女起解)」라고도 부른다. 극의 내용은 기생인 소삼(蘇三)이 샨시성 홍퉁현(洪洞縣)의 어떤 자에게 첩으로 팔려와 억울하게 살인범으로 몰리게 되는데, 옛 애인 왕공자(王公子)가 과거에 급제한 뒤 샨시를 순안(巡按)하다가 홍퉁현으로 와서 그를 재심케 하고 또 늙은 포졸이 소삼을 도와 그를 양녀로 삼는다는 얘기이다. 옆에서는 소삼으로 분장한 배우의 창이 뛰어나다고 들어보라고 성화였으나 나는 졸면서 건성건성 구경하고 말았다.

7월 23일

　새벽 3시에 심한 열이 나기 시작하였다. 너무 춥기에 처음엔 에어콘 탓이라 생각했으나 실상은 냉방도 되어 있지 않았고 곧 몸의 상태로 보아 열이 나는 때문임을 알았다. 조금 있으려니 배가 아파오기 시작하더니 설사와 구토가 연달아 일어나고 정신이 혼미해졌다. 하는 수 없이 옆방에 연락하여 곧 원청의 병원으로 실려 갔고 정신을 잃었다.

　내가 정신이 든 것은 오후 서너 시쯤이었다. 나는 상당히 넓은 방 한 편에 놓인 침대 위에 누워 있었다. 간호사로 보이는 두 여자가 한 여자는 대야에 수건을 적셔 짜가며 침대 위에 누워있는 내 온 몸을 찬 수건으로 맛사지를 하고 다른 한 여자는 간간히 알콜을 묻힌 솜으로 내 목에서 시작하여 겨드랑이 같은 국부를 닦아주고 있었다. 정신이 약간 들고도 가만히 누워있으려니 이 두 여자가 얼마나 열심히 내 몸을 돌보아주고 있는지 감격스런 느낌이 들었다. 무조건 정말 고마웠다. 나와 중국의 인연은 이제는 뗄 수가 없도록 깊구나 하는 생각을 하였다. 나는 내가 남들로부터 받고 있는 혜택이나 사랑에 절반도 보답 못하고 살고 있는 것이 아닌가 하는 자괴감이 들었다. 정신이 더 든 다음 그들에게 무엇을 하고 있는 것이냐고 물었더니 대답은 내 몸의 열을 내리기 위하여 전신 맛사지를 하고 있는 중이란다. 이제 정신이 드는 모양이니 기쁘다고 하면서 의사를 불러왔다. 50대의 점잖은 모습의 의사가 들어오기에 정말 고맙다는 인사를 하자 내가 식중독이었다는 사실을 알려주었다.

식중독이란 말을 들으니 어제 점심 린펀에서의 뱀 요리와 윈청에 도착한 뒤의 저녁 식탁이 머리에 떠올랐다. 뱀 요리는 입에도 대지 않았다고 생각하고 있으니 마음에는 걸리지만 별 문제가 아니다. 저녁은 윈청 문화국장의 초대였는데 테이블 한 가운데 큰 접시 위에 무언지 알 수 없는 삶은 짐승 한 마리가 통째로 놓여있었다. 문제는 그 짐승 고기의 목 부분을 비롯해서 한두 곳의 색깔이 검게 변해 있다는 점이었다. 이것이 무슨 고기냐고 물으니 문화국장 대답이 토끼라는데 내가 보기에는 우리 나라 토끼와는 전혀 다른 생김새였다. 문화국장은 환영인사를 끝내자마자 식사를 시작하도록 권하였다. 그는 샨시의 별미라고 하면서 한 손에는 큰 젓가락 다른 한 손에는 숟가락을 잡고 토끼 목의 검은 부분을 푹 찔러 뜯어내어 내 접시에 옮겨놓으면서 먼저 맛을 보라는 것이었다. 마음에 걸렸지만 예의상 한 토막 집어먹으면서 맛있다고 대답하였다. 주인이 어찌나 계속 집요하게 권하던지 꺼림칙하면서도 배갈로 비위를 달래면서 주인의 성의를 받아드려 억지로 먹었다. 점심 때도 뱀 때문에 억지로 배갈로 비위를 달랜 터이라 저항력도 약해져 있었으리라. 식중독 원인이 될 만한 내가 먹은 음식은 그것 뿐이었다. 뒤에 우리가 탄 버스 속에서 배탈 난 사람 없었느냐고 물어보니 우리 일행은 모두 무사한데 20세 전후의 버스 운전사만이 심한 설사로 고통 중이라는 대답이었다.

　의사는 퇴원하지 말라는 부탁이었으나 병원에 홀로 남는 것도 싫고 일행에게 폐가 되는 것도 싫어서 백방으로 졸라 저녁에는 퇴원하였다. 의사선생은 퇴원을 허락하는 조건으로 내일까지는 아무 것도 먹지 말고 있다가 적어도 다음날 아침에 가서야 묽은 죽으로만 식사를 시작하라는 것이었다.

　일행은 관우(關羽)의 고향 찌에조우(解州)에 있는 전국에서 규모가 가장 크다는 관제묘(關帝廟)와 루이청(芮城)에 있는 도교에서 팔선(八仙) 중의 한 사람으로 치는 여동빈(呂洞賓)의 옛날 살던 곳이라는 영락궁(永樂宮)과 융찌현(永濟縣)에 있는 원대 잡극의 대표작 『서상기(西廂記)』의 배경이 된 보구사(普救寺)를 구경하고 왔다. 앞의 두 곳은 처음부터 크게 관심이 없는 곳이고 보구사도 앵앵탑(鶯鶯塔)을 비롯하여 건물 모두 후세에 지은 것이라 『서상기』를 이해하는 데에 별 도움이 되지 않을 것 같았다. 일행은 먼 길을 여행하고 늦게 돌아와 나와 합류하였다.

7월 24일

원청 역에서 기차를 타고 시안(西安)으로 출발하였다. 이번의 희곡탐사 중요 일정은 이제 모두 끝난 셈이다. 시안은 옛날 장안(長安)의 발자취를 더듬어 본다는 뜻에서 가는 것이다. 나는 취류이 선생과 둘이서 침대차 한 칸을 썼는데 시종 우리를 위하여 애를 써주는 취 선생의 성의가 정말로 고마웠다. 차창 밖으로 보이는 샨시 · 허난(河南) · 시안시(陝西) 세 성(省)의 경계에 흐르고 있는 황하는 전에 하류인 샨둥(山東)에서 본 것보다는 훨씬 황하답게 느껴졌고, 국도의 황하 나루에는 강을 건너려는 자동차들이 100수십 대는 되어보이게 줄을 서서 건너갈 차례를 기다리고 있었다. 조금 지나서는 유명한 화산(華山)도 창밖으로 보였다. 일행은 호텔에 자리를 잡은 뒤 근처의 고적과 신석기시대 반퍼(半坡) 유적지를 둘러보러 나갔으나 나는 전에 와 본 적도 있고 음식도 먹지 못하고 있는 터이라 호텔에서 한 나절 편히 쉬었다.

저녁 후에는 섬서성희곡연구원(陝西省戲曲硏究院)으로 가 그 곳 사람들과 중국 전통연극을 주제로 좌담을 한 뒤 그 곳 청년실험단(靑年實驗團)의 진강(秦腔) 공연을 관람하였다. 본시 그들의 준비된 공연은 어제 끝났으나 우리를 위하여 하루 더 남아 공연을 한다는 것이었다. 정말 그들의 성의가 고마웠다. 가는 곳마다 고급 일제 승용차를 타는 성 문화국장이 늘 나와서 직접 일을 챙겨주는 것을 보면 중국 문화계에서의 취류이 선생의 위력도 큰 것으로 느껴졌다. 진강은 시안시(陝西) ·

깐수(甘肅)·샨시(山西) 세 성의 민간 소곡(小曲)과 그 지방의 민간연예를 바탕으로 발전한 지방희인데, 그 지방은 옛 진(秦)나라 강역이어서 진강이라 부르는 것이다. 방자강(梆子腔)이라고도 부르며 그 강조(腔調)에 환음(歡音)과 고음(苦音)의 두 가지가 있는데, 환음은 기쁨과 상쾌한 정서를 나타내고 고음은 슬프고 처량한 정서를 표현하지만 전체적으로 창조가 보다 시원한 느낌을 준다. 여러 가지 기공(技功)에도 특색이 있으며 지금은 중국 서북 지방에 널리 유행하는 유명한 극종의 하나이다. 극단 이름은 청년실험단이지만 이미 1987년에 진강을 발전시킬 목적으로 조직되어 그 이후 여러 가지 상과 표창도 받았고 국외공연도 하였다 한다.

그들은 절자희 5편을 공연하였다. 첫 번째로 「양칠낭(楊七娘)」, 이는 같은 제명의 「양칠낭」이라는 진강의 인기가 있는 극종 중의 한 토막이다. 북송(北宋) 때 조정은 부패하여 요(遼)나라가 멋대로 침략을 해도 막지를 못한다. 전쟁에 남편을 잃은 양칠낭은 군사를 일으키어 요나라를 크게 물리치고, 의거(義擧)를 하고도 산 속에 숨어 지내던 아들도 만나 함께 싸워 큰 공을 세우지만 아들에 이어 그녀도 나라를 위해 장렬하게 최후를 마친다는 얘기이다. 특히 양칠낭의 의기와 아들이 뒤에 나라를 위해 분연히 몸을 바쳐 싸우는 모습이 관객을 사로잡는다. 전체적으로 남녀가 무기를 들고 온갖 재주를 부리면서 싸우는 무장(武場)으로 전 극이 이루어져 구경거리가 되었다.

두 번째는 「쌍하산(雙下山)」이었는데, 다른 지방희에서도 「승니회(僧尼會)」, 「사범하산(思凡下山)」 등의 제명으로 흔히 공연되고 있는 극목이다. 젊은 비구니 색공(色空)이 수도를 하다가 산 속의 외로움을 이기지 못하고 속세로 도망쳐 내려오는 도중 역시 엄격한 수련의 계율을 견디지 못하고 중간에 도망쳐 나오던 스님 본무(本無)를 만나 둘이 결합한다는 애기이다. 색공으로 나오는 배우의 매력을 과시하는 연기와 두 사람이 간간히 섞는 익살이 재미있었다.

세 번째는 「괘화(掛畵)」. 이미 임푼과 원청에서 각각 두 번이나 본 극목이다. 비슷비슷하다고 생각하면서 연극을 구경하였다. 기공(技功)에 있어서 포극은 의자 위에서 하는 묘기가 중심이었는데 여기서는 수건으로 묘기를 부린다는 차이가 느껴질 정도였다.

네 번째는 「오공차선(悟空借扇)」으로 『서유기(西遊記)』 중의 한 토막이다. 손오공이 삼장법사를 모시고 서역으로 가다가 화염산(火焰山)에 가로막히게 된다. 손오공은 철선공주(鐵扇公主)가 갖고 있는 파초선(芭蕉扇)을 빌리어 사악한 불을 끄려 하였으나 철선공주는 그것을 빌려주지 않는다. 손오공은 애원해도 소용이 없자 법술을 써서 철선공주의 뱃속으로 들어가 그를 제압하고 불을 끌 부채를 빌려온다는 애기의 줄거리이다. 손오공과 출연 배우들의 재주넘기를 비롯한 현란한 무공(武功)이 구경거리였다. 어떤 극종에 있어서나 손오공은 중국 연극에 있어서 재주부리기의 대표적인 배역일 것이다.

끝으로 역시 포극으로 본 일이 있는 「구배생(救裴生)」을 보았다. 본 극인 『유서호(遊西湖)』는 진강에서도 전통극목 중의 하나이며 여기에 공연한 것은 그 중 귀원

(鬼怨)·살배(殺裵)의 두 절이다. 진강에서는 특히 불을 뿜는 연기인 토화(吐火)를 잘 하기로 이름이 나 있는데, 역시 여기에서는 이혜낭(李慧娘)의 혼이 자기가 사랑하는 사람을 구하기 위하여 싸울 적에 불을 뿜는데 입에서 길고 큰 불길이 연달아 뿜어져 나왔다.

전체적으로 청년실험단이라는 극단 이름에 걸맞게 젊은 배우들이어서 창도 보다 밝게 느껴졌고 연기도 깨끗하고도 생동감을 느끼게 하였다. 다만 창은 좋은데 너무 잡기(雜技)에 치중하여 극정(劇情)을 오히려 흐리게 하는 것 같은 느낌을 받았다.

연극이 끝난 뒤에는 다시 남문야시장(南門夜市場)을 둘러보고 놀다가 늦게 호텔로 돌아왔다.

시안시성 희곡연구원 청년실험단(靑年實驗団)의 공연 모습

7월 25일

일행은 진시황(秦始皇) 병마용(兵馬俑) 구경을 갔으나 나는 전에 구경한 곳이고 아직 밥도 제대로 먹지 않는 처지라 가지 않았다. 어제 일행이 시내로부터 돌아와 길거리에서 농민화(農民畵)를 팔고 있는데 값도 들쭉날쭉하고 진짜 가짜도 문제가 되어 못 샀다는 것이다. 성 문화국장에게 그 얘기를 하였더니 농민화 살 의사가 있으면 내일 진짜 파는 곳으로 데려가 주겠다고 하여 나는 그 곳을 따라가기로 약속을 하였다. 나와 취 선생과 나를 위해 남은 대학원생 한 명, 셋이서 문화국장 차를 타고 시내의 농민화협회(農民畵協會)라는 곳을 찾아갔다.

협회장인 유명한 판화가(版畵家) 띵(丁) 선생이 우리를 맞아주었다. 그곳은 여러 개의 방으로 이루어진 건물이었는데, 명패가 붙어있는 방들은 그림을 그리는 농민들이 틈이 날 때마다 와서 그림을 그리는 화실이었다. 농민화는 포극(蒲劇)의 발생지인 시안시성에 붙어있는 샨시성 융찌현(永濟縣)의 몇 개 마을에서 옛날부터 추수를 끝낸 다음 그리기 시작하여 지금까지 전해지고 있는 것이라 한다. 오기 전에 일행에게 몇 장이나 필요하냐고 물었더니 모두들 '다다익선'이니 살 수 있는 대로 많이 사오라는 부탁이었다. 방마다 돌아다니면서 그려놓은 그림 모두 가져오라고 부탁하였더니 모두 60장 가량의 그림이 책상 위에 쌓였다. 취 선생이 한 장에 인민폐 30원으로 흥정을 해 주었다. 나는 그림들 중에서 형편없다고 생각되는 것들 10여 장을 골라내고 모두 사왔다. 문화국장은 협회장

보고 북경으로부터 당의 대선배가 오셨으니 작품을 하나 선물하라고 강요하여 협회장은 취 선생에게 판화 한 장을 선물하였다. 다시 그의 사무실 벽에 걸어놓은 10여 장의 작품 중 내가 가장 잘 되었다고 칭찬한 작품을 취 선생의 요구로 문화국장은 빼앗다시피 하여 취 선생에게 선물하였다. 취 선생은 호텔로 돌아와 두 장 모두 내게 선물하였다. 그 중 내가 가장 잘 되었다고 칭찬한 판화는 지금도 우리 집 응접실 벽에 걸려있는데, 그 그림을 볼 적마다 그 그림만은 내놓지 않겠다고 버티다가 하는 수 없이 그림을 내려주던 화가 띵 선생의 모습이 떠오른다.

오후에는 일행이 돌아와 함께 대안탑(大雁塔) 등 서안 근교의 명소를 돌아다니면서 구경하였다.

7월 26일

　베이찡으로 돌아와 저녁에는 베이찡에 머물고 있는 중문과 동창들이 전부 모여 한국 소주를 오랜만에 마시며 즐거운 시간을 보내고 다음 날 귀국하였다. 처음부터 끝까지 우리와 함께 행동하고 또 그 일정을 미리 다 잡아준 취 선생의 우의가 정말 고맙게 가슴에 와 닿았다. 그리고 여행 중 아무런 사고나 차질이 없던 것이 무척 다행스러웠다. 이 정도면 우리 중국희곡연구회 회원들에게도 적지 않은 산 교육이 되었으리라고 여겨졌다. 적지 않은 성공이라 믿어져 앞으로도 2차 3차로 계속 희곡탐사 여행을 하리라고 다짐하였다.

2005. 8. 22.

歡迎韓國友人

中國古樂及戱曲新春演奏演唱會

節目次序

一　評彈開篇〈杜十娘〉　演唱者：潘永斌　伴奏：蘇新賢

二　笙、古箏合奏〈大雅〉演奏者：潘中琦（笙）馬正發

三　塤　獨奏〈泣顔回〉　演奏者：李家安

四　揚州淸曲〈斷太后〉　主　唱：葉曉珉
　　　　　　　　　　　主　胡：蔣璐　琵琶：梁紅

五　琵琶獨奏〈十面埋伏〉演奏者：倪峥（明达先生女）

六　古琴獨奏〈神人暢〉演奏者：馬傑

七　箏　琵琶合奏〈漁舟唱晚〉　演奏者：馬正發　倪峥

八　昆曲表演唱〈琴挑〉　　小生：石小梅
　　　　　　　　　　　　　旦：胡錦芳
　　　　　　　　　　　　主笛：錢洪明

　　　　　　主持人：胡忌　聯系人：倪明達　張達源

　　　　　　時　間：一九九五年二月六日下午二時

　　　　　　地　點：南京媚香樓（李香君故居）

난찡의 미향루(媚香樓)에서 남경곤극단(南京崑劇團)이 우리를 위하여 베풀
어준 중국 희곡과 여러가지 연예 공연의 프로그램

쓰추안 청두 천회산(天回山) 기슭의 묘에서 나온 설창용(說唱俑)

❂ 천극 「수만금산(水漫金山)」에서 변검(変臉)을 연출하는 왕따오쩡(王道政)

🏛 악양루(岳陽樓)

2. 쓰추안(四川) 지방 중심 곡예(曲藝) 탐사기

행정 샹하이(上海) – 난찡(南京) – 쓰추안 청두(成都) –
멘양(綿陽) – 쯔퉁(梓潼) – 청두 – 후난(湖南) 챵샤(長沙) –
유에양(岳陽) – 챵샤 – 베이찡

1995년 2월 3일

　중국희곡연구회에서는 중국 쓰추안을 중심으로 하는 지역의 나희(儺戲)와 지방희(地方戲) 등의 연출을 직접 보고 자료를 수집하려고 여행길에 올랐다. 참가자는 나 이외에 한양대 오수경 교수·서울대 이창숙 교수·경산대 이정재 교수·인하대 김우석 교수·전남대 양회석 교수·대구대 권응상 교수·중앙대 이석형 교수 등 8명 이다. 이번에도 참가자를 공모하지 못한 것은 중국에 가서 만족할 정도로 연극이나 민간 곡예(曲藝)를 볼 수 있을 지 자신이 없기 때문이었다. 여행기간을 음력 초나흘부터 보름까지 잡은 것은 원소(元宵)에서 절정을 이루는 춘절(春節)에 중국 민간에서 연출되는 여러 가지 곡예들을 직접 보려는 욕심이 있었기 때문이었다. 본시 중국 사람들은 춘절(春節)이라 하여 설날(元旦)부터 보름날(元宵)에 이르기까지 새해맞이 행사를 하고 여러 가지 놀이를 하며 즐기었다. 따라서 지금도 민간에 연출되는 여러 가지 놀이와 연예를 순수한 형태 그대로 보고자 한다면 이 시기에 가는 것이 가장 좋다고 판단되었기 때문이다.

우리의 중심 목표는 쓰추안 지방에 가서 민간에 공연되는 나희와 지방희를 직접 보고 조사하는 것이었다. 사전에 그 곳 나희의 발굴과 연구에 눈부신 업적을 올리고 있는 위이(于一)선생과 긴밀한 연락을 취해 두었다. 그리고 갈 적에는 샹하이(上海)와 난찡(南京)을 경유하고 귀로에는 후난(湖南)성 창샤(長沙)와 베이찡(北京)을 들러 그 곳의 지방희 등을 탐사하는 한편 나희 가면도 수집하려고 각지에 연락을 취해 두었다. 사방 연락에 무척 애를 쓰기는 하였지만 과연 정초에 우리가 바라는 것들을 볼 수가 있을까 걱정이 되었다. 여행 일정은 중국 국제여행사 위이하이(威海)지사 총경리(總經理)인 위엔춘밍(原春明) 선생이 책임져 주기로 하였다.

우리 일행 8명은 김포비행장을 출발하여 샹하이(上海) 비행장에 도착 쨩싱위(蔣星煜) 선생 부부를 비롯한 상해희곡연구원(上海戲曲研究院) 여러분의 환영을 받았다. 우리 일행은 모두가 중국희곡을 전공하는 교수들이고, 상해 희곡계의 인물들 대부분이 모두 우리와 안면

이 있는 분들이라 만남이 즐거웠다. 저녁에는 희곡연구
원 사람들 초청으로 시내의 월극원(越劇院)으로 가 홍루
월극단(紅樓越劇團)이 공연하는 신편 월극(越劇) 「진가
부마(眞假駙馬)」를 구경하였다. 극장 안에는 앞으로 이
극장에서 공연할 연극의 입장료가 적힌 포스터가 붙여
져 있었는데, 보름날 전후에는 메이란팡(梅蘭芳)의 아들
메이바오찌우(梅保玖, 아버지를 계승 여자 주인공 역을
전문으로 하고 있음)와 딸 메이바오유에(梅保玥)가 출연
하는 매란방경극단(梅蘭芳京劇團)의 경극 공연이 있는
데, 입장료가 영예석(榮譽席)은 200원이었다. 대학교수
한 달 월급보다도 많은 돈이다. 우리가 구경하는 연극
의 입장료 40원과 비교해 보면서 여러 가지 복잡한 생
각을 하였다.

상하이에서 우리와 함께 연극을 구경하고 있는 쨩싱위(蔣星煜) · 뚜후
이(杜輝) 부부

'월극'이란 청 말에 옛날 월나라였던 쩌찌앙(浙江) 성 샤오싱(紹興) 지역에서 생겨나 유행하는 지방희의 일종이다. 이 연극의 음악은 샤오싱 지방의 소극(紹劇) 여요청강(餘姚淸腔)을 바탕으로 하고 경극(京劇)의 연출방법도 도입하여 이루어진 것이다. 본시는 남자 배우들도 출연하였으나 1938년에는 주로 여자들만이 출연하는 '월극'으로 발전하였다. 중화인민공화국이 성립된 뒤로도 샹하이·쩌찌앙·쑤저우(蘇州)를 중심으로 하는 지역에서 월극의 인재들이 많이 배출되어 샹하이를 중심으로 가장 관중들에게 환영을 받는 극종으로 굳어져 있다. 그리고 현대희(現代戱)에 있어서는 남자 배우들도 쓰이는 경우가 생겨났다.

「진가부마」는 공주가 장원급제한 동(董)씨 집안에 시집 간 뒤 사고로 일어난 집안 일로 말미암아 생겨나는 비극을 코믹 터치로 표현한 재미있는 현대화한 월극이었다. 악단에도 바이올린·첼로·플루트·색스폰·전자올간 등 현대악기가 그들 고유의 악기와 함께 동원되고 있었다. 특히 일인이역(一人二役)으로 부마(駙馬)로 나오는 배우의 연기가 인상적이었다.

연극을 본 뒤 이 연극의 편극자인 루어화이즌(羅懷臻)도 샹하이의 연극계 인사들과 함께 우리 호텔로 돌아와 12시 가까이까지 중국의 희곡개혁을 비롯한 여러 가지 문제를 화두로 좌담을 하고 헤어졌다. 샹하이의 연극인들 대부분이 자기네 전통연극의 현대화 또는 개량에 관심과 노력을 기울이고 있는 이들이라 중국의 고전극 개량운동에 대하여 많은 것을 알려주었다. 그러나 짱싱위

(蔣星煜)·루어화이즌·츤두오(陳多) 등 여러 희곡학자
들의 희곡개혁에 대한 견해와 태도가 서로 다른 것으로
미루어 중국희곡계의 고민을 충분히 짐작할 수 있었다.
짱싱위는 한때 샹하이에서 희곡개혁운동에 열을 올리던
희곡 전문가여서 부인 뚜후이(杜輝)를 비롯하여 샹하이
극단에는 그의 제자들이 많았다. 월극의 역사는 오래되
지 않았으나 지금은 전국 각지에 유행하는 비교적 인기
가 있는 지방희의 일종이다.

2월 4일

  어제 밤에도 사방에서 터뜨리는 폭죽소리 때문에 잠
을 못자고 늦도록 술을 마셨으나 아침에도 일찍부터 터
뜨리는 폭죽소리에 깨었다. 폭죽소리는 잠을 못 자게
하여 짜증도 났으나 한편으로는 중국 사람들이 이처럼
설 보름을 즐기고 있으니 민간에서 공연하는 연예를 제
대로 구경할 수 있으리라는 기대감도 부풀어 오르게 하
였다. 그러나 오늘은 샹하이시를 벗어나지 못한 채 명
말 서양 선교사 마테오 리치의 영향을 받아 서양 과학
을 도입하는데 크게 공헌한 서광계(徐光啓, 1562-
1633)의 묘를 거쳐 성황묘(城隍廟)를 찾아가 중국의 설
풍속을 체험한 뒤 푸단대학(復旦大學)을 방문하고 다시
신화서점(新華書店)을 비롯한 서점을 찾아다니면서 책
을 사고 필요한 자료를 수집하는 등의 일로 시간을 보
내었다.

2월 5일

기차를 타고 난찡(南京)으로 가서 사적(史蹟)과 관련이 많은 진회(秦淮) 근처의 고풍을 지닌 장원루(狀元樓) 호텔에 자리를 잡았다. 난찡대학의 희곡학자인 우신레이(吳新雷) 교수와 후찌(胡忌) 선생 등이 마중 나와 주었다. 저녁에는 후찌 선생이 중국에도 유일한 희곡관계 자료라고 하면서 비디오 테이프를 가져와 호텔 방에서 그것을 감상하였다. 하나는 쑤조우(蘇州)의 지방희로 곤곡(崑曲)과도 관련이 많은 소극(蘇劇)인데 40, 50년대에 이름을 날렸던 쫭자이춘(莊再春) 여사(현 73세)가 여주인공 이삼낭(李三娘)으로 출연하는 「출렵(出獵)」과 「취귀(醉歸)」의 두 가지였다. 「취귀」에 출연하는 양찌쯘(楊繼眞)도 나이 60여 세로 우리가 잘 아는 난찡의 강소곤극단(江蘇崑劇團)의 명배우인 쫭찌칭(張繼靑)보다도 연상이라 하였다. '소극'은 오직 한 극단만이 공연하고 있고, 음악이 쑤조우의 민요 청창(淸唱)을 근거로 발달한 것이라 특히 창이 아름답게 여겨졌으나 창사나 대화가 쑤조우 말이라 난찡 사람들도 알아듣지는 못한다 하였다. 특히 쫭자이춘은 외모며 목소리 모두 70대라고 보기 힘든 연기였다. 여기에 요제랑(咬臍郎)의 마부로 출연하고 있는 니밍따(倪明達) 선생도 이 자리에 와서 옆에서 직접 여러 가지 설명을 해주어 연극을 이해하는 데에 큰 도움이 되었다. 「출렵」은 송원(宋元)대의 남희(南戲)이며 오대(五代) 때 유지원(劉知遠)의 얘기를 극화한 『백토기(白兎記)』 중의 한 대목을 짧은 연극으로 편극한 것이고, 「취귀」는 곤극(昆劇) 『화괴기(花魁記)』 중의 한 대목인데 '소극'은 '곤극'과 아주 가까운 지방희라고 한다.

다음에는 난찡에서 쫭자이춘을 기념하기 위하여 1993년에 공연한 곤극 「척호(刺虎)」였는데, 쫭찌칭(張繼靑)과 함께 내한 공연한 젊은 여배우 후찐팡(胡錦芳)과 쉬화(徐華) 두 사람이 출연하고 있었다. 쫭자이춘은 1993년 남경곤극단(南京崑劇團) 내한 공연 때 왔던 중국 배우들의 최고 영예인 매화장(梅花獎)을 수상한 곤극의 명배우 쫭찌칭의 스승이라 한다. 연극 내용은 명(明) 말 농민기의(農民起義)한 이자성(李自成)이 숭정제(崇禎帝)를 죽이고 궁녀들을 그의 부장(部將)들에게 나누어주는 데서 야기되는 얘기였다. 후찌 선생은 내일 다시 후찐팡을 데려와 이 중 한 대목을 직접 연창(演唱)하도록 하겠다는 약속을 하였다. 비디오 테이프였지만 매우 뜻있고 재미있었다.

샹하이의 이에 창하이(葉長海) 선생(왼편)과 난찡의 후찌(胡昷) 선생(오른편)

2월 6일

오전엔 쭝샨(鍾山)의 중산능(中山陵)과 명 태조(太祖) 주원장(朱元璋)의 능 등을 구경하였는데, 산의 매화나무엔 꽃도 피어 있어 눈을 즐겁게 해 주었다.

오후에는 후찌 선생과 남경곤극단이 중심이 되어 우리가 묵는 호텔 근처 미향루(媚香樓)라는 누각에서 우리를 환영하는 중국고악급희곡신춘연주연창회(中國古樂及戲曲新春演奏演唱會)를 열어주었다. '미향루'는 청대 전기(傳奇)의 대표작이라 칭송되고 있는 공상임(孔尙任,

▲ 쓰샤오매이(石小梅)

▲ 후찐팡(胡錦芳)

스샤오매이(石小梅)와 후찐팡(胡錦芳)이 『도화선(桃花扇)』에서 후방역(侯方域)과 이향군(李香君) 역을 맡아 열연하고 있다.

뒤의 '3. 샨둥의 지방희와 곡예를 찾아서'를 참고 바람.)
의 『도화선(桃花扇)』의 여주인공 이향군(李香君)이 그가
사랑하는 명 말의 지사 후방역(侯方域)을 만나던 장소인
데 매우 풍취가 있다고 여겨지는 누각이었다. 2층으로
지어진 누각으로, 윗층에는 와실(臥室)·금실(琴室)·서
방(書房) 등이 마련되어 있고 우리 모임은 아래 층 넓은
홀에서 이루어졌다. 마침 수리를 하여 공사가 다 마무
리되어가는 때라서 아직 외인은 출입이 허락되지 않는
형편이라 마치 우리를 위하여 미향루를 확보해 놓은 듯
이 느껴졌다. 1993년 우리 나라에서 개최한 '93 한국의
음악축제'에 초청되어 예술의 전당에서 곤극을 공연한
일이 있는 남경곤극단의 단원인 배우 스샤오메이(石小
梅)와 후찐팡(胡錦芳) 및 비파(琵琶)가 전문인 연주자 마
정파(馬正發)도 나와 주어 무척 반갑고도 고마웠다. 그
들은 내한했던 남경곤극단의 명배우 장찌칭(張繼靑)도
꼭 오늘 이 자리에 참석하려 했는데 일이 생기어 못 왔
노라고 하면서 그의 안부도 전해주었다. 1993년 내한
공연 때 우리 한국중국희곡학회 회원들이 발 벗고 나서
서 도와주었던 일을 매우 고맙게 생각하고 있음이 분명
하였다.
　첫 번째로 송(宋)대 강창(講唱)으로부터 내려온 쓰조
우를 중심으로 하여 찌앙수(江蘇) 지방에 널리 유행하는
곡예(曲藝)인 평탄(評彈)의 개편(開篇) 「두십낭(杜十娘)」
을 삼현(三絃)과 비파(琵琶)의 반주에 깃들여 두 사람이
창으로 들려주었다. '평탄'은 고사(鼓詞)와 함께 우리
나라 판소리와 같은 계열에 속하는 곡예이다. 이어서

생(笙)과 고쟁(古箏)의 합주로 「대아(大雅)」를 들려주었는데 이제껏 들어본 중국 음악 중 가장 고풍스럽고 우아하다고 느껴지는 진짜 주악(周樂) 같은 음악이었다. 고쟁은 서울에 왔던 마정파가 연주하였다. 다음은 진흙을 구워 만든 악기인 훈(塤)으로 「읍안회(泣顔回)」라는 곡을 독주하였는데, 정말 공자가 사랑하는 제자 안회의 요절을 통곡하는 것 같은 애절한 음악이었다. 네 번째로는 「포공단태후(包公斷太后)」라는 곡명의 양주청곡(揚州淸曲)을 들려주었다. 한 사람이 창하고 두 사람이 반주를 하면서 송대 포청천(包靑天)의 활약을 창하는 것인데 평탄(評彈) 계통의 연예라고 느껴졌다. 이어서 비파(琵琶) 독주와 고금(古琴)의 독주를 들려주었다. 비파를 독주한 니쩡(倪崢)은 그의 아버지 니밍따(倪明達)와 함께 나와 우리를 반겨주어 각별히 고마웠다. 다음엔 니쩡과 서울에 왔던 마정파가 쟁·비파의 합주를 들려주었다. 주객의 구분없이 어울리어 둥글게 둘러앉아 얘기도 주고받으며 한 식구처럼 음악을 즐기는 쉽사리 이루어지기 어려운 형식의 모임이었다. 이런 자리를 마련해준 난찡 연극계 친구들이 정말로 고마웠다.

이들의 창과 악기연주를 통해서 오히려 중국에는 북쪽보다도 이 남쪽지방에 고전음악의 전통이 더 많이 남아있다는 사실을 절감하였다. 쑤조우 근처 쿤샨(崑山)에서 곤곡(崑曲)이 생겨나 지금까지도 많은 중국희곡 애호가들의 마음을 사로잡고 있는 것은 우연이 아니라고 여겨졌다. 끝으로 남경곤극단의 내한 공연 때 함께 왔던 배우인 스샤오메이(石小梅)가 소생(小生)으로, 후찐팡

(胡錦芳)은 단(旦)의 역할로 나와 평복을 입은 채 「금도(琴挑)」라는 곤곡의 한 토막을 연창해 주었다. 반주는 저(笛)·비파(琵琶)·생(笙)이 맡았는데 내한했던 마정파는 비파 연주를 맡았다. 그리고 다시 후찐팡이 「척호(刺虎)」의 궁녀 비정아(費貞娥) 역할의 일단을 연창해 주었다. 어제 후찌 선생이 우리에게 했던 약속을 이행한 것이다. 한 자리에 앉아서 명배우들의 연기와 명 악인들의 창과 악기연주를 감상하였으니, 살다보면 이런 복을 누리는 경우도 생기게 되는 건가 하고 감동을 받았다.

후찌 선생의 초청으로 나와 오수경·김우석 교수는 자리에서 일어나자마자 택시를 잡아타고 후찌 선생 댁을 방문하였다. 근래 하는 일을 물으니 요새는 「양조우 쇼우마(揚州瘦馬)」라는 특수한 책을 집필하고 있다고 하였다. 양조우 지방의 기녀들의 생활을 쓴 책이라 하였다. 그의 장서를 구경하며 여러 가지 얘기를 듣고 선물로 구하기 어려운 청간본(淸刊本) 『원곡정선(元曲精選)』을 받고 호텔로 돌아왔다. 이 후찌 선생은 뒤에 다시 난찡을 방문할 기회가 있어 한 번 더 만났는데(뒤의 '5. 대만의 곤곡국제학술연토회에 다녀와서' 참조 바람.) 2005년 4월 8일에 작고하셨다. 선생님의 명복을 간절히 빈다.

호텔로 돌아와서는 잠시 쉰 다음 다시 나가 근처의 옛 공자묘(孔子廟)를 찾아갔다. 그곳은 현재는 완전히 놀이터로 변해 있고 3층에는 존경각차관(尊經閣茶館)이 마련되어 있어 낮에는 양주희(揚州戲)를 공연하고 밤에는 춤을 추는 가무청(歌舞廳)으로 쓰고 있었다. 난찡으로 옮겨와 사는 양극(揚劇) 극단의 늙은 배우들이 옛 무대를 잊지 못하고 남경예성양극단(南京藝星揚劇團)을 조직하여 공연하는 것이라는데 양조우에도 이런 '양극'의 전문 극단은 없다고 한다. 입장료는 2원이라 쓰여 있는데 단체라 하여 1원씩 주고 들어가 보니 양조우에서 온 노인들을 중심으로 허름한 차림의 사람들 몇 명이 앉아 있었다. 연극 제목은 「주인헌수(周仁獻嫂)」라는 명 대의 권세를 부린 환관 엄숭(嚴嵩)의 얘기라 하는데 공연 배우들의 연기도 노인들이라 엉성하고 잘 알아들을 수도 없는데다가 졸고 있는 관객도 있어서 한참 보다가 나와 버렸다. 그 밖에도 공연 극목으로 「의적신원(義賊伸冤)」·「척목표심(刺目表心)」 같은 포스터가 붙어 있었다. 자신은 늙고 자기의 공연을 구경하는 관객은 적어도 극단을 유지하고 있는 양조우 출신 늙은 예인들의 정상에 동정이 갔다.

2월 7일

   오전에 비행기로 쓰추안성 청두(成都)로 갔다. 먼저
사천성박물관(四川省博物館)을 관람했는데, 많은 소장
품 중에서도 특히 우리의 눈을 끈 것은 지금으로부터
대략 3500년 전의 상(商)대의 청동가면(靑銅假面)이다.
1986년 쓰추안성 꽝한(廣漢)의 싼싱투이(三星堆)에서
발굴된 것으로 크고 작은 것들 모두 7, 8개가 있다. 가
장 큰 것으로는 높이 약 80여 cm, 너비 약 170cm 정도
는 되어 보이는 것도 있다. 그것은 제사를 지낼 적에 신
을 모시기 위해서 큰 기둥 같은 데에 걸어놓던 신의 얼
굴(神面)일 것이다.

〈상대 가면 사진〉
쓰추안 꽝한(廣漢) 싼싱투이(三星堆)에서 출토된 상(商)대의 대형 청동
가면. 눈이 길게 튀어나오고 귀가 큰 것은 천리 밖을 내다보고 천리 밖
소리도 들을 수 있음을 뜻한다.

또 하나 만년을 타이완에서 보내다가 85세에 작고한 쓰추안 출신의 세계적인 화가 장따첸(張大千)이 1941년 으로부터 1943년에 이르는 사이 뚠황(敦煌)의 막고굴 (莫高窟)로 가서 중국 회화의 원류를 추구하겠다는 정열 로 그 곳의 벽화 276폭을 3년에 걸쳐 모사하였는데 그

두보(杜甫)의 완화계(浣花溪) 초당(草堂) 앞에서

중 많은 부분이 이 박물관에 기증되어 잘 보존되어 있
는데 그 일부가 전시되고 있었다. 이는 중국 예술계의
경이적인 업적으로 평가되고 있다.

　박물관 관람을 마치고는 청두시 서쪽 교외 완화계(浣
花溪) 가에 있는 당(唐)대의 대시인 시성(詩聖)이라 칭
송되는 두보(杜甫)가 한 때 살았던 두보초당(杜甫草堂)
을 찾아갔다. 여기의 초당에서 폭풍으로 자기 초가지붕
이 다 날아갔는데도 "어이하면 천만 칸의 넓은 집을 구
하여, 천하의 빈한한 선비들을 다 가려주어 모두가 기
쁜 얼굴로 대하게 될까? 비바람에도 움직이지 않고 산
처럼 안정된 그런 집을! 아아! 언제면 눈앞에 우뚝한 그

중국 나희학회 회장 취류이(曲六己) 선생과 쓰추안의 위이(于一) 선생
(우리 나라 민속촌에서)

런 집이 나타나게 될까? 내 움막만은 무너져 얼어 죽게 된다 해도 만족하련만!" 하고 노래 부른 「모옥위추풍소파가(茅屋爲秋風所破歌)」를 지은 곳이다. 완화계가 도시의 오물로 더럽혀져 있어 기분이 상했으나 매화나무와 대나무로 잘 가꾸어진 원림(園林) 속에는 초당 외에도 진열실(陳列室)과 사당(祠堂) 등이 잘 정비되어 있었다.

호텔에 도착하여 마중 나온 위이(于一) 선생과 둘이서 따로 만나 쓰추안의 희곡 탐사 일정을 의논하여 결정하고 또 그 분께 쓰추안 지방 탈놀이에서 쓰는 탈을 모아 줄 것을 부탁하였다.

2월 8일

버스를 타고 청두 북쪽의 더양(德陽)을 거쳐 멘양(綿陽)으로 갔다. 먼저 찌앙유(江油) 칭리엔창(靑蓮場)에 있는 당(唐)대의 대시인 시선(詩仙)이라 칭송되는 이백(李白)이 젊은 시절을 보냈다는 유적지를 구경하였다. 중국에서는 보기 힘든 깨끗한 푸른 물이 흐르는 강물 옆에 태백당(太白堂)·태백서옥(太白書屋) 등의 기념관과 정자 등이 아름답게 배치되어 있고 강물 저편으로 태백공원(太白公園)이 만들어져 있다.

저녁에는 멘양시 문화국(文化局)의 배려로 시장 중간을 뚫고 들어가 초라하고 작은 차좌극장(茶座劇場)으로 가서 천극(川劇)을 구경하였다. 천극은 쓰추안을 중심으로 하여 윈난(雲南)·꾸이조우(貴州) 등지에 유행하고 있는 중국의 대표적인 지방희의 일종이다. 고강(高腔)·곤강(崑腔) 등 다른 지방 연극의 음악과 연출기법의 영향을 받아 쓰추안 민간의 등희(燈戲)를 바탕으로 하여 청나라 말엽에 이루어진 것인데, 쓰추안 민간음악의 특징을 많이 보유하고 있어 지금도 많은 사람들의 사랑을 받는 극종이다. 300석 규모의 나무 의자를 늘어놓은 극장은 이미 초만원이었으나 앞으로부터 셋째 줄 한가운데에 우리 자리를 비워놓고 있었다. 전통천극(傳統川劇) 두 가지를 먼저 보여주고 다음에 개량천극(改良川劇) 두 가지의 공연이 있었다. 첫 번째 두 가지는 설을 즐기기 위하여 조직된 공연인 듯, 배우들이 늙은이가 대부분이고 짙은 화장에 무대의상을 입고 있어도 바로 일반 서

천극단이
「무송살수」를 공연하는 모습.

민인 아마추어들임을 알 수 있었다. 옆에서 배우들의
창에 추임새를 넣고 창을 돕는 빵창(幫腔)을 하고 있는
아주머니는 꼭 시장 골목의 채소장사 같은 풍모였다.
「화문방창친(花文芳搶親)」과 「삼격장(三擊掌)」이란 제
목이었는데, 둘 다 권세가이며 부자인 자와 서민이 혼
사를 두고 충돌하는 내용이라 관중들은 연기가 서툴러
도 크게 공감하는 듯 했고 출연자들은 모두가 열심히
성의를 다하는 듯하였다. 다음 연출은 「피금곤등(皮金
滾燈)」과 「무송살수(武松殺嫂)」였는데, 정식 천극단의
배우들이 출연하고 악기 반주자 수도 두 배로 늘었다.
앞의 것은 도박 습성이 밴 자의 버릇을 가족들이 고쳐

주는 얘기이고, 둘째 것은 『금병매(金瓶梅)』에 나오는 힘이 무척 센 무송(武松)이 활약하는 얘기였다. 약간 현대적으로 편극하여 공연하는 연극이라 보기에는 재미가 있었다. 앞의 연극은 노름꾼인 주인공이 우스갯짓을 하면서 관중과 어울리는 연기가 매우 뛰어나다고 여겨졌다. 뒤의 연극에서는 반금련(潘金蓮)의 요염한 연기와 매파(媒婆)의 우스갯짓이 무척 좋았다. 설 때 모여서 즐길 수 있는 자기네 연극을 갖고 있는 중국의 백성들이 부러웠다.

2월 9일

　쯔퉁(梓潼)이란 곳 시골마을의 묘제(廟祭)에서 행해지고 있다는 탈놀이를 구경하려고 버스를 타고 당대 시인 이백의 「촉도난(蜀道難)」이란 시로 유명한 촉도(蜀道)를 따라 북쪽으로 올라가기 시작하였다. 여기에서 좀 더 북쪽으로 올라가면 길이 험난하기가 "푸른 하늘에 오르는 것보다도 더 어렵다"고 이백이 읊은 검각(劍閣)과 검문관(劍門關)이 나오고 그 곳을 넘어가면 샨시(陝西)성이어서 장안으로 가게 된다. 길 양편으로는 삼국시대 장비(張飛)가 심었다는 고백(古柏)이 우거져 있어 특수한 경관의 골짜기를 이루고 있다. 도중에 위이 선생의 말이 그 근처 칠곡산(七曲山)에 문창대군묘(文昌大君廟)라는 큰 묘당이 있는데 옛날에는 그 곳의 철에 따른 묘제(廟祭)가 유명하였고 탈놀이와 함께 여러 가지 민간연예도 공연되었다는 것이다. 시간에 여유가 있기에 잠깐 들려가자고 요청하여 묘당을 찾아갔다. 늙은 백수(柏樹) 숲 속에 규모가 무척 큰 묘당이 서 있는데, 본시 진(晉)나라 때 이루어진 도교의 사묘(寺廟)라 하는데, 후세에 더욱 증축되어 마치 원(元)·명(明)·청(淸) 삼대의 건축예술의 전시장 같았다. 묘당 안에는 문창군(文昌君) 뿐만이 아니라 관우(關羽) 등 온갖 잡신의 신상(神像)들이 건물에 따라 성격을 달리하며 늘어앉아 있었다.

　이 건물 저 건물을 돌아다니면서 구경하는 중 어디에선가 가늘고 높은 톤의 북소리가 통통 들려왔다. 나는 북소리가 범상치 않다고 생각하면서 그 소리가 나는 곳

쓰추안 쯔퉁(梓潼)으로 가는 도중 칠곡산(七曲山) 문창대군묘(文昌大君廟)에서 만난 중국의 장타령 도정(道情)을 창하던 거지 마명인(馬鳴人). 그가 들고 있는 긴 흰 통이 어고(魚鼓)이고, 대쪽이 박판(拍板)이다.

을 따라가 보았다. 한 묘당 옆에 거지 도사가 앞에 조그만 돈 바구니를 놓고 홀로 앉아 어고(魚鼓, 북통이 가늘고 길며 한 편에만 뱀가죽을 매었음)를 줄에 매어 어깨에 둘러메고 오른 손으로 치고 왼 손으로는 여러 개의 긴 나무 판을 겹치고 중간에 방울을 단 박판(拍板)을 치면서 창을 하고 앉아 있었다. 나는 다가가서 당신이 창하는 것이 무엇이냐고 물으니 바로 도정(道情)이라는 대답이었다. 도정은 연화락(蓮花落)과 함께 옛날부터 중국 거지들이 불러온 대표적인 장타령이다. 내 마음 속에 기쁨이 솟았다. 나는 말없이 주머니에서 지폐를 꺼내어 바구니에 넣으면서 당신이 가장 잘하는 도정을 창해달라고 부탁하였다. 그는 곧 권화(勸化)와 권선(勸善)의 뜻이 담긴 짧은 곡을 하나 창한 다음, 서사도정(敍事道

情)이라 할 수 있는 '목련구모(目連救母)'와 '맹강녀(孟姜女)' 고사와 관련이 있는 도정을 각각 상당히 긴 시간에 걸쳐 창하여 주었다. 그러는 중에 우리 일행이 모두 모여들어 거지가 도정을 창한다는 것을 알고는 전원의 관심이 여기에 집중되었다. 거지의 나이는 72세이고 이름은 마명인(馬鳴人)이라 하였다. 그는 여러 가지 자신이 창하는 도정의 창본(唱本, 手抄本 및 謄寫本)을 갖고 있었는데, 한 교수가 뒤에 그에게 돈을 주면서 간청하여 창본 중에서 두 종류를 얻어 갖고 왔다. 귀국 후에 나는 「중국의 민간곡예 '도정'에 대하여」라는 논문을 쓰면서 (『중국의 희곡과 민간연예』, 명문당, 2002, 소재) 이 자료도 빌려서 이용하였다. 중국 거지가 진짜 장타령을 하는 것을 들은 것은 무엇보다도 큰 행운이라 여겨졌다.

다시 버스에 올라 머지않은 위마깡(御馬崗)이라는 곳 언덕 위에 있는 어마사(御馬寺)라는 신묘(神廟)에서 연출되는 이른바 재동양희(梓潼陽戲)를 구경하러 갔다. '재동양희'의 종교는 무속(巫俗)과 도교가 합쳐져 있는 형태의 것이고, 여기의 영신회(迎神會)는 본시 음력 12일부터 16일 사이에 거행되었다 한다. 묘당은 언덕 위에 있고 희대(戲臺)는 언덕 아래 희대로 향하는 문루(門樓) 위에 있어서 신들은 신단(神壇) 위에 앉은 채로 편안히 희대에서 공연하는 놀이를 구경할 수 있게 되어 있다. 문루와 묘당 사이는 넓은 비탈길이어서 자연스러운 사람들의 공연 관람석이 되어 있는데, 1000명이 넘는 군중이 이미 모여 있었다. 중간에 나무판자와 자리를 깐 우리 자리가 확보되어 있어서 우리는 사람들을 비집고 들어가 편히 앉아서 구경할 수가 있었다.

'재동양희'는 1910년대만 하더라도 이 지역에 20여 개의 희반(戱班)이 있고 다른 성에까지도 유행되고 영향을 끼치던 놀이였는데, 인민공화국 수립 뒤에 미신을 금하여 묘제(廟祭)를 중단하는 바람에 근 40년간 이 놀이도 하지 않다가 1990년에 이르러서야 다시 그 전통문화상의 의의와 민속적인 가치가 인정되어 조사연구와 함께 이 행사가 다시 살아나게 되었다 한다. 그러나 대부분의 예능인들이 죽고 놀이에 쓰던 물건들도 없어지고 하여 멸실 위기에 처해있다고 한다. 놀이에 쓰던 탈도 본시는 근 30개에 달하는 수였으나 지금에 와서는 이랑(二郞)·영관(靈官)·토지(土地)의 세 종류밖에 남은 것이 없다고 한다. 법사(法師)의 주관 아래 청신(請神)의 의식부터 행해졌다. 법사는 주어(呪語)를 외면서 천지 사방 특히 이 제의(祭儀)가 행해질 장소를 정결히 하고 자기네 보호신들을 모시는 의식을 행하였다.

그리고는 천희(天戱)라 하여 문루 위에서 끈으로 조종하는 인형놀이가 시작되었다. 출소붕전(出掃棚錢)·출소귀(出小鬼)·출관한이장(出關韓二將)·사성등위(四聖登位)의 네 종목이 인형극처럼 연출되었다. 천주(川主)·약왕(藥王)·토주(土主)·화주(化主, 곧 文昌) 등의 주신 이외에도 수많은 신들이 등장하여 병마와 재난을 물리치고 복을 내려주기도 하는데, 관우(關羽)·한신(韓信) 등의 역사적인 인물까지 나와 요사(妖邪)를 물리친다. 옛날에는 삼십이희(三十二戱)라고 부를 정도로 연출이 복잡했다는데, 나무 인형들도 많은 것들이 없어진 탓인지 연출이 간편해져 네 종류의 놀이만이 연출되었다.

　다음으로 지희(地戱)라 하여 사람들이 탈을 쓰고 하는 놀이로, 태백찰선(太白察善)·조사배조(祖師排朝)·영관단악(靈官斷惡)·종규참귀(鐘馗斬鬼)·이랑청택(二郎淸宅, 또는 掃蕩殿疫) 등의 다섯 가지가 연출되었다.

이랑청택(二郎淸宅)
재동양희에서 이랑청택(二郎淸宅)을 연출하는 모습

　탈이 없어져 버린 탓인지 도면(塗面)을 한 출연자도 있었고, 음악이나 춤에서도 그 곳 지방희인 천희(川戱)의 영향이 느껴졌다. '토지'와 '영관'은 백성들을 보호해주고 풍년이 들어 잘 살 수 있게 해주고 '이랑'은 역귀를 쫓아내는 역할을 맡은 것 같은 놀이이다. 놀이의 진행이 어설프게 느껴지는 점들이 있는 것은 제대로 연출하던 옛날 연예인들이 사라져서 놀이가 제대로 연출되지 않고 있기 때문이 아닐까 한다. '이랑신'은 역귀들을 몰아 낼 적에 단 위에 종이 또는 띠 풀로 만든 배 한 척을 갖다놓고 역귀들을 잡아 모두 그 배 안에 실어 가둔다. 이 의식의 끝머리에 '이랑신'이 역귀들을 잡아가둔 배를 압송할 적에는 악대와 함께 연출자와 관중들이 모두 그 뒤를 따라 강가나 연못가로 가서 종이배를 물 안에 잡아 쳐 넣어 역귀들을 말살시킨다. 이를 모선견송(茅船遣送)이라 하였다.

　중국 민간에서 연출되고 있는 묘회(廟會)의 의식과 연예를 본래의 모습 그대로 구경할 수 있었다는 것만도 큰 행운이라 생각되었다. 중국에서도 날로 사라져 가고 있는 전통 연예며 민간 의식 등이 무척 아쉽게 느껴졌다. 구경이 끝나자 버스를 타고 곧장 청두로 돌아와 쉬었다. 쓰추안 텔레비죤 방송국에서도 차를 몰고 처음부터 우리를 따라와 이 양희의 연출을 녹화하였다.

2월 10일

　오전에 동한(東漢) 말엽에 도교(道教)의 창시자인 장릉(張陵)이 산 위에 단을 만들어놓고 오두미도(五斗米道)를 전하여 도교의 성지가 된 칭청산(青城山)을 찾았다. 전동차와 색도(索道)를 이용해가며 산 위의 상청궁(上清宮)까지 갔다 왔는데 풍경이 아름답고 지형이 절묘하게 느껴졌다. 다시 내려와서는 전국(戰國)시대 진(秦)나라 소왕(昭王) 때(B.C.276-251) 촉군(蜀郡)의 군수(郡守)였던 이빙(李冰) 부자가 이루어 놓았다는 중국 고대의 대대적인 수리공사(水利工事)인 도강언(都江堰)을 구경하였다. 옛날에는 산골짜기를 통하여 흘러나오는 민강(岷江)이 평원으로 흘러오면서 약간의 장마가 져도 큰 피해를 주었는데, 이 땜을 만들고 절벽을 깎아 수로(水路)를 만들어 강물을 잘 유도한 뒤로는 수해가 없어지고 넓은 평야가 옥토로 변했다는 것이다. 이 도강언을 통하여 물을 공급받는 평야의 넓이가 60만 핵타르에 이른다 한다. 옆에는 이빙 부자를 모시는 사당(祠堂)도 있었다. 이빙 부자는 백성들에게 큰 은덕을 끼쳤기 때문에 여러 지역에서 묘제(廟祭)와 탈놀이를 할 적에 그들 부자를 그 지방의 보호신인 이랑신(二郎神)으로 모시고 있다.

　저녁에는 성도반점(成都飯店)의 만사리원극장(蔓莎梨園劇場)으로 가서 사천성천극원(四川省川劇院)의 공연을 관람하였다. 극장 이름에 붙은 '만사'는 매화장(梅花獎)을 받은 유명한 천극 배우 티엔만샤(田蔓莎)의 이

천극 「오삼나호(伍三拿虎)」의 한 장면

름을 딴 것이며, 사천성천극원은 여러 번 외국 공연도 하였는데 특히 일본과 대만에서는 열광적인 환영을 받았던 극단이다. 모두 네 편의 전통적인 절자희(折子戲)였는데, 첫 번째는 거란(契丹) 여인과 한족 청년 사이의 사랑 이야기를 다룬 탄희(彈戲) 「화영사조(花榮射雕)」였는데 밝고 재미있는 연극이었다. '탄희'란 방자강(梆子腔)이라 부르는 강조(腔調)에 속하는 음악을 쓰는 천극의 한 종류이다. 특히 중간에 변수(變鬚)라 하여 관중은 의식하지 못하는 사이 수염을 떼어내고 바꾸어 자신의 감정 변화를 드러내는 특기도 연출되었다. 두 번째는 술 취하여 우스갯짓이 많이 나오는 등희(燈戲)인 「오삼나호(伍三拿虎)」였는데 주인공의 연기가 재미있었다.

천극 「노배소(老背少)」를 연출하는 장면.

'등희'는 쓰추안 민간에 유행하던 곡예의 일종으로 거기에 쓰이던 음악을 많이 사용하는 천극의 일종이다. 사람뿐만이 아니라 호랑이까지도 대통으로 술을 마시고 취하여 관중을 웃기었다. 세 번째는 불구가 된 부녀의 비극적인 운명을 재현한 고강(高腔)의 「노배소(老背少)」였다. '고강'은 찌앙시(江西) 지방을 중심으로 유행하던 민간음악에 쓰추안의 민간가요인 앙가(秧歌)·호자(號子)·신곡(神曲) 등의 음악도 흡수하여 이루어진 강조를 쓰는 천극의 일종이다. 모두 경극(京劇)보다 창이 자연스럽고도 아름다웠고, 특히 옆에서 배우의 창을 돕는 빵치앙(幫腔)이 뛰어나게 들리었다. 네 번째가 이번 공연의 백미(白眉)라 할 수 있는 곤강(昆腔)의 「수만금산

(水漫金山)」이었다. '곤강'은 말할 것도 없이 찌앙수(江蘇)로부터 명·청대를 걸쳐 크게 유행했던 곤곡(崑曲)이 쓰추안으로 들어와 천극의 음악으로 발전하여 천극의 한 종류를 이루게 된 것이다. 「수만금산」은 유명한 「백사전(白蛇傳)」의 한 절(折)로 여주인공인 흰 뱀의 화신 백낭자(白娘子)와 법해(法海)가 금산(金山)에서 온갖 법술과 요술을 다하며 아래 사람들까지 동원하여 격렬히 싸우는 모습이다. 중간에 탈을 쓴 두 귀신이 나와 백낭자와 하녀인 소청(小靑)을 상대로 싸우는데, 이것은 나희(儺戲)가 반대로 천극에 영향을 끼친 것이라 여겨졌다.

여기에는 천극의 절기(絕技)로 알려진 변검(變臉)·토화(吐火)·척안(踢眼) 등이 모두 선보인다. 변검은 도면(塗面)한 얼굴의 색깔과 모양을 모두 바꾸어 그의 심경과 감정의 변화 등을 드러내는 기술인데 아직도 밖에서는 어떻게 그 얼굴 모습을 바꾸는 것인지 비법을 알지 못한다 한다. 나는 몇 년 전 타이베이(臺北)에서 이 극단의 공연을 본 일이 있는데, 그 때는 배우의 얼굴 색깔과 모습이 너덧 번 바뀌는 것을 보고 감탄한 일이 있다. 이번에는 같은 배우인데도 얼굴 색깔이 일곱 번이나 바뀌어져 더욱 놀랐다. 그 사이 기술이 더 크게 발전한 것이다. '척안'은 발길질로 자기 신 앞쪽에 달아두었던 법안(法眼)을 이마에, 관객은 의식 못하는 사이에 갖다 붙이는 수법이다. 그러는 중에 얼굴의 일부를 변화시켜 감정의 변화를 나타내기도 한다. '토화'는 입으로 불을 내뿜는 널리 알려진 기법이다. 모두들 좋은 연극 보았다고 좋아하였다.

2월 11일

　오전에는 당(唐)대의 여시인 설도(薛濤)를 기념하기 위하여 만든 망강루공원(望江樓公園)을 구경하였다. 높은 숭려각(崇麗閣)이 강 옆에 솟아있고 설도정(薛濤井)·음시루(吟詩樓) 등이 있었고, 공원 안에 140종에 달하는 여러 종류의 대나무가 가꾸어져 있어 '대나무공원'이란 별칭도 있다 하였다.

　시간이 남아 바로 옆 사천대학(四川大學)을 방문하였는데, 학교 박물관을 구경한 것이 뜻밖의 큰 수확이었다. 박물관에는 동한(東漢) 때(A.D.25-220)의 돌 조각으로 추호희처도(秋胡戲妻圖)가 있었고 사진으로만 보아온 화상전(畵像磚)으로 이루어진 악무도(樂舞圖)·서왕모도(西王母圖)·잡기도(雜技圖)·연음도(宴飮圖)도 있었다. 당(唐)대의 유물로는 무사(舞獅, 서기 842년 새겨진 글자가 있는 물건과 함께 출토됨)가 있었고, 190cm 높이의 관음보살(觀音菩薩)은 걸작으로 보였다. 그 밖에도 동한 시대의 사진을 통하여 눈에 익은 설서용(說書俑)·도무용(跳舞俑)·청창용(聽唱俑)·설창용(說唱俑) 등이 인상적이었다.

　이어서 그림자놀이인 피영희(皮影戲)를 한다는 이의 안내로 피영희를 공연하는 극장도 둘러보았다. 그림자놀이 인형을 짐승 가죽을 잘라서 만들기 때문에 '피영희'라 부른다. 시설이 좋았고 그림자 인형들이 매우 정교하였는데, 미리 연락만 주었더라면 피영희를 관람할 수도 있었을 것이라 하였다. 전시물로는 종규가매도(鐘

쓰추안 평시엔(彭縣)에 있는 잡기화상이 새겨진 전(磚)

馗嫁妹圖)가 넓은 벽에 걸려있었다.

사천의 탐사를 마치고 오후에는 비행기 편으로 후난
성(湖南省) 창샤(長沙)로 갔다. 창샤에 도착하자마자 호
남성박물관(湖南省博物館)을 관람했는데, 그 곳은 호남
역사문물(湖南歷史文物)의 진열과 함께 마왕퇴한묘출토
문물(馬王堆漢墓出土文物)이 진열되어 있어 유명한 곳
이다. 역사문물로는 지금으로부터 3000여 년 전의 상
(商)대 청동기를 비롯하여 춘추(春秋)시대 초(楚) 문물
등 진귀한 것들이 많지만 그런 것은 중국의 다른 박물
관에서도 흔히 보아온 종류의 것들이다. 그러나 마왕퇴
출토문물 만은 다르다. 1973년에서 1974년에 걸쳐 창
샤의 마왕투이에서 3차의 발굴이 이루어졌는데, 그 무

덤은 지금으로부터 2100여 년 전의 한대의 귀족 묘로
3000여 가지의 진귀한 문물과 함께 완전한 모습으로
썩지 않고 미이라가 되어있는 여자 주인공의 시체도 나
왔다. 지금도 진귀한 칠기(漆器)·관현악기(管絃樂器)·
사직물(絲織物)·도자기·수놓은 비단·작악용(作樂
俑)·가용(歌俑)·거대한 나무 관 등이 진열되고 있다.
그러나 마왕퇴 1호묘에서 나온 주약용(奏樂俑). 내가
1973년 일본 경도(京都)에서 보았던 전시회의 진열품들
중 중요한 것들이 많이 빠져있다는 느낌이었다. 특히
제3호 묘에서는 『역경(易經)』·『노자(老子)』 등 49종에
달하는 많은 양의 비단에 글을 쓴 백서(帛書)가 쏟아져
나와 중국 문헌학(文獻學)에 새로운 자료를 제공하였는
데, 그것들은 하나도 보여주지 않아 무척 섭섭하였다.

후난 창샤(長沙) 서한(西漢)대의 마왕퇴 1호묘에서 나온 나무로 조각한
주약용(奏樂俑)

2월 12일

　아침 일찍 출발하여 유에양(岳陽)으로 갔다. 중간에 중국인들이 전국(戰國)시대 초(楚)나라의 애국시인이라고 추겨 세우는 『이소(離騷)』의 작가 굴원(屈原)이 투신했다는 멱라수(汨羅水)를 지났는데 차를 세우고 아무리 살펴보아도 동정호(洞庭湖)로 흘러드는 이 강의 하류라 하는데도 투신할만한 강물이 못되는 것 같았다. 그가 투신했다는 단오(端午) 날에는 장마가 졌었는가? 근처에 굴원의 묘와 사당이 있다지만 그대로 떠나왔다.

　유에양에 도착하자마자 바로 유에양루(岳陽樓)를 찾아갔다. 비가 부슬부슬 오는 날씨 탓일까? 건물은 멋있는데 당나라 두보(杜甫)가 유에양루에 올라 "오나라와 초나라가 동쪽 남쪽으로 갈라져 있고, 하늘과 땅이 낮이고 밤이고 물에 떠있네.(吳楚東南坼, 乾坤日夜浮.)"하고 읊은 시정은 전혀 공감할 수가 없었다. 주위를 둘러본 다음 다시 출발하여 차까지 페리에 싣고 꼭 바다 같은 동정호 가운데의 섬인 쮠샨(君山)으로 갔다. 쮠샨은 여러 가지 고사와 전설이 얽혀있는 곳이다. 우선 유의정(柳毅井)과 전서각(傳書閣)을 찾았는데, 유의는 당(唐)대 이조위(李朝威)의 전기소설(傳奇小說) 『유의전(柳毅傳)』과 원잡극(元雜劇) 『유의전서(柳毅傳書)』의 주인공으로 유명한 인물이다. 유의는 향시(鄉試)에 급제한 수재(秀才)로 장안(長安)으로 가 과거를 보았으나 낙방하고 집으로 돌아오다가 도중에 시집가서 곤경에 빠져있는 동정용왕(洞庭龍王)의 딸을 만나 자기 친정에 편지를 전해달라는 부탁을 받는다. 유의가 편지를 전해주자 용왕은 아들을 보내어 딸을 구해오고 뒤에 여러 가지 파란을 겪은 다음 용왕의 딸은 다시 유의와 부부가 되어 잘 살게 된다는 줄거리의 얘기이다. 두 곳 모두 이런 유의의 전설과 관련이 있는 곳이다.

그리고 옛날 순(舜) 임금이 남쪽을 순수하다가 죽었는데 이 때 두 부인 아황(娥皇)과 여영(女英)은 이곳까지 와서는 남아서 남편이 돌아오기를 기다리고 있다가 죽어서 상수(湘水)의 여신이 되었고 이때 그들이 뿌린 눈물이 대나무 위에 떨어져 반죽(斑竹)이 되었다 한다. 상수(湘水)는 동정호로 흘러드는 큰 강이지만 군산과는 상당히 먼 거리에 있다. 그러나 이들 이비묘(二妃墓)가 있고 상비묘(湘妃廟)도 여기에 있다. 그리고 주위에는 눈물자국 같은 자색의 반점이 있는 반죽이 자라있고, 그 밖에도 대에 모가 난 방죽(方竹), 겉이 울퉁불퉁한 나한죽(羅漢竹), 마디가 고르고 속이 차있는 실심죽(實心竹), 그리고 남죽(楠竹)·자죽(紫竹)·계죽(桂竹)·용죽(龍竹)·귀갑죽(龜甲竹) 등등 여러 가지 특수한 대나무 종류들도 가꾸어져 있다. 흐린 날의 동정호는 크고 바다 같다는 인상만을 남겨주었다.

2월 13일

　오전에 다시 창샤로 돌아와 오후에는 유에루산(岳麓山) 동쪽 기슭에 있는 악록서원(岳麓書院)을 찾아갔다. 송 대의 대학자인 주희(朱熹)와 장식(張栻)이 한 때 이 곳에서 강학(講學)하여 유명한 곳이며 서원 정청(正廳)의 양편에 주희의 글씨를 돌에 새기어 세워놓은 충효염절(忠孝廉節)이란 네 글자의 커다란 비석이 있었다. 서원에는 육군자당(六君子堂)·염계사(濂溪祠) 등 여러 가지 부속 건물이 있었고 지금은 이를 중심으로 호남대학(湖南大學)이 세워져 있다. 다시 유에루산 골짜기에 있는 애만정(愛晩亭)을 찾아갔는데, 만당(晚唐)의 시인 두

창샤 애만정(愛晚亭)에서 일행

목(杜牧)이 여기에 와서 "수레 세워놓고 앉아 해 저무는 단풍 숲 감상하노라니, 서리 내린 단풍잎이 한 봄의 꽃보다도 더 붉네.(停車坐愛楓林晚, 霜葉紅於二月花.)"라는 명구가 담긴 산행(山行)시를 남겨 유명한 곳이다. 다시 마오쩌뚱(毛澤東) 주석이 호남제일사범학교(湖南第一師範學校)에서 공부하고 있을 적에 늘 이곳을 찾아 풍욕(風浴)과 우욕(雨浴)을 하면서 "몸은 산 속에 있지만 마음은 천하를 걱정하고 있으니, 우리 역사를 처음부터 다시 써야만 하겠다."는 유명한 말을 남긴 곳이기도 하다.

다시 창샤 시내로 들어와 복잡한 시장 거리를 가로질러 걸어가 한(漢) 초의 부(賦) 작가 가의(賈誼)의 옛날 살던 집을 찾아갔다. 가의는 젊은 나이에 장사왕(長沙王) 태부(太傅)로 이곳에 와서 「복조부(鵩鳥賦)」라는 명작을 남겼다. 그 집 앞에는 길가에 가의정(賈誼井)이란 오래 된 샘이 있었다. 그리고 고서점을 비롯한 책점에 가서 일행은 모두 많은 책을 샀다.

다음날 뻬이찡으로 가서 많은 친구들과 동학들을 만나고 귀국하였다. 매우 성공적인 여행이었다고 스스로 위안하였다.

2005. 8. 5

❀ 뿨샨(博山) 들판 가설무대에서 연출되는 오음희(五音戱)를 보고 나서 연출자
들과 일행

✪ 여극(呂劇)의 공연 장면

대관원(大觀園)에서 중국공예가협회 산동분회(山東分會)가 마련한 여러가지 곡예(曲藝)를 감상한 뒤, 협회 임원 및 예인들과 우리 일행

유자희(柳子戱)「손안동본(孫安動本)」의 공연 모습

3. 샨둥(山東)의 지방희(地方戲)와 곡예(曲藝)를 찾아서

 샨둥 칭따오(靑島) – 쯔뻐(淄博) – 찌난(濟南) – 타이안(泰安) – 라이우(萊蕪) – 랴오청(聊城) – 찌난 – 칭따오

우리 학회의 제3차 중국희곡 조사여행은 중심 목표지를 산동(山東)지방으로 정하였다. 산동을 택한 이유는 여러 가지 지방희(地方戲) 이외에도 그곳에는 여러 가지 종류의 민간곡예(民間曲藝)가 유행되고 있기 때문이다. 특히 그 지방은 우리 나라 판소리와 매우 가까운 형식의 곡예(曲藝)인 고사(鼓詞)가 성행한 지방이라 민간에 유행되고 있는 산동대고(山東大鼓)를 비롯한 여러 가지 곡예의 조사에도 각별한 기대를 걸었다. 그리고 제2차 조사여행이나 마찬가지로 여행 출발 날짜를 음력 초나흘(2월 22일)로 잡은 것은 설날부터 대보름날까지 이어지는 중국인들의 대축제 기간에 가면 민간에 연출되고

있는 희곡이나 곡예를 순수한 형태 그대로 볼 수 있을 것이라는 기대에서였다.

중국희곡연구회 회원들에게 죄송한 것은 조사여행 참가 인원을 한 번도 공개모집하지 못했다는 점이다. 제1차 때는 목적지의 출토된 희곡문물이나 각 지방의 지방희를 우리가 바라는 대로 볼 수 있을지 자신이 없어서 남들에게 가자고 권유할 수가 없었다. 제2차 때에는 준비과정부터 불안한 점이 많아서 미리 밖으로 여행계획을 공표할 수도 없었다. 다만 제1차 여행의 성공으로 필요한 최소 인원은 쉽사리 확보되었다. 그러나 제3차 여행은 앞 1, 2차 여행의 성과가 알려져 이미 작년 12월 이전에 이 조사여행 추진 소문을 듣고 자원한 각 학교 중문과 교수들만도 17명(한 학교에 한 명 원칙)이나 되었기 때문에 더 이상 다른 사람들에게 여행을 권할 수가 없었다.

실제로 이 조사여행에 참가한 인원은 나를 제외한 다음과 같은 24명이었다. 모두 중국문학 전공자들이며, 그 때 중국에서 보내온 초청장 순서대로 적는다. 전남대 교수 양회석, 한양대 교수 오수경, 광주대 교수 김광영, 중앙대 교수 이석형, 서울대 교수 이창숙, 서울대 교수 오수형, 서울대 교수 유종목, 연세대 교수 전인초, 고려대 교수 최용철, 이화여대 교수 이종진, 충남대 교수 홍순효, 충남대 교수 김명학, 건국대 교수 장영백, 인하대 교수 김우석, 강릉대 교수 안상복, 서울대 강사 설순남, 인하대 교수 민정기, 경산대 교수 이정재, 이화여대 교수 신지영, 이화여대 강사 김영지, 서울대 강사 신주리, 서울대 강사 김진경, 연세대 강사 홍영림, 서울대 강사 조숙자.

중국 측에서는 산동대학의 중문과 학과주임 쿵판찐(孔範今) 교수와 산동성희극가협회(山東省戱劇家協會) 및 중국곡예가협회(中國曲藝家協會) 산동분회(山東分會) 분들이 희곡과 곡예 연출을 안배하는 데 애써주었고, 여행 일정은 나와 인연이 깊은 중국국제여행사(中國國際旅行社) 웨이하이(威海)지사 유엔춘밍(原春明) 사장이 책임져 주었다. 이분들 이외에도 간단치 않은 준비 과정에 많은 분들이 협조해 주었다. 모든 분들께 감사를 드린다.

1996년 2월 22일

일행 25명이 대한항공 비행기로 서울을 출발 산둥성(山東省) 칭따오(靑島)에 도착, 점심을 먹고는 바로 버스를 타고 쯔뽀(淄博)로 갔다. 거의 두 시간 가까이 걸려 오후 3시 30분 치박빈관(淄博賓館)에 도착하니, 우리를 시종 안내하며 동행하기로 한 산둥성 희극가협회 부주석(副主席) 꿔슈웨이(郭書偉) 선생이 마중 나와 주었다. 저녁까지 시간이 남아 먼저 『요재지이(聊齋志異)』의 작자 포송령(蒲松齡)의 옛 집이 있는 푸찌아쫭(蒲家莊)을 방문하기로 하였다. 『요재지이』는 모두 490여 편의 단편소설이 실려있는 소설집인데, 대부분이 민간의 전설이나 야사(野史)를 바탕으로 한 둔갑하는 여우나 귀신 애기이다. 여우와 귀신을 빌어 사람들의 본성과 생활을 풍자한 것으로 높은 평가를 받고 있다. 샨둥지방의 곡예나 지방희에는 『요재지이』의 작품 애기를 번안하여 상연하는 것들이 상당히 많고, 또 포송령은 고아사(鼓兒詞) 7종과 이곡(俚曲) 11종이라는 민간곡예를 짓기도 하고 3종의 희곡 작품을 쓰기도 한 특별한 작가여서 상당히 기대를 걸었다. 일찍이 포송령은 『요재지이』를 민간의 속곡(俗曲)으로 개편하여 그 작품을 세상에 널리 유행시켰고, 그 뒤로도 여러 사람들이 이것을 다시 속곡 또는 희곡으로 개편하여 샨둥지방에 널리 공연케 하였다. 상해고적출판사(上海古籍出版社)에서는 『요재지이설창집(聊齋志異說唱集)』(關德棟·李萬鵬 편, 1983)과 『요재지이희곡집(聊齋志異戲曲集)』 상·하권(關德棟·車錫倫 편, 1981)이 나와 있다.

포송령(蒲松齡)의 옛집 옆 바위에 새겨놓은 그의 글씨

그러나 푸찌아쫭이란 동리 가운데 있는 포송령이 살던 집을 전문적인 안내원의 설명을 들어가며 구경만 하고 나왔다. 집을 나와 마을 아래편으로 내려가니 만정(滿井)이라고도 불렀다는 유천(柳泉)이란 샘이 있고 그 옆에 정자가 서 있었다. 포송령이 이 정자에 앉아 차를 마시면서 길을 오가는 사람들을 불러 앉혀놓고 잡다한 얘기를 듣고 작품자료를 수집하였다는 곳이다. 근처를 새로 기념공원으로 개발하고 있었으나 문이 닫혀있어 들어가 볼 수가 없었다. 안내원도 포송령에 관한 잡된 일은 많이 알고 있었지만 곡예나 희곡에 관하여는 아는 게 없는 모양이어서 실망하였다.

호텔로 돌아와 서둘러 저녁밥을 먹고는 시골 사람들이 연출하는 연극을 보러 어두워진 교외를 버스로 달려갔다. 약 40분간 달려 뽀샨(博山)이란 곳 근처에 이르러 길 가 밭 가운데에 임시로 가설무대를 만들어놓고 연극을 하고 있는 곳에 도착하였다. 마치 옛날 우리 나라 시골의 신파극을 하던 가설무대와 비슷하였으나, 관중 수는 우리 나라 시골에선 보기 힘들 정도의 천 명도 훨씬 넘을 만한 규모였다.

우리를 안내한 꿔(郭) 선생의 설명에 따르면, 이는 쯔뽀시(淄博市) 오음희극단(五音戲劇團)에 의하여 새해를 축하하는 뜻으로 연출되고 있는 오음희(五音戲)이며, 연극 제목은 '두녀(竇女, 또는 竇梅)'라 한다. 처음 '두녀'라는 제목 이름을 듣고는 원(元)대 관한경(關漢卿)의 「두아원(竇娥寃)」을 고쳐 쓴 것이 아닐까 하였으나 연출되는 내용이 전혀 다른 것이었다. 꿔 선생이 이 연극은 포송령의 『요재지이』 5권에 나오는 얘기를 편극한 것이라 설명해 주었다. 대체로 시골 처녀인 두씨가 부잣 집 젊은이의 꾐수에 넘어가 몸만 버리고는 죽어버리는데, 뒤에 그 청년이 결혼할 때 원령(怨靈)으로 나타나 보복을 하는 얘기인 것 같았다. 그리고 복장이나 연출방법 등으로 보아 근래에 새로 편극한 것일 거라는 짐작이 갔다.

오음희는 샨둥 민간의 화고(花鼓)와 앙가(秧歌)라는 곡예를 바탕으로 하여 발전한 연극이기 때문에 앙가강(秧歌腔)이라고도 부르고, 다섯 명이 기본적으로 한 패를 이루어 연출하기 때문에 오인반(五人班) 또는 오인희(五人戲)라고도 불렀다. '앙가'는 본시 시골의 모심기 노래였으나 지금은 중국 각지에 단순한 노래뿐만이 아니라 여러 가지 얘기를 설창(說唱)으로 연출하는 곡예 및 몇 명의 배우가 연출하는 간단한 연극으로 다양하게 발전하여 유행되고 있다. 또 오음희는 본시 팔꿈치에 거는 작은 북으로 절주를 잡는다하여 주고자(肘鼓子)라고도 부른다. 본시는 반주악기로 북과 징만을 썼다하나 지금은 횡적(橫笛)과 네 가지 호금(胡琴)도 보태어져 있었다. 샨둥성의 장치우(章丘)와 리청(歷城)지방에서 이루어져 지금은 찌난(濟南)·쯔뻐(淄博)·린취(臨朐)·찌양(濟陽)에 이르는 넓은 지역에 유행되고 있는 극종이라 한다.

무대와 연출 분위기도 그러했지만 연극 내용이나 배우들의 복장과 화장에서도 시골 냄새가 물씬 풍기었다. 남녀의 창도 거의가 제 목소리로 민요조를 느끼게 하는

가락이었는데, 특히 여주인공의 탁 트인 아름다운 노래
가 인상적이었다. 날씨가 싸늘한 밤이고 내용도 잘 모
르는 것을 중간에 끼어들어 구경하는 것인데도, 일행
모두 수많은 관중들의 열기에 휩싸여 두 시간 넘도록
축축한 밭 땅 위에 나무 판때기를 깔고 앉아 열 띤 배우
들의 노래와 몸짓 속에 빠져 있었다. 이런 자기네 연극
인 지방희(地方戲)를 갖고 설을 보내고 있는 중국 백성
들이 우리 나라 백성들에 비하여 행복하다고 느껴지기
도 하였다.

2월 23일

　조반을 먹고는 바로 쯔뽀를 출발하여 찌난(濟南)으로 갔다. 쯔뽀는 본시 옛 제(齊)나라 도읍이 근처에 있던 곳이라 부근에 고적이 많다. 창밖으로 자주 보이는 고분은 마치 우리 나라 경주 같은 분위기를 느끼게 하였다. 도중에 치박박물관과 수백 마리 말의 뼈가 발굴된 순마갱(殉馬坑)을 구경했다. 찌난에 도착하여 숙소를 잡은 뒤 점심을 먹고는 산동대학을 방문했다. 산동대학에는 이번 우리 탐사여행을 적극적으로 도와준 중문과 과주임 쿵판찐(孔範今) 교수를 비롯하여 산동대학 부총장(副總長)과 『곡예론집(曲藝論集)』 등 수많은 저술을 낸 중국 곡예연구의 대가인 관더뚱(關德棟) 교수, 『상성소원(上聲溯源)』 등의 저서가 있는 희곡연구의 대가 리완펑(李萬鵬) 교수 등이 맞아주었다. 도서관에는 상당히 많은 민간곡예의 대본들이 소장되어 있었는데, 그 방면의 장서로는 북경대도서관(北京大圖書館)과 함께 중국에서 쌍벽을 이루고 있다는 설명이었다. 도서관의 자료가 탐이 나고 또 학생을 위한 숙소며 시설이 좋기에 즉석에서 내가 추천하는 한 명을 산동대학에서 유학생으로 받아줄 것을 제의하여 승낙을 얻어냈고, 동행했던 당시 박사과정의 이정재(李廷宰) 군이 유학을 자원하고 나서서 구체적으로 학생 유학문제가 진전되었다. 이정재 교수는 다음 해 산동대학으로 건너가 관(關)·리(李) 두 교수 지도로 중국의 고사(鼓詞)를 중심으로 하는 곡예를 연구하고 귀국하여 박사학위를 취득하고 지금은

여극(呂劇)의 공연 장면

경산대학의 교수로 재직하고 있다. 순간의 결단이 이정재 교수로 하여금 불후의 학문업적을 쌓게 하였다. 저녁에는 산동대학에서 만찬을 베풀어주었다.

만찬을 준비한 산동대학에 대하여는 무척 미안했지만 연극구경할 시간에 몰리어 서둘러 저녁을 끝내고는 샨

샨둥 여극단(呂劇團)의 공연을 보고 나서, 연출자들과 우리 일행

둥성 여극원(呂劇院)으로 달려갔다. 여극원에서는 원장
(院長) 랑한푼(郎咸芬) 여사를 비롯하여 공연할 연극의
편극자(編劇者)·연출자(演出者) 및 출연배우들이 모두
나와 우리를 마중하여 주었다. 그리고 바로 이어 「차년
(借年)」·「창면엽(唱面葉)」·「완회도선(玩會跳船)」의 세
작품을 공연해 주었다.

 여극(呂劇)은 샨둥지방의 가장 대표적인 지방희로 샨
둥 일대는 물론 멀리 안후이성(安徽省) 일부지역에까지
유행되고 있다 한다. 본시 민간의 곡예인 산동양금(山
東揚琴)의 음악을 바탕으로 발전한 것이어서 화장양금
(化妝揚琴) 또는 양금희(揚琴戲)라고도 불렀다. 노래는
본시 민간의 소곡(小曲)들을 연달아 창하는 형식이고 반
주악기는 추금(墜琴)·양금(揚琴)·삼현(三弦)·비파(琵

琶)의 네 가지가 중심을 이루어 여극사대건(呂劇四大件)이라 부른다. 아직도 노래와 음악에는 중국 농촌의 아름다운 민요조가 남아있고, 설창예술(說唱藝術)의 흔적 같은 것도 느껴졌다. 어제 본 오음희(五音戲)보다는 세련된 것 같은 느낌이지만 아직도 향촌냄새를 짙게 풍기고 있고, 경희(京戲)보다는 연출방식이나 음악이 훨씬 자연스럽다고 느껴졌다.

첫 번째로 공연된 「차년(借年)」은 일찍이 영화로도 만들어져 전국에 널리 상영되었고, 1979년의 건국 30주년을 기념하기 위해 거행된 경연대회에선 샨둥성 여극단(呂劇團)이 뻬이찡에 가서 공연하여 장려상을 받은 극목(劇目)이라 한다. 내용은 왕황희(王潢喜)란 젊은이가 가난하여 설날에 먹을 것이 떨어지자 어머니 명령으로 약혼자 장애희(張愛姬)의 집으로 먹을 것을 빌리러 간다. 약혼자 장씨는 먹을 것과 옷을 보내주고, 올케인 유(劉)씨는 두 사람을 도와 행복한 부부가 되게 해준다는 얘기다. 남녀 배우 모두 극단의 유명한 사람들이 출연하여 훌륭한 연기를 보여주었다.

두 번째, 「창면엽(唱麵葉)」은 남편이 농민이면서도 일은 안하고 건달로 날을 보내자 부인 매취아(梅翠娥)가 꾀병을 부리고 누워 남편에게 국수를 먹고 싶다고 한다. 남편은 해보지도 않던 국수 반죽에서부터 시작하여 국수발을 만들고 물을 끓여 국수를 만드는데, 앓아 누워 말로만 지시하는 부인 말을 따라하다가 실수를 연발하며 관중들을 웃긴다. 그러나 결국은 부인의 선도로 남편이 바른 길로 돌아온다는 얘기 줄거리이다. 연출이 매우 재미있었다.

「완회도선(玩會跳船)」은 백월연(白月娟)이란 처녀가 부모를 따라 항조우(杭州)를 여행하다 단오날에 첸탕찌앙(錢塘江)에서 소문근(蕭文勤)이란 멋진 총각을 만나 여러 가지 곡절을 겪은 끝에 원만한 사랑을 이룬다는 얘기다.

다른 어떤 지방희보다도 농촌 냄새가 노래와 음악은 물론 연출 방식에서까지도 느껴지면서도 전체적으로 극의 구성도 빼어나 연극을 본 뒷맛이 매우 상쾌하였다.

여극(呂劇)의 공연 종료 인사 장면

2월 24일

　오전에는 찌난 시내의 아름다운 따밍후(大明湖)를 중심으로 하여 송(宋)대의 다정다감한 여류 사(詞) 작가 이청조(李淸照, 1081-1140?)의 기념관과 남송(南宋) 초의 열혈적인 우국사인(憂國詞人)으로 이름난 신기질(辛棄疾, 1140-1207) 기념관 등을 둘러본 뒤 책점에 가서 각자 책을 샀다. 이청조와 신기질은 어지러운 시국에 파란 많은 일생을 보낸 사람들이지만 모두 찌난 출신이어서 여기에 기념관을 만들어 놓은 것이다.

　오후에는 중국곡예가협회(中國曲藝家協會)의 샨둥분회(山東分會)를 방문하고 바로 대관원(大觀園)으로 가서 협회의 안배로 여러 가지 곡예(曲藝)의 연출을 감상하였다.

샨둥 찌난 무영산(無影山) 1호묘에서 나온 악무와 잡기를 하는 흙 인형들, 샨둥지방은 옛날부터 민간연예가 성행하였음을 보여준다.

첫 번째로 왕쯘화(王振華)라는 명인이 서하대고(西河大鼓)를 창하였는데, 내용은 '설 떡을 훔친다'는 코믹한 「투년고(偷年羔)」였다. 서하대고는 본시 허베이성(河北省) 농촌에서 생겨나 허베이(河北) 뿐만이 아니라, 샨둥·허난(河南)에까지 널리 유행하는 곡예이다. 본시 명(明)·청(淸)대의 고사(鼓詞)는 우리 나라 판소리와 비슷하게 창하는 사람 또는 옆의 고수(鼓手)가 북으로 박자를 맞추면서 일정한 애기를 설창하는 형식의 것이었다. 그러나 청나라 말엽에 지방에 따라 경희(京戲) 음악의 영향으로 반주 악기가 날로 늘어나 호금(胡琴)까지도 보태어지게 되었고 창조(唱調)도 악기에 맞추어 크게 변화하면서 여러 가지 대고(大鼓)로 발전하였다.

왕쯘화가 서하대고(西河大鼓)를 창하는 모습

서하대고는 청 말에만 하더라도 소삼현(小三弦)과 목판(木板)이 반주의 중심 악기였으나, 지금은 대삼현(大三弦)과 철판(鐵板) 등으로 바뀌었고, 음악에 있어서도 지방희의 강조(腔調)를 흡수하고 개량하여 민간연예로서의 본래 성격을 약간 잃고 있는 듯하였다. 한 사람이 서서 창하는데, 강설(講說)과 창(唱)을 엇섞어 얘기를 연출하고, 창사(唱詞)는 대부분이 한 구절 7자 또는 10자로 이루어진 형식의 것이었다. 그리고 중국 사람들은 이런 종류의 곡예를 흔히 강창(講唱)·속강(俗講) 또는 설서(說書)라 부르고 있다.

두 번째로는 요구령(繞口令)을 들려주었다. 요구령은 여러 가지 말재주를 발휘하면서 하는 창이어서 지금은 연예인들이 강창을 연습 삼아 창하고 있다고 한다.

바로 이어 산동쾌서(山東快書)를 들려주었는데 산동쾌서는 청대 말엽에 샨둥의 린칭(臨淸)·찌닝(濟寧)·옌조우(兗州) 일대에서 명대의 소설 『금병매(金瓶梅)』와 『수호전(水滸傳)』에 보이는 맨 손으로 호랑이를 때려잡았다는 장사 무송(武松)의 얘기를 설창(說唱)하기 시작하여 생겨난 것이라 한다. 한 때 산동쾌서의 명창으로 이름을 날렸던 까오유안꺼우(高元鈞, 1916-)의 재전제자(再傳弟子)라는 젊은 인쮠(陰軍)이란 사람이 나와 창을 하였다. 이것도 본시는 두 조각의 와편(瓦片)으로 박자를 맞추며 창했다는데, 지금은 몇 가지 다른 악기들의 반주와 함께 동판(銅板)을 절박 악기로 쓰고 있었다. 설창 내용은 역시 무송(武松) 얘기였다.

다음은 산동금서(山東琴書)였는데, 야오쭝시엔(姚忠

賢)과 양뻐(楊珀)라는 두 사람이 나와 설창을 하였다. 야오쭝시엔은 산동 허쩌(菏澤)지방에서 이루어진 산동금서를 새로운 곡예의 일종으로 확정시킨 1930년대의 명창 등찌우루(鄧九如)의 제자이고, 다시 양뻐(楊珀)는 야오쭝시엔의 제자라 한다. 형식은 창이 중심이고 강설이 약간 보태어지는데, 창사는 한 구절 7자가 원칙이었다. 본시는 농촌에서 생겨나 민간의 소곡(小曲)을 연달아 창하는 형식으로 이루어지고 반주악기도 간단하였으나, 지금은 음악도 크게 개량되고 반주악기도 양금(揚琴) · 쟁(箏) · 추금(墜琴) · 호금(胡琴) · 사호(四胡) · 삼현(三絃) · 간판(簡板) · 혈자(碟子) 등 여러 가지가 쓰이고 있다. 야오씨는 추금을 타고 양씨는 왼 손에 박판(拍板) 잡고 오른 손으로 양금을 타면서, 「동빈희모란(洞賓戲牡丹)」과 「양축하산(梁祝下山)」이라는 두 가지 얘기를 연이어 창 해주었다.

다음엔 마오쩌둥(毛澤東) 주석 앞에서도 연출한 일이 있고, 북경대학(北京大學)에 가서도 연출하여 큰 호응을 일으켰다는 설창의 명인 우핑(吳萍) 여사가 나와 몇 가지 상성(相聲)을 연출해 주었다. 상성이란 한 사람 또는 두 사람이 어울리어 우스운 얘기를 하여 사람들을 즐겁게 해주는 재주여서 구식 코미디 같은 것인데, 중국에서는 이를 여러 가지 곡예의 기본으로 알고 있다. 옛 창과 현대의 노래도 잘해야 하고, 짐승소리 새소리 같은 것도 잘 내어야 하고, 남의 흉내도 잘 내며 우스꽝스러운 몸짓도 잘 해야 하고, 말에도 재치가 있어야 하기 때문이다. 우핑 여사는 등장할 적부터 권위 같은 것이 느

하남추자(河南墜子)를 설창하는 모습

꺼졌고 말 재치와 여러 가지 창이며 연기가 뛰어난 느
낌을 주었다.

　다음에는 허난(河南)에서 발생하여 안후이(安徽)·샨
둥지방에까지 유행하고 있는 하남추자(河南墜子)라는
곡예를 1930년대의 명창 챠오칭시우(喬淸秀)의 계보를
이었다는 꿔원치우(郭文秋)라는 사람이 나와 설창하였
다. 본시 하남추자란 추자(墜子)라는 타악기의 일종을
반주악기로 사용하여 부쳐진 이름인데, 역시 지금은 개
량되어 반주악기가 늘어났다. 설창 내용은 명(明)대 고
렴(高濂)이 지은 전기 『옥잠기(玉簪記)』의 얘기줄거리
일부를 바탕으로 한 설창으로 쓰추안성(四川省)의 천극
(川劇) 등 여러 지방희에서도 유명한 「추강(秋江)」의 내
용과 같은 것이었다. 곧 한 서생과 도고(道姑)의 사랑애

기인데, 두 사랑하는 남녀가 뒤에 강 나룻배 위에서 만나는 장면의 연출이 유명하다.

다음엔 산동팔각고(山東八角鼓)의 연창이 있었다. 찌닝(濟寧)지방을 중심으로 유행하고 있는 설창으로, 베이찡의 단현(單弦)이라는 종류의 설창이 샨둥지방으로 들어와 지방 음악을 흡수하여 이루이진 것이라 한다. 팔각고(八角鼓)는 팔각의 틀에 뱀가죽을 메운 작은 북으로 용피고(龍皮鼓)라고도 부른다. 팔각고를 반주악기로 사용하는 데서 붙여진 이름인데, 지금은 삼현(三弦)을 비롯하여 소발(小鈸)·죽판(竹板) 등도 반주에 쓰이고 있다. 창하는 사람이 왼 손에 팔각고를 들고 오른 손 손가락으로 치면서 절박(節拍)을 하는데, 간단히 이 곡예의 특성을 알려주는 형식으로 몇 가지 짧은 대목을 연창해

류엔꽝의 산동평서(山東評書)을 설창하는 모습

들려주었다.

다시 앞에 등장했던 야오쭝시엔(姚忠賢)과 양뻐(楊珀) 및 새로운 웨이우량(魏務亮)·쟈오룽누어(趙榮娜)라는 남녀 4명이 등장하여 「친상친(親上親)」이라는 제목의 산동금서(山東琴書)를 설창하였다. 야오쭝시엔은 양뻐와 함께 양금(揚琴)과 목판(木板)을 연주하며 창을 하는데 이들이 주인인 듯하였고, 웨이·쟈오 두 사람은 번갈아 가면서 금(琴)을 연주하며 창하였다. 특별한 양식의 산동금서인 듯하였다.

다음에는 연예인으로 가장 영예로운 중국의 포상인 매화장(梅花獎)을 받은 명인이라는 류엔꽝(劉延廣)이란 사람이 나와 산동평서(山東評書)를 설창하였다. 평서(評

야오쭝시엔·양뻐·웨이우량·쟈오룽누어 4명이 「친상친(親上親)」이란 산동금서(山東琴書)를 설창하는 모습

書)란 평사(評詞)라고도 부르는데, 명 말 청 초의 유명한 설창의 예인인 유경정(柳敬亭)이 난찡(南京)에서 활약하다가 베이찡으로 들어와 전한 것이라 한다. 베이찡·텐진(天津)을 중심으로 하여 허베이(河北)·랴오닝(遼寧)·찌린(吉林)·헤이룽찌앙(黑龍江) 등 여러 성에도 유행하는데, 샨둥에 들어와서는 샨둥 독특한 곡예를 이루고 있다고 한다. 반주악기로는 나무를 깎아 만든 조그만 타악기인 성목(醒木)을 쓰는 것이 그 특징이다. 성목은 성목(醒目) 또는 경당목(驚堂木)이라고도 부르는데, 창을 시작하기 전에 이 악기를 치면 관중들의 눈이 번쩍 뜨인다는 데서 붙여진 명칭이다. 성목은 설창을 하는 중에도 기세를 높이어 분위기를 강하게 이끌어주어 듣는 이들로 하여금 독특한 느낌을 갖게 한다. 설창 내용은 앞에 보인 샨둥의 소설작가 포송령(蒲松齡)의 『요재지이(聊齋志異)』에 실려 있는 얘기 두어 토막이었다.

끝으로 여러 사람이 나와 중국 곡예에 쓰이는 악기와 설창 방법 및 특징들을 여러 가지로 실제로 본을 보여주면서 샨둥의 곡예를 설명해주었다. 중국의 민간연예를 이해하는데 큰 도움이 된 시간이라 여겨졌다.

청 말 유악(劉鶚, 1850?-1810)의 소설 『노잔유기(老殘遊記)』를 보면 앞의 제2장에 주인공이 샨둥 찌난을 여행하다가 당시의 명창 왕소옥(王小玉) 자매가 산동 사골의 토조(土調)로 이루어진 이화대고(梨花大鼓)를 창하는 것을 듣는 대목이 있다. 왕소옥은 한 손에는 이화간(梨花簡)이라 부르는 두 쪽의 쇠 조각으로 만든 타악기

를, 다른 한 손에는 북채를 들고 북과 이화간으로 절박
을 하면서 창을 하는데 왕소옥의 창에 대한 묘사가 마
치 소프라노로 명곡을 부르고 있는 모습과 같이 느껴진
다. 내가 이화대고를 듣지 못한 섭섭한 마음을 얘기했
더니, 첫 번째로 들려준 서하대고가 이화대고와 아주
가깝다는 것이다. 그러니 이화대고도 경희의 영향으로
창조(唱調)가 이미 크게 달라진 것이 아닐까 한다.

　저녁을 먹고 나서는 우리가 묵고 있는 호텔에서 별로
멀지 않은 곳에 있는 허름한 극장으로 가서 산동성유자
희단(山東省柳子戲團)의 연출을 관람하였다. 유자희(柳
子戲)는 샨둥의 민속음악을 바탕으로 이루어져 전해져
내려오는 오래된 지방희의 일종이어서 아직도 창강(唱

유자희(柳子戲) 「완회도선(玩會跳船)」의 공연 모습

유자희(柳子戲)「황상점(黃桑店)」의 공연 모습

腔) 중엔 민간의 소곡(小曲)이 적지 않게 응용되고 있으나, 지금은 근대에 성행한 각종 지방희의 음악과 연출 방법 및 극목(劇目)까지도 많이 흡수하여 여러 가지로 개량 발전시킨 것이라 한다. 연주 악기로는 적(笛)·생(笙)과 삼현(三弦)이 중심을 이루고 있었다. 지금은 샨둥뿐만이 아니라, 허난(河南)·찌앙수(江蘇)·허베이(河北)·안후이(安徽)에 이르는 넓은 지역에 유행하고 있다 한다. 여기서는 유자희의 대표적인 극목(劇目)인「황상점(黃桑店)」·「완회도선(玩會跳船)」·「손안동본(孫安動本)」의 세 가지를 공연해 주었다

「황상점」은『수당연의(隋唐演義)』에서 나온 얘기인데, 특히 당(唐) 고조(高祖)의 신하 사대내(史大奈)로 분장한

왕웨이(王偉)라는 배우의 창이며, 연기가 두드러져 보였
다. 「완회도선」은 어제 여극(呂劇)에서 본 것과 같은 내
용의 얘기인데, 본시 유자희(柳子戲)에서 먼저 연출하던
것을 여극(呂劇)에서 뒤에 가져가 개작한 것임으로 이
유자희의 것이 본래 모습이라는 것이다. 백월연(白月娟)
으로 분장한 츤유안(陳媛) 및 운하(雲霞)로 분장한 란훙
(冉紅)의 연기도 좋았지만, 소문근(蕭文勤)으로 분장한
왕찌엔리(王建麗)가 조금 전에 본 처녀 백월연을 잊지
못하고 읊는 시가 인상적이었다.

광한궁의 사람이 신선 세계를 떠나 왔는가?
비범한 선녀가 이 세상에 내려왔네.
아름다운 이는 이미 떠났지만 향기는 그대로 남았고
오직 한 번 바라보기만 하였지 가까이 하지는 못하였네.

廣漢宮人離仙境, 非凡仙子降塵界.
玉人已杳香猶存, 只可一望不可親.

「손안동본」은 백성들을 구제할 양식까지도 착복하는
명(明) 태사(太師) 장종탄(張從呑)을 조주지부(曹州知府)
인 손안(孫安)이 목숨을 걸고 여러 번 탄핵하다가 오히
려 황제에게 벌을 받게 되는데, 뒤에 행실이 곧은 정국
공(定國公) 서룡(徐龍)이 역시 목숨을 걸고 간하여 손안
을 구해준다는 줄거리의 얘기이다. 손안으로 분장한 황
쑨시엔(黃遵憲)은 샨둥 희극계에서는 널리 알려진 유망
한 배우라 한다. 그리고 이 작품은 60년대에 다시 편극
한 유자희를 대표할 만한 작품으로 유명하다고 한다.
손안의 처로 나온 리이엔링(李艶玲)이란 배우의 연기가

좋았다. 유자희가 민간 음악의 낌새를 간직하고 있다고는 하지만 앞에서 본 오음희(五音戱)나 여극(呂劇)보다는 훨씬 귀족화한 보다 경희(京戱)에 가까워진 연극이었다. 밤 10시 30분이 지나서야 숙소로 돌아왔다.

유자희(柳子戱)「손안동본(孫安動本)」의 공연 모습

2월 25일

　일찍 일어나 조반을 마치고 태산(泰山)이 있는 타이안 (泰安)으로 가 오전엔 역대 황제들이 와서 하늘을 제사 지내던 악묘(岳廟)를 구경한 다음 점심을 일찍 먹고 버 스와 케이블카를 바꿔 타고 유명한 태산에 올라갔다 왔 다. 다시 오후 4시 30분 타이안을 떠나 취푸(曲阜)로 가 서 퀄리(闕里)호텔에 짐을 풀었다. 호텔에는 산동대학의 쿵판찐(孔範今)·탕쯔항(唐子恒) 두 교수가 우리를 안내 하려고 먼저 와 기다리고 있었다.

산동대학(山東大學)의 쿵판찐 교수와 필자

2월 26일

쿵판찐 교수의 주선으로 먼저 역대의 공자 직계 자손이 살아온 집인 공부(孔府)로 가서 보통 관광객에게는 공개하지 않는 부분까지도 자세히 구경하였다. 쿵판찐 교수의 아버지도 전에 공묘(孔廟)에 제사를 지낼 적에는 제관(祭官)으로 참여하였다니 타이베이(臺北)에 있는 공자의 직계 후손인 쿵더청(孔德成) 선생님과 멀지 않은 혈연임에 틀림이 없다. 쿵 교수는 나와 쿵더청 선생님의 각별한 관계를 알고 있어서 쿵더청 선생님과 그 선대의 생활에 대하여 상세히 알도록 해주려고 노력하는 듯하였다. 쿵더청 선생님은 지금 한국에 발간되고 있는 필자의 『중국문학사』의 표지 제자(題字)를 써 주셨고,

공묘(孔廟) 대성전 앞에서, 우리 일행

불우불구(不憂不懼)라는 우리 집 가훈도 써 주어 우리 집 현관 앞 벽에 그 분의 단아한 글씨가 액자로 걸려있다. 공부에는 쿵더청 선생님의 신혼 방이며 유물들이 그대로 보존되어 있다. 이어 공자를 제사지내는 공묘(孔廟) 및 공자와 그 직계 자손들의 묘가 있는 공림(孔林)을 자세히 둘러보고 점심을 먹은 뒤 취푸(曲阜)를 떠나 다시 타이안(泰安)을 거쳐 옛날 이백(李白)이 젊었을 적에 한 동안 여섯 명의 친구들과 술 마시고 시를 지으며 놀았다는 죽계(竹溪)가 있는 조래산(徂萊山)을 바라보면서 라이우시(萊蕪市)로 갔다.

라이우(萊蕪)에서는 시문화국(市文化局) 및 내무방자극단(萊蕪梆子劇團) 사람들이 만찬을 준비해놓고 우리를 맞아 주었다. 저녁을 먹은 식당이 있는 건물의 5층 회의실로 올라가 임시로 마련된 무대에서 연출하는 내무방자(萊蕪梆子)라는 샨둥의 지방희를 감상하였다. 무대 앞에는 "환영한국중국희곡완상단래시(歡迎韓國中國戲曲玩賞團來市)"라는 커다란 플랭카드가 걸려있었다.

내무방자(萊蕪梆子)는 태산 주변의 샨둥 10여개 현(縣)과 시(市)에 유행하는 극종이어서 태산방(泰山梆)이라고도 부르며 300년의 역사를 지닌 독특한 지방희의 하나이다. 그 창강(唱腔)은 방자(梆子)라는 중국에 널리 유행하는 독특한 악조와 안후이성(安徽省)에 뿌리를 둔 악조인 휘조(徽調)가 만나 뒤섞이어 이루어진 것이라 한다. 따라서 창에는 방자(梆子)의 자연스런 목소리인 진성(眞聲)의 창법(唱法)을 위주로 하면서도 남녀 모두 가성(假聲)도 약간 섞어 쓰고 있었다. 반주악기에는 소리

통은 길쭉하고 대는 짧은 독특한 모양의 방호(梆胡, 또
는 大胡琴)와 팔각월금(八角月琴)이 있고, 그 밖에 발자
(撥子)·소호금(小胡琴)·이호(二胡)에다 쇄납(嗩吶)도
가끔 쓰이고 있었다.

　먼저 이 극단이 전국경연대회에서 상을 받았다는 현
대 개량희인「추식부(推媳婦)」를 연출하였는데, 코믹한
멜로드라마로 배우들의 복장이며 노래와 춤이 마음에
들었다. 1950년대 추진한 희곡개혁운동의 성과를 보는
듯하였다. 주연을 한 장크슈에(張克學)와 리에이(李偉)
는 이 연극으로 유명해졌다 한다.

　다음에는 내무방자의 대표적인 명배우인 웨이위승(魏
育升)이 나와 송(宋)대 양연소(楊延昭)의 얘기를 주제로

내무방자극단(萊蕪梆子劇團)의 내무방자의 현대 개량극인「추식부(推
媳婦)」의 공연 모습

한 「원문참자(轅門斬子)」의 한 대목을 창하고, 이어 멍쮠
란(孟君蘭)이 나와 「금편기(金鞭記)」의 한 대목, 장훙짠
(張洪展)은 「찰조왕(鍘趙王)」의 한 대목, 리위화(李玉華)
는 「포공오(包公誤)」의 한 대목을 창하는데, 모두 나이도
지긋하고 노래와 동작에 권위가 붙어있는 듯하였다.

그리고 끝으로 찌난(濟南)에서 하남추자(河南墜子)로
설창했던 「추강(秋江)」의 앞머리 백운암(白雲庵)에서 두
남녀가 사랑을 나누는 두 절(折)을 공연해 주었다. 대체
로 샨둥에서 본 지방희 중 이곳의 것이 경극(京劇)에 가
장 접근한 음악 및 가무와 연출방식으로 발전해 있는
듯하였다. 여기서도 나는 시작할 때의 인사말과 끝난
뒤 연극 평을 부탁받고 적절한 말을 하느라고 땀을 흘
렸다. 밤늦게 다시 타이안으로 돌아와 잤다.

내무방자극단(萊蕪梆子劇團)의 내무방자 「추강(秋江)」의 공연 장면

2월 27일

조반을 먹고는 타이안을 출발 훼이청(肥城)을 거쳐 황하대교(黃河大橋)를 건너고 다시 뚱아(東阿)를 거쳐 랴오청(聊城)으로 갔다. 그곳 황하 가에는 옛날 위(魏)나라 조조(曹操)의 아들이며 동아왕(東阿王)이었던 조식(曹植, 192-232)이 하늘의 음악을 듣고 범패(梵唄)를 만들었다는 전설이 전하고 당(唐)나라 왕유(王維, 791-761)가 그 곳에서 무당의 강신(降神) 송신(送神) 굿을 보고 노래한 「어산신녀사가(漁山神女祠歌)」로 유명한 어산(漁山)이 있어서 찾아가보려 하였으나 지금은 아무 것도 남아있지 않다고 하여 그대로 지나쳤다. 랴오청은 중국인들 스스로 낙후된 지역이라 하지만 오히려 시가지가 옛 모습을 그대로 간직하고 있고, 큰 호수를 끼고 있어서 우리에게는 다정하고 안정된 느낌을 주는 아름다운 도시였다. 오후엔 시내에 있는 광화루(光華樓)·산협회관(山陝會館) 등의 고적들을 둘러보고, 지방희에도 자주 등장하는 무송(武松)이 색한인 서문경(西門慶)을 아래로 내던져 죽였다는 시내의 사자루(獅子樓)도 구경하였다. 랴오청 근처에는 무송이 호랑이를 맨손으로 때려잡았다는 경양강(景陽岡)이 있고, 『수호전(水滸傳)』 영웅들의 본거지였던 양산박(梁山泊)도 멀지 않은 곳에 있어서 차를 탄 채 한 번 둘러보기라도 하려 했으나 그쪽 도로가 수리 중으로 불편하다하여 그대로 돌아왔다.

저녁에는 랴오청시 예극단(豫劇團)이 연출하는 예극(豫劇)을 보러갔다. 예극은 하남방자(河南梆子) 또는 하

예극단(豫劇團)의 예극 「진삼량(陳三兩)」의 공연 장면

남고조(河南高調)라고도 부르며 허난(河南)·샨둥을 비
롯하여 시안시(陝西)·깐수(甘肅)·샨시(山西)·허베이
(河北)·찌앙시(江西)·안후이(安徽)·후베이(湖北) 등
지에 널리 유행되고 있다. 이 지방희가 이루어진 경과
는 분명치 않으나 허난의 카이펑(開封)·샹치우(商丘)
지방의 민가와 소조(小調)가 섞여 들어간 이외에는 산동
방자(山東梆子)와의 관계가 가장 밀접하다고 한다.
1930년대 만 하더라도 산동방자와 하남방자의 배우들
은 늘 서로 극종을 바꿔가며 연출을 했다고 한다. 그리
고 랴오청시의 이 예극단(豫劇團)은 여러 번 전국적인
경연대회에 참가하여 상을 받았다 한다. 반주악기는 판
호(板胡)·이호(二胡)·삼현(三弦)·비파(琵琶)·적
(笛)·생(笙)·쇄납(嗩吶)·대라(大鑼)·이라(二鑼)·수

발(手鈸)·판고(板鼓)·방자(梆子) 등이 있었다.

공연된 연극은 예극의 전통 극목 중의 하나라는 「진삼량(陳三兩)」이었다. 내용은 이구정(李九井)이란 젊은이가 간신의 농락으로 과거에 급제하고도 증명서를 빼앗기자 부부가 남매를 남겨두고 화병으로 죽는다. 누나는 곧 부모를 장사지낸 뒤 기생이 되어 진삼량(陳三兩)이라 이름을 바꾸고 돈을 빌리어 동생 이봉명(李鳳鳴)을 공부시킨다. 진삼량은 또 진괴(陳魁)라는 외로운 자를 만나 의형제로 삼고 역시 공부시킨다. 뒤에 이봉명과 진괴는 모두 과거에 급제하여 벼슬을 하게 되는데, 친동생인 이봉명은 지주(知州)가 되어서는 자기 누님을 받아들이지 않고 괴롭히나 오히려 진괴가 순안(巡按)이 되어 진삼량의 원한을 풀어주고 누님의 큰 은덕을 배신한 동생

예극단(豫劇團)의 「진삼량(陳三兩)」의 한 장면.

이봉명을 파면시킨다는 내용이다.

주인공인 진삼량은 매화장(梅花獎)을 받은 유명한 배우 장란(章蘭)이 분장하고 나오는데, 나이가 40대 후반인데도 권위 탓인지 창이며 몸놀림이 빼어나고 무게가 있어 보였다. 10여명의 등장 배우 전체의 연기가 수준급이어서 이 극단의 예술수준이 만만치 않음을 느낄 수 있었다. 장란이라는 연장의 명배우의 열연에 다른 출연자들 모두 함께 끌려가고 있는 듯도 하였다.

예극단(豫劇團)의 「진삼량(陳三兩)」 공연을 마치고 나서

2월 28일

　어제 저녁으로 예정된 지방희와 곡예의 관람은 모두 끝났다. 아무런 차질도 없이 끝난 탐사여행이 다행스럽게 여겨졌다. 한편 이런 홀가분한 느낌은 중국 사람들과의 계속되는 공식적인 교섭 압력과 일행에 대한 책임감에서 벗어나기도 한 때문일 것이다. 공연장에 갈 적마다 공연 시작에 앞서 한국의 중국희곡연구회를 대표하여 인사를 해야 했고, 연극이 끝날 때마다 비평을 겸한 소감을 전체 배우들과 연출자 앞에서 얘기해달라는 요구로 늘 무척 당황하기도 하였다. 중국 사람들도 잘 알아듣지 못한다는 창사를 듣고 제대로 다 소화하지 못

연극 공연이 끝난 뒤 무대에 올라가 배우들 앞에서 연극평을 하고 있는 필자의 어색한 모습

한 연극의 내용을 두고, 전문가들을 앞에 세워놓고 꼼짝없이 강요당하여 그것을 비평하고 그 감상을 얘기하자니 정말 진땀 흘려야 하는 일이었다. 그 때문에 공연 후 늘 끌려 나가 배우들과 수많은 사진을 찍었지만, 그 표정이 모두 벌레 씹은 꼴이 되었다.

라오청을 떠나 찌난을 경유 저녁 무렵, 칭따오(靑島)에 도착하여 자고는 다음날 무사히 귀국하였다. 이번 여행 소득도 적지 않았다고 자평하면서.

2006. 9. 28

🌐 남경곤극단(南京崑劇團)의 명배우 짱찌칭(張繼靑)의 열연 모습.
타이완 랴오환즈(廖煥之) 선생이 찍은 사진임.

남경곤극단(南京崑劇團)의 공연을 마치고 명배우 짱찌칭(張繼青)과 함께
우리 일행

🌿 쑤저우(蘇州)의 곤극박물관(崑劇博物館) 입구

난퉁(南通) 낭산공원(狼山公園)에 있는 조선의 선비 창강(滄江) 김택영(金澤榮)의 묘에서 사재동 교수·까오꿔판 교수와 필자.

4. 한국고전희곡학회 · 남경대학(南京大學) 공동주최 2001 한중희곡학술회의 참가기

행정 샹하이-쑤조우(蘇州)-우시(無錫)-난퉁(南通)- 난찡-항조우(杭州)-샹하이

2001년 7월 11일부터 7월 16일에 이르는 7일 동안 한국고전희곡학회와 남경대학(南京大學) 중한문화연구중심(中韓文化硏究中心) 공동주최로 중국 찌앙수(江蘇)·쩌찌앙(浙江) 지역의 희곡과 민속을 탐방하는 한편 공동학술회의를 개최하게 되었다. 나는 논문을 발표할 목적으로 여러 분들의 권유를 좇아 이 모임에 참가하기로 하였다. 나는 마침 지금으로부터 3000년 전의 시가집인 『시경(詩經)』의 시 중에는 한(漢) 초기 주석가들의 해설을 근거로 이미 연극이나 설창(說唱) 같은 데서 노래하던 창사들도 그 속에 들어있다는 것을 증명하는 논문을 완성시키고 있었다. 나는 매우 중요하다고 여겨지는 이 논문을 특히 고전희곡 연구에 뛰어난 학자들이 많은 남경대학으로 가서 발표하여 중국학자들의 반응을 보려는 것이 이번 회의 참가의 주 목적이었다. 그러나 이번

여행에서는 이 주 목적 이외에도 곤곡(崑曲)의 본고장에 서 새로 부흥시키고 있는 곤곡을 쑤저우(蘇州)와 난찡(南京)의 곤극단(崑劇團)의 공연을 통하여 제대로 보고 들을 수 있는 기회가 있었다는 것이 무엇보다도 큰 수확이었고, 우시(無錫)의 여러 가지 민간 연예와 난퉁(南通)의 동자희(童子戲) 공연을 실지에서 감상한 것도 큰 성과라 할 수 있을 것이다.

특히 곤곡은 명(明) 가정(嘉靖) 연간(1522-1566)에 쿤샨(崑山, 蘇州 옆의 작은 도시) 사람 위량보(魏良輔)가 개량 발전시킨 희극음악으로 명대로부터 청대 초반에 이르기까지 가장 대표적인 강조(腔調)로 중국에 유행하였던 것이다. 그러나 청대 중엽에 이르러는 화부희(花部戲)라고도 부르던 경희(京戲)와 여러 지방희(地方戲)에 밀리기 시작하여 마침내 전승이 끊이었었다. 그러나 20세기 초에 베이찡(北京)의 연극인들이 이전 곤곡에 종사하던 사람들을 불러 모아 곤곡을 다시 살려내자 곧 쑤저우 지방을 비롯하여 여러 지방에서 이를 다시 부흥시켰다. 그리고 2001년 5월에 유네스코에서 곤곡을 〈인류의 구전 및 비물질적 유산의 대표작〉으로 지정한 뒤 가장 오래된 자기네 전통 희극음악을 보다 크게 드러내려는 움직임이 중국 희곡학계에 크게 일고 있다. 곤곡은 세계에서 동방희극의 가장 대표적인 희극형식일 뿐만이 아니라 동방희극의 근원이라고까지 생각하는 학자가 있다(丁修詢「崑曲表演遺産的世界意義」). 따라서 곤곡은 어떤 종류의 중국 연극보다도 좀 더 많이 보고 보다 잘 알고 싶었던 극종이다.

2001년 7월 11일

한국고전희곡학회 회장 사재동 교수를 비롯하여 12명의 회원과 함께 청주국제비행장에서 중국의 동방항공(東方航空) 비행기를 타고 출발하여 오후 2시 30분에 샹하이(上海) 국제공항에 도착하였다. 공항에는 남경대학의 까오꿔판(高國藩) 교수와 함께 그 곳에 머물고 있는 안상복 교수와 전홍철 교수가 마중 나와 있었다.

버스를 타고 쑤저우(蘇州)로 가서 호텔에 체크인 하고 쉰 다음 저녁을 일찍 먹고 희곡박물관(戱曲博物館) 구경을 하였다. 박물관은 본시 산서회관(山西會館)의 옛 건물로 운치가 있고 안쪽에는 높다란 희대(戱臺)가 있다. 특히 내 주의를 끈 것은 곤곡악기진열부(崑曲樂器陳列部)에 호금(胡琴)이 없었고 진열되어 있는 제금(提琴)도 지금의 것 보다는 크기도 작고 소리도 작을 것으로 여겨지는 것이었다. 악기로 볼 적에 곤곡은 다른 명(明)·청(淸)대의 희곡음악보다는 중국의 전통 음악에 가까운 것이었음이 분명하다. 그 때문에 중국인 특히 지식인들

쑤저우(蘇州) 강소성곤극원(江蘇省崑劇院)의 입구

에게 곤곡이 인기가 있을 것이다.

박물관을 대강 구경하고는 바로 옆 작은 방으로 가서 강소소곤극단(江蘇蘇崑劇團)의 곤극 연출을 감상하였다. 나는 맨 앞자리 중간에 앉아 구경하였으나 역시 이해하기 어려운 장면이 많았다. 명(明) 탕현조(湯顯祖, 1550-1617)의 『모란정(牡丹亭)』 유원(游園), 1956년에 곤곡의 전통 극목인 『쌍웅몽(雙熊夢)』을 개편하여 곤극 진흥에 크게 기여한 『십오관(十五貫)』 방측(訪測), 명 초 고명(高明)의 『비파기(琵琶記)』 남포(南浦), 명 양신어 (梁辰魚, 1520-1580)의 『완사기(浣紗記)』 기자(寄子) 등 절자희(折子戲) 네 편을 구경하였다. ‘유원’의 여주인공 두려낭(杜麗娘)으로 분장한 왕잉(王瑛)과 몸종 춘향(春香)으로 나오는 타오훙쩐(陶紅珍)의 연기가 관중을 사로잡았다. 1950년대에 곤곡 부흥에 크게 기여했다는 『십오관』은 본시 절강곤소극단(浙江昆蘇劇團)이 공연하여 명성을 날린 극목이라 지금까지도 그들에게는 각별한 극종이다. 소주지부(蘇州知府) 황종(況鍾)으로 분장한 탕츠순(湯遲蓀)이 열연을 하였고 사기꾼 루아서(婁阿鼠)로 나오는 류이푸하이(呂福海)의 연기가 재미있었으며 극정에 변화가 많아 구경에 싫증이 나지 않았다. 이상 두 연극은 아마도 현 곤곡의 가장 대표적인 극종일 것이다. 나머지 두 종류의 연극공연도 모두 이 극단의 배우들 연기가 상당히 높은 수준임을 보여주는 것 같았다. 그러나 정확히 알지는 못하면서도 지금의 곤곡은 옛날 음악과 창의 기법을 보다 많이 간직하고 있을 뿐 아무래도 크게 경극화(京劇化)한 연극이라는 느낌을 떨쳐버리는 수가 없었다.

7월 12일

　오전에는 한산사(寒山寺)를 비롯한 시내 관광을 하였는데, 10여 년 전 아내와 방문했던 시절에 비하면 자동차도 많아지고 거리가 혼잡해져서 옛날 정취는 별로 남아 있지 않은 것 같은 느낌이었다.

　오후에는 버스로 우시(無錫)로 갔다. 호텔에 자리 잡고 쉰 다음 저녁엔 중국 측에서 준비한 무석민간희곡정품공연(無錫民間戲曲精品公演)을 관람하였다. 먼저 찌앙수성(江蘇省) 남북으로 널리 유행하는 지방희(地方戲)인 석극(錫劇)을 보여주었다. 석극은 우시(無錫) 지방의 탄황(灘簧)과 창조우(常州) 지방의 탄황이 합쳐지면서 시골에서 발전한 연극이어서 상석극(常錫劇)이라고도 불렀으나 지금은 일반적으로 간단히 '석극'이라 부른다. '탄황'이란 본시 민간의 일종의 설창(說唱)이어서 '석극'은 민간연예다운 기색을 아직도 많이 간직하고 있다. 먼저 농촌 민간고사를 연출하는 『쌍추마(雙推磨)』를 공연하였다. 가난한 과부와 농사꾼이 우연히 만나 결합하여 새로운 생활을 한다는 얘기로, 과부 유안멍야(袁夢婭)와 농사꾼 판페이찡(潘佩琼)이 좋은 연기를 보여주고 좋은 창을 들려주었다. 이어서 유명한 『맹강녀(孟姜女)』의 소과관(小過關)과 석극의 대표적 극목 중의 하나라는 『진주탑(珍珠塔)』을 보여주었다. '소과관'은 만리장성을 쌓는 곳으로 남편을 찾아가는 맹강녀로 분장한 황징헤이(黃靜慧) 한 사람의 일인극처럼 느껴졌다. 『진주탑』은 본시 장편의 탄사(彈詞) 작품인데, 개편되어 석극의 대표작처럼 알려져 있다. 이 작품을 공연하는 샤오왕빈빈(小王彬彬)과 리꾸이잉(李桂英)은 자기네 대표적인 배우라 하였다. 이어서 쩌찌앙성(浙江省)을 중심으로 성행하고 여자 배우들만이 나오는 월극(越劇)으로 『홍루몽(紅樓夢)』 금옥양연(金玉良緣), 안후이성(安徽省)의 대표적인 지방희로 중국 남부지방에 널리 성행하고 있는 황매희(黃梅戲)로 영화로도 만들어졌다는 『천선배(天仙配)』의 일부 등을 보여주었다. 그리고 계속하여 그 지방의 민간가요와 악기연주 등을 감상하였다.

특히 민간의 서사창곡(敍事唱曲)인 오가(吳歌) 「화포산(華抱山)」을 5명이 제각각 나와서 각기 다른 대목을 창하여 들려주었는데, 그중 특히 시골에서 전통적인 창을 계승하여 그대로 창하고 있다는 늙은 농부 화쑤룽(華祖榮)의 창이 무척 인상적이었다. 곡조에 경극(京劇) 음악 색채가 전혀 없고 저속하고 거친 듯 하면서도 고박(古樸)한 느낌을 받았다. 중국의 전통적인 창은 저런 가락이었을 것이라는 생각이 들었다. 한국 측에서도 서너 명이 나가 판소리와 민요 한 대목씩을 불러 한중 합동공연이라는 명색을 억지로 유지시켰다.

논문 발표 뒤 필자와 중국 방송사 기자의 인터뷰 장면

7월 13일

　8시 30분에 간단한 개회식이 있었는데 내가 한국을 대표하여 축사를 하였다. 『화포산』에 관한 발표에 이어 나는 세 번째로 「서한 학자들의 『시경』 해설에 대한 새로운 이해(對西漢學者說詩的新的了解)」라는 제목의 논문을 중국말로 발표하였다. 서한 학자들의 『시경』 해설을 현대학자들은 전혀 이해하지 못하는데, 그것은 『시경』의 시들 중에는 고사를 설창(說唱)할 적에 창하던 창사(唱詞)가 많이 들어있고 또 창사로서의 성격이 중요하여 서한 학자들은 그러한 방향에서 시를 해설하였다. 현대 사람들은 그것을 모르고 서한 학자들의 해설이 실지와 거리가 멀다고 생각하고 있다고 실증을 들어 논하는 내용이다. 『시경』에 관한 완전히 새로운 학설이라, 다른 사람들 발표 때에는 무척 시끄러웠으나 내 발표 때에는 모두 조용히 경청해 주었다. 그리고 남경대학 교수 유웨이민(俞爲民)을 비롯하여 여러 학자들이 "정말 뜻있는 논문(非常有意思)"이라며 칭찬을 아끼지 않았다. 그 뒤로 한국 측 발표자만도 16명에 달했으나 한국말을 알아듣는 중국 사람은 하나도 없어 한국말 발표는 일사천리로 진행하여 오전에 모든 논문을 소화하였다.

　논문발표가 끝나고 점심을 먹으려 하는데 주최 측에서 신문기자와의 인터뷰를 요청해 왔다. 별실로 가서 기자와 대담을 하였는데, 1) 한중 희곡 비교연구의 의의, 2) 중국희곡에 대한 당신의 견해, 3) 오늘 발표한 논

우시의 동림서원(東林書院) 정문

문의 요지 등이 기자의 질문 요점이었다. 나는 한국에서 중국의 경희 같은 대희(大戲)를 받아들이지 않는 이유, 지금의 경희나 지방희 등 중국 고전 희곡은 남송(南宋) 이후 중국의 전통적인 성격을 벗어나 이질화(異質化) 된 것임을 음악 및 악기의 변화 등을 통하여 설명하였다. 그리고 오늘 발표한 논문은 한편으로 중국에는 옛날부터 중국 특유의 희곡이 있었음을 증명하려는 뜻도 있다고 하였다. 기자는 중국 고전에 대한 조예가 꽤 깊은 사람이어서 나와의 대담에 무척 흥미를 보이면서 대담을 오래 끌어 점심을 기자와 둘이서 뒤늦게 먹었다.

점심 후 남은 오후 발표 일부가 끝나자 나는 남경대학의 우신레이(吳新雷)·유웨이민(俞爲民) 교수와 함께 호텔을 나와 택시를 잡아타고 우시(無錫) 시내 해방동로(解放東路)에 있는 동림서원(東林書院)을 찾아갔다. 본시 북송(北宋)의 성리학자(性理學者) 정자(程子)의 제자인 양시(楊時)가 강학(講學) 하던 곳이라 하나 명(明)대에 고헌성(顧憲成)·고반룡(高攀龍) 등이 모여 썩은 정권에 항거하다가 큰 화를 당했던 동림당(東林黨)의 근거지로 더욱 유명하다. 보존을 잘 하려고 하면서도 아직 제대로 손질은 되어있지 않은 상태였지만 명 말의 애국적인 시사(詩社)였던 동림당과 복사(復社)에 대하여 더 많은 것을 알게 되었다. 우·유 두 교수도 이 서원을 찾아본 것을 무척 즐거워하였고, 나도 잘 찾아왔다고 생각하였다.

호텔로 돌아와 바로 종합토론에 참석하였다. 중국 측에서는 「화포산(華抱山)」에 대한 선전에 열을 올렸다. 나는 오가(吳歌)의 전문가라는 사람에게 이런 질문을 하였다. 어제 들은 「화포산」의 연창을 보면 늙은 농부 화씨(華氏)의 창과 다른 젊은이들의 창은 음조에 큰 차이가 있었다. 화씨 영감의 창은 거칠고 저속한 듯하면서도 참되고 옛날의 순박한 느낌을 주는데 다른 사람들의 창조(唱調)는 근일의 희곡 창강(唱腔)에 가까운 느낌을 받았는데, 그 까닭이 무엇이냐고 하는 것이었다. 두 전문가는 대체로 다음과 같은 대답을 하였다. 늙은 농부 모습의 사람은 화씨(華氏) 집안 대대로 내려오는 「화포산」의 창을 계승한 사람이어서 옛날 창법을 그대로 보존하고 있다. 그러나 다른 젊은이들은 각기 자기 선생에게 배운 솜씨인데 아무래도 변질이 되었다고 보아야 할 것이다. 당신의 느낌은 상당히 정확하며 이것은 자신들도 큰 문제라고 생각하고 있다는 것이었다.

다시 오가를 창한 사람에게 내가 그 지방 앙가(秧歌)를 들려달라고 요청하여 앙가와 함께 오(吳)지방의 산가(山歌)까지도 몇 곡 들을 수 있었다. 앙가는 본시 모심기 노래였으나 중국 각 지방에 유행하면서 설창(說唱)형식 및 연극형식으로도 발전한 중국의 대표적인 민간연예의 한 종류이다. 그리고 '산가'는 옛날부터 중국 남부의 민간에 유행하는 가요의 일종이다.

7월 14일

오전에는 태호(太湖)와 영산대불(靈山大佛)을 구경하고 오후엔 난퉁(南通)으로 옮겨 갔다. 만찬을 주최해 준 난퉁 시장의 말에 의하면 그곳은 100수(壽) 노인이 전국에서 가장 많은 곳이라 한다. 저녁을 먹은 뒤 민족극장(民族劇場)으로 가서 동자희(僮子戲) 3장(場)을 보았다. 그들은 이 동자희를 그 지방의 나희(儺戲)라고 크게 내세우고 있다. '동자'는 무사(巫師)의 뜻이며 신에게 제사지내는 의식의 하나로 20세기에 들어와 이루어진 난퉁 특유의 '나희'라 한다. 열국홍산조전류(烈國洪山祖傳流)의 한 대목인 「상성(上聖)」, 진자춘(陳子春)의 한 대목인 「모자상회(母子相會)」, 유전진과(劉全進瓜)의 한 대목인 「번관(翻關)」 세 토막을 구경하였다. 내가 보기엔 이는 민간의 지방희의 일종인데 왜 나희(儺戲)라고 하는 가 의심이 갔다. 다행히 차오권(曹琳)선생이 동자희 녹화 C. D를 내게 한 장 선물하여 뒤에 자세히 보면서 검토해 보아야 되겠다는 생각을 하였다.

난퉁에서 동자희 공연을 마치고, 출연자들과 인사를 나누고 있는 사재동 교수와 필자.

7월 15일

　오전에는 랑샨공원(狼山公園)에 가니 낙빈왕(駱賓王)의 묘가 있었다. 낙빈왕은 문학사에서 보통 초당사걸(初唐四傑)이라 일컬어지는 시인이기는 하지만 이런 문인의 묘를 잘 보전하고 있는 사람들이 훌륭하다 여겨졌다. 그 묘의 바로 위에 조선의 망명객 창강(滄江) 김택영(金澤榮)의 묘가 있어 찾아가 헌화 하였다. 이국에 와 홀로 지내면서도 우국의 뜻을 언제나 간직하여 중국 사람들에게 존경을 받은 것은 쉽지 않은 일이라고 생각되었다.

　점심을 먹고 오후 1시 경 출발하여 버스로 4시간 전후 걸려 난찡(南京)으로 갔다. 호텔에 자리를 잡고 저녁을 먹은 다음 곤극극장(崑劇劇場)으로 가서 그들이 말하는 이른바 경전곤극(經典崑劇)의 네 가지 절자희(折子戲)를 구경하였다. 남경곤극단(南京崑劇團)은 1993년 '한국의 음악축제'에 초청받아 우리 나라에 와서 공연한 일이 있다. 그때 우리 중국희곡연구회의 회원들이 나서서 적극적으로 공연을 도와주었고 다시 94년 우리 중국희곡학회에서 희곡탐사를 와서 난찡에 들렸을 적에는 청대의 대표적인 전기(傳奇) 작품인 공상임(孔尙任, 1648-1715?)의 『도화선(桃花扇)』에서 여주인공 이향군(李香君)이 애인인 명 말의 공자(公子) 후방역(侯方域)을 처음 만난 곳이라는 미향루(媚香樓)에서 우리를 각별히 환영해준 인연이 있는 사람들이라 나와는 안면이 익은 사람들이 많아서 특히 반가웠다. 공연 종목은 심경(沈

남경곤극단의 공연을 마치고, 명배우 장찌칭(張繼靑)과 함께

璟, 1555?-1615?)의 『의협기(義俠記)』중의 1절인 유가(游街), 명대 허자창(許自昌)의 『수호기(水滸記)』의 1절인 활착(活捉), 공상임의 『도화선(桃花扇)』중의 1절인 침강(沈江)에 이어, 끝으로는 『주매신휴처(朱買臣休妻)』의 1절인 치몽(痴夢)을 공연하였다. '유가'의 주인공인 떡장수 무대랑(武大郎)으로 출연하여 코믹한 연기를 잘 해준 장찌띠에(張寄蝶), '활착'에 장문원(張文遠)으로 분장한 린찌판(林繼凡)과 염석교(閻惜姣)로 분장하고 나와 열연을 한 후찐팡(胡錦芳), '침강'에 사가법(史可法)으로 분장하고 좋은 연기를 보여준 꺼쮠(柯軍) 등 중심 배우들이 모두 한국에 왔던 사람들이었다. 특히 끝머리 절자희 '치몽'에는 남경곤극단의 자랑이며 세기적인 곤

극의 명배우 장찌칭(張繼靑)이 많은 나이(60세 전후)에
도 불구하고 직접 출연해 주었다. 여기에 장서교(張西
橋)로 나온 야오찌순(姚繼蓀), 아파(衙婆)로 나오는 왕
웨이찌엔(王維艱)도 한국에 와 공연한 사람들이다.

　장찌칭은 주매신의 처로 등장하는데, 주매신의 처는
가난하면서도 공부 밖에 모르는 남편을 버리고 목수와
다시 결혼한다. 뒤에 주매신이 과거에 급제한 뒤 고향
고을의 태수(太守)로 부임해 오자, 이 여자는 다시 전
남편을 생각하며 자신의 행동을 후회하게 된다. 하루
저녁에는 꿈에 전 남편 주매신이 사람을 보내어 그녀를
자기 부인이라고 모셔오도록 한다. 그녀는 미친 듯이

남경곤극단(南京崑劇團)의 꺼쮜(柯軍)이 침강(沈江)에서 사가법(史可法)으
로 분장하고 열연하고 있다.

바보처럼 좋아하다가 갑자기 꿈에서 깨어나 멍청히 흐린 등불 저 편에 걸려있는 조각달을 바라본다. 장찌칭은 이런 여인의 여러 가지 상황과 심경 변화를 창과 무용으로 섬세하게 표현하고 있는 것이다. 정말 명연기라는 찬탄이 저절로 나올 지경이었다. 장찌칭의 열연은 내게 큰 감동을 주었고, 명배우와의 오랜 만의 재회는 정말 기뻤다. 특히 이 『주매신휴처』의 절자희는 장찌칭과 야오찌순이 한국에 와서도 공연했던 종목이다. 한국에 와서 공연을 할 적에는 처음에는 그녀가 그토록 명배우인줄 잘 몰랐었다. 이번에 온 한국 학자들은 곤극에 대하여 거의 모두 관심이 적었으니, 남경곤극단은 그날 저녁 마치 나 한 사람을 위하여 공연해준 듯이 여겨졌다.

『송금잡극고(宋金雜劇考)』라는 명저를 남기고 지금은 중국희곡사를 바로잡겠다고 『희사변(戱史辨)』을 동인(同人)들과 함께 내고 있는 학자 후찌(胡忌)는 이들 곤극단 단원들과 같은 아파트에 살고 있음으로, 나는 그들에게 후찌의 안부를 물으니 그는 건강이 나빠 밖의 출입도 거의 못한다는 대답이었다. 나는 극장을 나오자마자 후찌에게 전화를 걸었다. 정말 힘없는 목소리로 건강이 나빠져 거동도 부자유스러워 가서 만나지도 못하겠다며 미안하다고 하였다. 그러나 조금 뒤에 다시 전화가 와서 택시를 잡아타고 갈 것이니 식당으로 내려와 기다리라는 것이었다. 한참 뒤 그는 정말 보기에도 안쓰러운 모습으로 나타났다. 이런 몸으로 나를 만나보겠다고 택시를 잡아타고 온 그의 우의가 정말 고마웠

다. 그는 작은 케이크도 못 먹고 차만 조금 마시면서 얘
기하다 돌아갔다. 그런 중에도 중국 연극사를 다시 쓰
기 위하여 동인들이 모여 내고 있는 『희사변』 제2집은
곧 나올 거라고 하였다. 악화된 건강에도 불구하고 학
문에 대한 정열은 여전히 뜨거웠다. 나는 제발 이 후찌
를 마음껏 일할 수 있도록 건강을 되돌려 주십시오 하
고 하나님께 간절히 기도드렸다. (그러나 결국 이것이
마지막 상면이었다. 후찌는 2005년 4월 8일에 작고하
였다. 앞의 '2. 쓰추안 지방 중심 곡예 답사기' 및 뒤의
'5. 대만의 곤곡국제학술연토회에 다녀와서'에도 후찌
에 관한 얘기가 나오니 참고 바람.)

7월 16일

　오전에 남경박물관(南京博物館)을 구경하고는 바로 버스 타고 항조우(杭州)로 갔다. 저녁 무렵에야 항조우에 도착하여 호텔에서 쉬며 한국 일행들과 놀았다.

7월 17일

　오전에는 비 내리는 서호(西湖) 관광. 배도 타고 유람한 뒤 박물관을 구경하였다. 점심 먹고는 다시 버스로 출발 샹하이(上海)로 돌아왔다.

7월 18일

　조반을 끝내고는 바로 샹하이 푸뚱비행장(浦東飛行場)으로 나가 비행기를 타고 무사히 귀국하였다.

2002. 11. 7

곤곡의 천왕(天王)이라 칭송되는 차이쩡런(蔡正仁)이 명배우 장찡시안(張靜嫻)과 「평설변종(評雪辨蹤)」에서 열연하는 모습. 타이완의 홍웨이쭈(洪惟助) 교수가 찍음.

🎭 타이베이 신무대(新舞臺)에서 2005년 4월 17일과 4월 20일~24일 사이에 연출된 곤극공연 광고지

✿ 곤곡의 천왕(天王)라 칭송되는 화원이(華文漪)가 「장생전(長生殿)」에서 양귀비 역으로 열연하는 모습.

오는 6월, 신무대(新舞臺) 극장에서 중국의 명배우들을 초청하여 옛 경희 (京戲)를 공연한다는 광고지.

5. 대만의 곤곡국제학술연토회 (崑曲國際學術研討會)에 다녀와서

본인은 2005년 4월 19일부터 24일 사이에 대만의 국립중앙대학(國立中央大學)에서 개최된 〈세계곤곡여대만각색(世界崑曲與臺灣脚色)〉이라는 주제의 곤곡(崑曲)에 관한 국제학술연토회에 특별초청을 받아 참석하고 왔다. 곤곡에 대하여는 공부한 것도 적고 써놓은 논문도 없는데다가 학기 중간이기도 하여 회의에 참가해 달라는 요청을 처음에는 거절하였으나 우리 나라에서는 참석하는 학자가 한 분도 없고 또 논문은 발표하지 않더라도 와서 좀 도와달라는 요청이 간곡하여 결국은 응낙하고 말았다. 한편 친구인 대만 중앙대학 중문과의 홍웨이쭈(洪惟助) 교수는 학교 안에 규모가 상당히 잘 갖추어진 중국희곡연구소를 운영하면서 곤곡에 관한 자료를 중국의 다른 어떤 곳보다도 잘 모아놓고 있다. 그리고 그는 두터운 『곤곡사전(崑曲辭典)』 상·하를 비롯하여 수많은 곤곡에 관한 연구 자료와 연구 업적을 출판하고 있고, 최근에는 대만곤극단(臺灣崑劇團)을 조직하여 그 자신이 단장(團長) 자리를 맡고 있다. 따라서 이 회의에 참석하면 적지 않은 곤곡에 관한 정보와 연구 자료를 수집할 수 있으리라는 기대도 있었다.

회의장에 도착하여 놀란 것은 짐작은 하고 있었지만 회의의 규모가 대단히 크다는 것이었다. 중국의 쑤조우(蘇州)·난찡(南京)·샹하이(上海) 등의 곤곡이 진흥되고 있는 지방을 비롯하여 홍콩(香港)·베이찡(北京) 등지의 곤곡 학자와 전문가들 15명이 초청되어 있었고, 일본·캐나다·미국 등지에서도 두 세 명의 학자들이 참석하고 있었다. 다만 도착하자마자 받은 큰 충격은 1950년대에 『송금잡극고(宋金雜劇考)』라는 대저를 내고 최근에는 동호인들과 자비로 『희사변(戱史辨)』(현재 제4집이 나와 있음)을 내면서 중국의 희곡사를 바로잡겠다고 애쓰던 난찡의 희곡학자 후찌(胡忌)가 몇 일전에 작고하여 참석하지 못하게 되었고 친구인 뤄디(洛地)도 그 충격으로 대만에 올 수 없게 되었다는 것이다. 중국 희곡 연구에 큰 업적을 남기고 자기네 전통문화에 대하여 뜨거운 애정을 지녔던 대학자의 명복을 머리 숙여 빌면서 직접 내가 옛날에 본인으로부터 들은 문화대혁명 시기 등 시대적 격랑 속에 겪었던 한 학자의 고난의 역정을 떠올리며 눈물만 흘렸다.

그리고 더 크게 놀란 것은 회의장 안팎에 넘치고 있는 곤곡에 대한 중국 사람들의 열기이다. 2001년 5월 UNESCO에 의하여 곤곡이 〈인류의 구술(口述) 및 비물질(非物質) 문화유산의 대표작〉으로 지정이 되었으니, 자기네 전통 연극인 곤곡을 이제는 세계인의 것으로 격상시켜야만 한다는 기세이다. 곤곡연토회는 회의 조직이 독특하여, 4월 19일과 20일의 이틀 동안은 오전 오후로 연사를 한 명씩 내어 각각 오전 연사는 두 시간 오후 연사는 한 시간 30분에 걸쳐 회의에 참석한 학자들을 상대로 곤곡에 관한 학술강연을 하도록 짜여져 있었다. 21일은 가까운 곳 관광을 하면서 휴식을 하고 다시 22일부터 23, 24일까지는 하루에 6, 7명씩 배정하여 강행군의 논문발표가 있었다. 24일 오후에는 4명의 논문발표를 하기로 되어 있는 다음 오후 3시부터 약 1시간 반에 걸친 좌담회가 예정되어 있었다.

매일 회의가 끝나면 서둘러 저녁식사를 마치고는 전세 버스를 내어 타이베이(臺北) 시내의 신무대(新舞臺) 극장으로 가서 곤극 공연을 관람하였다. 중앙대학은 타오유안현(桃園縣) 중리시(中壢市)에 자리 잡고 있어서 회의장으로부터 극장까지 가는 데에는 전용버스로 가는 데도 한 시간이 넘게 걸렸다. 이 새로 지은 극장에서는 중국의 유명한 곤곡 배우들을 불러 대만곤극단 및 본시는 경극(京劇)이 전문인 대만의 국광극단(國光劇團)의 단원들과 함께 어울리어 4월 20일에 시작하여 25일에 이르는 5일 동안 『판마기(販馬記)』와 경전(經典) 『장생전(長生殿)』 상·하편을 중심으로 하여 매일 다른 종목의 곤극을 공연하고 있었다. 특히 청대 홍승(洪昇, 1646-1704)이 당(唐) 현종(玄宗)과 양귀비(楊貴妃)의 사랑 얘기를 작품화 한 『장생전』은 공상임(孔尙任, 1648-1715?)의 명(明) 말의 공자(公子) 후방역(侯方域)과 진회(秦淮)의 명기 이향군(李香君)의 파란 많은 사랑을 다룬 『도화선(桃花扇)』 및 명대 탕현조(湯顯祖, 1550-1617)의 두려낭(杜麗娘)과 유몽매(柳夢梅)의 삶과 죽음을 초월한 사랑 얘기를 다룬 『모란정(牡丹亭)』은 명·청 전기(傳奇)의 대표작이기도 하려니와 곤곡의 대표적인 전통 연출 극목(劇目)이기도 하다.

중국의 배우 중에서도 특히 남자 배우 차이쩡런(蔡正仁)과 여자 배우 화원이(華文漪)는 곤극에 있어서의 천왕(天王)·천후(天后)라고 크게 내세우면서 특히 이들이 마지막 이틀 동안 각각 당명황(唐明皇)과 양귀비(楊貴妃)로 분장하여 공연할 『장생전 상·하』를 두고 모두가 미리 흥분하고 있었다. 그 까닭은 이 천왕·천후는 모두 상해곤극단(上海崑劇團) 소속이었는데, 상해곤극단

곤곡의 천왕(天王)·천후(天后)로 칭송되는 차이쩡런(蔡正仁 천왕)이 화원이(華文漪)와 「판마기(販馬記)」에서 함께 공연하는 모습

이 1989년 미국으로 가서 곤극을 연출한 다음 화원이 가서 그대로 미국에 눌러앉아 귀국하지 않았기 때문에 이들은 그 뒤로 다시 함께 공연할 수가 없었다. 1987년 이들이 일본에서 『장생전』을 함께 공연한 것이 천왕과 천후의 마지막 공연이었다고 한다. 그 동안 이들은 각각 따로 대만으로 와서 여러 번 공연하여 대만의 곤극 애호가들에게는 그들의 빼어난 연기에 익숙해져 있었다. 그래서 대만에서는 천왕·천후가 마지막으로 공연하였던 극종임을 강조하기 위하여 〈경전(經典) 『장생전』 상·하〉라고 크게 내세우고 있는 것이다. 곤곡 작품 앞에 '경전'이란 말을 덧붙인 것은 이 『장생전』이 진짜 전통적인 곤곡 연출작품임을 강조하려는 뜻이였을 것이다. 미국에서 대학교수를 하다가 근래에 귀국하여 곤곡 진흥운동에 적극 가담하고 있는 명작소설 『대북인(臺北人)』의 작가 빠이시엔융(白先勇)은 이들의 이번 공연을 이 세기의 절창(絶唱)이 되도록 하여야 한다고 열을 올리고 있었다. 이 곤극 공연의 제작인(製作人)은 홍웨이쭈(洪惟助)이나 빠이시엔융과 대만대학 교수였던 쑹융이(曾永義)가 함께 고문 역할을 맡고 있었다.

그리고 중앙대학에서는 4월 26일부터 6월 1일까지 매주 화요일마다 대강당에서 곤곡과 경극을 중심으로 하여 여러 가지 대만의 전통 연극을 공연하고 있었다. 중앙대학의 온 캠퍼스가 연극공연 포스터로 장식되어 있는 것 같은 느낌이었다. 그리고 근래의 구체적인 곤극 공연 상황을 통한 대만과 중국의 곤곡열은 뒤에 보다 상세히 소개하게 될 것이다.

4월 19일

　간단한 개막식이 있은 뒤 오전에는 베이찡에서 중국 곤극연구회(中國崑劇硏究會) 비서장(秘書長)으로 활약하고 있는 충짜오환(叢兆桓)이 「북경곤곡사백년(北京崑曲四百年)」이란 제목으로 강연을 하였다. 그는 직접 곤극 연원(演員)으로도 활약하여 문화장(文華獎)·매화장(梅花獎) 같은 큰 상도 받은 인물이라 곤곡에 대하여 독특한 안목과 애정을 보여주었다. 1917년 전후에 북경대학의 차이유안베이(蔡元培) 교장이 교수였던 우메이(吳梅)와 함께 베이찡의 곤곡 진흥에 크게 공헌을 하였고, 1950년대 초 마오쩌뚱(毛澤東)·조우은라이(周恩來) 등은 명절 때면 자주 곤극단을 중남해(中南海)로 불러들여 공연케 하였는데 대체로 연원(演員) 및 극목(劇目)도 모두 지정해 불렀다는 애기와 문화대혁명 때는 잡혀가 8년 동안 감옥살이를 한 경험과 함께 곤곡 진흥운동의 어려움을 토로하였다. 특히 곤곡은 지방희(地方戲)가 아니라 원잡극(元雜劇)을 아버지로 명전기(明傳奇)를 어머니로 하여 태어나 발전한 중국의 전통연극임을 강조하였다. 곤곡의 본적은 쑤조우(蘇州) 지방이라지만 이미 옛날부터 곡운(曲韻)은 『중원음운(中原音韻)』을 따르고 있는 사실 등이 이를 증명한다고 하였다. 다만 곤곡의 진흥운동이 곤곡의 경극화(京劇化) 경향을 보이고 있고, 또 지금 와서는 베이찡에는 곤곡을 제대로 전승하는 기관이나 사람이 없는 것이 한이라는 말도 하였다.

　오후에는 베이찡 중국전매대학(中國傳媒大學) 교수인

루잉쿤(路應昆)이 「고강(高腔)으로부터 본 곤강(崑腔)」
이란 제목으로 곤곡 음악의 특징에 대한 애기를 하였
다. 그는 스스로 직접 창을 하면서 곤곡의 음악상의 특
징을 설명하였으나 나는 제대로 이해하기 매우 어려운
내용이었다.

4월 20일

오전에는 수주대학(蘇州大學) 중문과 교수 조우친(周
秦)의 「곤곡의 고을 – 쑤조우(蘇州)」라는 주제의 강연이
있었다.

곤곡이 생겨난 쿤샨(昆山)이란 도시는 바로 쑤조우 옆
샹하이 방향으로 있는 작은 도시이다. 그는 쑤조우 사
람이다. 그는 시종 예술은 무엇이든 그 문화배경이 가
장 중요함을 강조하였다. 어제 충(叢) 선생은 곤곡은 지
방희가 아니고 중국의 전통 연극이라고 하였지만 그는
곤곡은 엄연히 쑤조우의 지방희라고 강조하였다. 쑤조
우에서 한 번은 학생들에게 지금부터 시내로 나가서 곤
곡과 관련된 곳이나 물건을 조사해 오라고 내보냈더니
모두 20 내지 40종류에 이르는 곤곡 관련 유적과 유습
등을 찾아와서 보고하더라는 것이었다. 쑤조우는 그처
럼 문화배경이 곤곡과 밀접한 관계가 있는 도시라는 것
이다.

쑤조우는 대략 서기 5세기 전 춘추(春秋)시대에 이루어졌고, 남송 때에 그린 쑤조우의 평면도와 현재의 쑤조우시 위성사진의 모양이 거의 같은 정도로 옛 모습을 그대로 간직한 문화도시라 하였다. 게다가 명·청대를 통하여 쑤조우는 명배우와 유명한 희반(戲班, 곧 劇團)의 명산지였다는 것이다. 쑤조우 사람들은 대개 집에 홀로 있을 때에도 저(笛)를 불며 곤곡을 창하는 풍류적인 도시이다. 난찡의 곤곡 명배우 장찌칭(張繼靑)도 쑤조우 사람이란다. 쑤조우 사람들은 정치(精緻) 전아(典雅)하고 정감이 풍부하여 곤곡을 창하게 된 것이니, 그렇지 못한 다른 지방 사람들로서는 곤곡을 창한다는 것은 매우 어려운 일이라는 것이다. 자기 고향에 대한 사랑의 정감이 서린 강연이었다.

오후에는 일본 경도(京都)대학의 젊은 교수 적송기언(赤松紀彦)이 「일본에 전입된 중국 희곡 – 강호(江戶) 말기 명치(明治) 초기에 유행한 명청악(明淸樂) 중의 희곡 자료」라는 제목의 강연을 하였다. 그는 나가사끼(長崎)에서 공연된 명청악 C.D를 보여주며 설명을 곁들였고, 이어서 현제 일본에서 활동 중인 일본의 두 곤극단(崑劇團)의 공연 모습을 C.D로 실황을 보여주면서 설명을 덧붙였다. 하나는 베이찡의 곤극단과 손을 잡고 곤극을 배우면서 활동을 하고 있는 일본곤곡지우사(日本崑曲之友社)이고 다른 하나는 강연자가 직접 소속돼 있는 경도 강남사죽회(京都江南絲竹會)로 그들은 주로 쑤조우 난찡의 남쪽 곤극단과 손을 잡고 배우면서 모임을 유지하고 있다고 하였다.

　뒤에 논문발표에서는 또 젊은 일본 나가사끼(長崎)의 대학 강사 석해청(石海靑)이 「곤곡중주운표설(崑曲中州 韻表說)」을 발표하였는데, 직접 올바른 곤곡의 한자 발음을 실연도 하였고 자기가 녹음한 C. D도 한 장씩 돌려주었다. 중국 학자들에게 물어보니 그의 발음은 상당히 정확하다는 것이다. 적송(赤松)이란 친구는 마침 경도대학의 한국인 교수인 김문경(金文京)의 제자라 하며 가까이 해줘서, 강연 뒤 그의 C.D를 복사 좀 하자고 했더니 그의 C.D를 그대로 넘겨주어 석해청의 C.D와 함께 갖고 와 한국 중국희곡연구회에 넘겨주었다. 특히 적송의 C.D에는 작고한 후찌(胡릿)가 곤곡을 창하는 모습 서너 장면이 들어있어 더욱 소중하게 여겨졌다. 그리고 이러한 일본의 중국희곡 연구자들의 활동양상은 이를 보는 우리 나라 젊은 중국희곡 연구자들에게 큰 자극이 되어 주기를 바라고 있다.

4월 22일

　하루 쉰 다음 회의 진행이 강행되어 오전 오후 각각 6, 7명의 학자들이 논문을 발표하였는데 대체로 주제는 곤곡이란 무엇인가, 다른 극종과 구별이 되는 특징은 어떤 것인가, 또 그것들은 어떻게 전승되어 왔는가 하는 문제가 가장 두드러진 문제였는데, 역시 곤곡 음악의 특징을 논하는 논문도 적지 않았다. 그 밖에 현재의 곤곡의 진흥이나 창작의 문제 등도 조심스럽게 토론의 대상이 되고 있었다.

다른 사람이 대독한 작고한 후찌의 논문 「곤곡은 부흥시켜야 하는 것인가 새로 만들어가야 하는가?(崑曲, 是搶救, 還是創新?)」, 충짜오환(叢兆桓)의 「현대 곤곡의 전승과 발전의 문제(當代崑曲的傳承與發展問題)」 등이 현재 곤곡 진흥에 있어서의 문제를 비교적 심각하게 논의한 논문이다. 4월 23일의 논문도 비슷한 성격의 것들이었다.

이번 회의의 주최자의 한 사람인 쩡융이(曾永義)는 대륙을 포함하여 전 중국이 공인하는 희곡연구의 대가인데, 한편 타이베이의 학술문화계에서 공인하는 술 마시는 주당의 당수이기도 하다. 이번에도 회의장에 준비된 점심 이외에 학교 앞 식당에 방을 한 칸 잡아놓고 매일 자기 마음에 드는 사람들 10명 정도를 따로 불러내어 거창한 식사를 하였는데, 나는 매일 불려 나갔고 언제나 식탁 위에는 위스키 너덧 병이 준비되어 있었다. 첫날 오후 발표를 들으려면 술 마셔서는 안 된다고 하자 나이 많은 사람에게는 건강이 첫째이니 술 취했다는 핑계로 오후엔 숙소로 돌아가 쉬라는 것이었다. 따라서 오후의 발표는 모두 숙소 침대 위에 누워서 대체로 내용을 훑어본 것이 전부이다. 하루 발표가 끝나갈 무렵에야 다시 털고 일어나 회의장으로 나가 저녁 활동에 합류하였다.

4월 24일

　특별히 회의에 불러준 내게 주어진 역할은 마지막 날 첫 번째 발표의 사회인 주지인(主持人) 노릇이었다. 주어진 시간은 논문 발표 전 사회에게 10분, 논문 발표자에게는 각각 15분, 다음의 토론이 25분이었는데, 이 발언 시간이 무척 엄격하게 지켜졌다. 발표자는 모두 나와 친분이 있는 대만 청화(淸華)대학의 왕안치(王安祈) 교수, 남경(南京)대학의 우신레이(吳新雷) 교수, 대북예술대학(臺北藝術大學)의 츤팡잉(陳芳英) 교수였는데 모두 절자희(折子戲)와 관련이 있는 논문이어서, 나는 10분 동안 곤곡에 있어서의 절자희의 중요성을 간단히 강조하고 이 논문 발표를 경청해 줄 것을 요구하였다. 그리고 한국 사람들은 같은 중국문화권에 있었으면서도 왜 경희나 곤곡을 외면하는가 설명을 하였다. 이는 남송(南宋) 이후 중국문화 발전이 이질화(異質化)하여 우리의 예술에 대한 의식과 달라졌기 때문이라 하였다. 따라서 올바른 중국의 전통문화를 되찾으려면 음악을 비롯한 여러 면에서 한국의 고대 문화현상을 참작해야 할 것이라 하였다. 이 발언은 논문 못지않은 반향을 일으키어 몇 사람들로부터는 그 문제에 대한 자세한 논의를 자기 대학으로 와서 해달라는 초청을 받기도 하였다.

　이 발표에 이어 대만과 중국에 걸쳐 희곡학계의 거장이며 훙웨이쭈와 함께 대만의 곤곡 진흥을 이끌고 있는 쓩융이(曾永義)가 「곤극 양산백과 축영태의 편찬 및 기타(崑劇 『梁山伯與祝英台』之編撰及其他)」를 녹화 C.D를 보여줘가며 새로 곤극을 편성한 과정, 편극·작곡·안무 등에 대하여 설명하였다. 「양산백과 축영태」는 축영태라는 여자가 양산백이라는 젊은이를 만나 서로 사랑하게 되지만 집안에서 다른 곳으로 시집보내려 하여 두 사람은 죽은 다음 하늘나라에서 금동옥녀(金童玉女)가 되어 다시 결합한다는 애기로 중국 고극의 레파토리로 유명한 것이다. 그리고 소주대학의 조우친(周秦)이 「청춘판 모란정으로부터 신편 곤극 양산백여축영태에 이르기까지(從靑春版 『牡丹亭』 到新編崑劇 『梁山伯與祝英台』)」를 발표하여 대만에서 새로 제작되고 편극된 두 종류의 곤극에 대한 설명을 하였다. 이 두 가지 발표는 지금 중국과 대만에 걸쳐 작년부터 달아오른 곤극열이 얼마나 뜨거운 가를 짐작케 한다.

2004년은 대만의 곤곡년(崑曲年)이라 부를만한 해였다. 2월 음력 설날이 지나자마자 대만에서는 소주곤극단(蘇州崑劇團)을 초청하여 경전판(經典版) 『장생전(長生殿)』을 타이베이의 신무대(新舞臺)에서 공연하여 곤곡열의 서막을 연다. 그리고 이 곤극단은 귀국하여 이 극종을 가지고 쑤조우(蘇州, 6월)·쿤샨(崑山, 11월)·베이찡(12월)·홍콩(다음 해 3월) 등지를 돌면서 공연하여 대단한 인기를 모으며 호평을 받는다.

대만에서는 다시 4, 5월 동안에 미국에서 돌아온 인기 작가 빠이시엔융(白先勇)의 총지휘 아래 천춘판(靑春版) 『모란정』이 새로이 편극되어 대북국가극원(臺北國家劇院)에서 공연되었는데, 9000장이 넘는 표가 공연

곤곡의 천왕(天王), 천후(天后)로 칭송되는 차이쩡런(蔡正仁)과 화원이(華文漪)가 「장생전(長生殿)」에서 각각 당(唐) 현종(玄宗)과 양귀비(楊貴妃)로 분장하여 열연하고 있다.

하기 두 달 전에 바닥이 났었다 한다. 빠이시엔융의 『모란정』을 '청춘판'이라 부르게 된것은 출연 배우들도 실제 주인공들 나이에 가까운 젊은 배우들을 훈련시켜 썼고, 연출내용도 젊은이들 취향에 맞도록 많이 고쳤기 때문이다. 어떻든 이 '청춘판' 곤곡으로 말미암아 대만과 중국 연극계의 곤극열에 불이 붙게 된다. 20일 뒤에는 이 곤극을 홍콩 샤티엔(沙田)의 대극장으로 가져갔는데 표를 구하려는 사람들로 소동이 일어났고 홍콩 전역을 곤곡 선풍이 휩쓴 형편이었다 한다. 다시 20일 뒤에는 소주대학(蘇州大學), 7월에는 쑤조우 시내, 9월에는 항조우(杭州), 10월에는 베이찡, 11월에는 샹하이, 다음 해 3월에는 아모이(澳門), 4월에는 다시 북경대학(北京大學)·북경사범대학(北京師範大學)·남개대학(南開大學) 등을 돌면서 쉴 새 없이 공연하여 중국 전역에 곤곡 바람을 일으켰다.

그리고 다시 2004년 성탄절 무렵 쏭융이(曾永義)는 새로운 곤극 『양산백과 축영태』를 편극하여 대북국가극원에 올렸는데 이때도 두 달 전부터 이미 표를 구할 수가 없을 정도의 열광이었다 한다. 이 연극은 타이베이에서 세 번 공연하고는 여러 지방을 순회공연하며 각 지방 관중들의 열광적인 환영을 받았다 한다. 그리고 금년 말에는 샹하이와 쑤조우 등지로 가서 공연할 일정이 잡혀있다 한다.

소주대학의 조우친 교수는 2004년 부터 수없이 대만을 드나들면서 이상 두 가지 새로운 곤극의 창작과 연출에 직접 참여하여 고문 역할을 하였기 때문에 여러 전문가들의 비판을 의식하며 앞에 소개한 글을 발표한 것이다.

이 신편 곤극에 대한 전문가들의 직접적인 비판은 없었는데, 엉뚱한 곳에서 그들의 실질적인 우려의 목소리를 들었다. 상해희극학원(上海戱劇學院) 교수인 이에창하이(葉長海)는 타이완의 중앙대학 중문과 중국희곡 전공 학생들과 교류하기 위하여 자기 학교 대학원 학생 9명을 데리고 왔는데 22일 저녁 모든 일정이 끝난 뒤 두 학교 학생들이 만나 곤곡에 관한 토론을 벌이기로 했다고 한다. 나는 무엇보다도 중국과 대만의 학생들이 만나 어떤 얘기를 어떻게 할까 궁금하여 회합 장소에 가 보았다. 양편 지도교수의 인도로 인사를 간단히 끝낸 뒤 자연스럽게 먼저 현대에 있어서의 자기네 전통극의 문제가 주제로 등장하였다. 먼저 손님인 샹하이 학생들에게 발언을 요청하자 한 남학생이 일어나 빠이시엔융의 청춘판『모란정』을 맹렬히 비난하였다. 이는 제대로 된 곤곡도 아니며 곤곡을 망치고도 있다는 것이다. 발언이 길고 공격이 맹렬하여 지도교수가 발언을 조절해 줄 정도였다. 확실히 곤곡의 재흥에는 문제가 많은 모양이다. 1950년대에 곤곡을 부흥시키는 계기를 만든『십오관(十五貫)』도 나는 강소곤극원(江蘇崑劇院)이 연출한 녹화 C.D를 갖고 있을 따름이지만, 내가 보기에는 이 극종이 굉장한 환영을 받았던 것은 연극 얘기의 구성에 변화가 많고 무척 재미가 있기 때문이다. 이러한 고사를 통한 관중의 감동은 춤과 창을 주로 하여 연출하는 연극의 목표가 될 수가 없는 것이다. 고사를 목표로 한다면 현대 서양 화극(話劇)의 방식이어야 한다. 이런 생각 때문에 나는 중국에서 온 희곡 전문가 몇 사람에게『십오관』이 일시적으로 곤곡의 부흥에 기여하기는 했지만 종극적(終極的)으로는 곤곡의 발전에 해를 끼친 면은 없느냐고 물어보았다. 모두들 그런 면도 약간은 있다는 대답이었다. 곤곡에의 공헌이 공인된 『십오관』이 그러할진대 대만에서 새로 편극한 곤극에 문제가 없을 리가 없다.

후시(胡適)가 일찍이 "곤곡은 도광(道光)·함풍(咸豊) 시기(1821-1861)에도 스스로 보존될 수가 없었으니, 이미 없어져 버린 뒤에 다시 중흥을 시킬 수는 절대로 없는 것이다."라고 말한 것은 일리가 있는 것이다. 곤곡의 부흥 또는 개량 활동은 자칫하면 곤곡의 파괴활동이 될 수도 있는 것이다.

4월 25일

　오전에는 연구소에 나가 직원들을 만나 여러 가지 필요한 자료를 수집하고 오후에 택시로 중정비행장으로 나가 비행기를 타고 귀국하였다.

　이번의 곤곡국제학술연토회에 참석하여 곤곡열기 속에 절감한 것은 대만 사람들도 그들의 문화의 뿌리는 대륙에 있다고 여기고 있다는 것이다. 따라서 이전에는 대만은 반드시 중국으로부터 독립하게 될 것이라 생각했었으나 이제는 그들이 쉽사리 독립을 하지 않을 것이라는 생각을 갖게 되었다. 귀국하는 비행기 속에서 이번 대만의 학술대회는 중국 사람들과 문화에 대한 그들의 태도에 대한 내 생각을 이처럼 바꾸어 놓고 그 사실을 한국에 전하라고 나를 특별 초청한 것일까 하는 생각을 홀로 하였다.

[2005. 5. 14. 인하대학교에서 열린 중국희곡학회 정기 학술회의에 참석하여 발표한 대만에서 개최된 곤곡국제학술연토회의 경과보고 원고를 재정리한 것임.]

2005. 6. 30. 김 학 주

🌐 칭하이 가에 서있는 필자

중추안향(中川鄕) 어찌아촌(鄂家村) 나뚠(納頓)의 행사를 하려고 여러 마을 사람들이 행사장으로 들어오는 모습

⊕ 중추안향(中川鄕)
　Na Tun절(節)에서 「삼국지」 얘기를 탈춤으로 연출하는 모양

세계에서 최고 장편이라고 자랑하는 티베트족의 민족영웅서사시 「Gesar 왕전」을 중국 최고의 연창예인이라는 차이랑왕투이(才讓旺堆)가 호텔 방에서 열연하는 모습

6. 칭하이(靑海)의 곤륜문화의 고찰 및 학술대회 (昆侖文化考察與學術大會)에 참가하고서

행정 베이찡 – 칭하이 시닝(西寧) – 퉁런(同仁) – 민허 (民和) – 황중(湟中) – 칭해호 – 베이찡

중국의 나희학연구회(儺戱學硏究會) 회장 취류이(曲六乙) 선생의 초청과 연락을 바탕으로 2000년 8월 8일 부터 8월 15일 사이 칭하이(靑海)에서 열리는 해협양안 의 곤륜문화의 고찰 및 학술연토회(海峽兩岸昆侖文化考察與學術硏討會)에 참가하기로 하였다. 칭하이 하면, 당대의 시인 유중용(柳中庸)이 「양주곡(涼州曲)」에서 "청해의 수자리 터 위에는 공연히 달이 떠 있고, 누런 모래 사막에는 본시 봄이란 없네.(靑海戍頭空有月, 黃沙磧裏本無春.)"하고 읊은 곳, 청장고원(靑藏高原) 동북부에 자리하고 해발 3000m 이상 높은 곳에 초원과 황토고원으로 이루어진 땅이다. 황하와 장강이 모두 이 성에서 발원하고 있고 골짜기 마다 장족(藏族)·회족(回

族)·토족(土族)·살랍족(撒拉族)·몽고족(蒙古族) 등
서로 다른 소수민족들이 살고 있어서 그곳 민속이 무척
다양한 곳이다. 이 기회에 풍토와 민속이 특이한 칭하
이와 신찌앙(新疆) 지방을 돌아보며 그 지방 희곡과 민
속도 탐사하고 학술회의 참석도 겸하려는 것이 이번 여
행의 목적이었다.

8월 7일

아시아나항공 편으로 우선 베이찡(北京)으로 날아갔
다. 오수경 교수가 동행하였고, 베이찡 호텔에 도착하
여 다시 전경욱·김흥우·강춘애 교수 등 한국 학자 일
행과 합류하였다.

8월 8일

　오전에 베이찡 수도비행장(首都飛行場)으로 나가 칭하이성 성도(省都)인 시닝(西寧)행 비행기를 탔다. 비행기에서 식사를 하고 시닝 비행장에 내려보니, 그 곳 지형이 해발 2000미터를 넘는다는데 사방 보이는 산이 나무나 풀이 거의 없는 거대한 진흙 덩어리여서 처음 보는 광경이 경이로웠다. 억지로 낮은 물기가 약간 있는 곳에 풀이 자라고 거기에 나무를 심어 사람들이 살 곳을 마련하고 있다. 참 사람이란 지독한 동물이로구나 하는 감탄이 절로 나왔다. 이런 곳에 사는 소수민족들은 오랜 동안 한족과의 싸움에 밀리고 쫓기어 이런 험난한 곳으로 들어와 목숨을 부지하게 된 것이 아닐까 여겨졌다.

칭하이 언덕의 ‘오보’를 배경으로 타이완의 쯩융이(曾永義)교수와 필자

시내 호텔에 도착해 보니 대만(臺灣)에서 47명의 학자들이 와 있었는데, 그 중에는 잘 아는 사람들이 많았지만 특히 대만대학 교수이며 중국희곡 연구의 거장인 쭝융이(曾永義) 교수도 끼어있어 무척 반가웠다.

이 회의는 본시 칭하이성 문화청(文化廳)과 대만의 전통예술중심(傳統藝術中心)이 공동주최한 것이어서 이번 회의 명칭 앞머리에 "해협양안"이란 말이 붙어있는 것이다. 나를 초청한 중국나희학연구회는 중국예술연구원(中國藝術硏究院)과 함께 이 모임의 협조단위(協助單位)였다.

저녁 8시에 개막식이 있었는데, 주최 측의 배려로 나는 한국 학자들의 대표 같은 대우를 받게 되었다.

8월 9일

　조반을 일찍 먹고 버스에 올라 황난장족자치주(黃南藏族自治州)의 퉁런(同仁)이란 곳으로 갔다. 나무도 없는 황토 협곡의 험한 산길을 달리고 진흙물 황하(黃河)를 따라 꾸불꾸불 한참 간 끝에 퉁런에 도착하였다. 황하의 발원지가 바로 이 성에 있는데 황토고원을 흐르고 있어 흐르는 물은 하류보다도 더 진흙물이다. 도중 해발 3500미터를 넘는 고개도 넘었는데 풀이 드문드문 나고 바람이 심한 거대한 황토 고원 위에서 우리의 성황당 비슷한 몽고족의 오보(敖包, 또는 敖博)를 몇 곳 구경하였다. 오보는 큰 길의 높은 언덕 위 같은 요소에 돌과 흙을 쌓은 큰 무더기 위에 깃발 또는 천 조각을 잔뜩 매단 막대기와 버들가지 등을 꽂아 만든 제단이다. 지나다니는 행인들이 여행의 안전을 빌 뿐만이 아니라 매년 정기적으로 그 지역 사람들이 제사를 여기에서 드린다 한다.

　점심을 먹고 다시 니엔도우후촌(年都乎村)이라는 마을로 옮겨가 토족(土族)들의 제신축역(祭神逐疫) 행사를 구경하였다. 이들은 장족 사이에 살고 있어서 장족과 통혼도 하고 민속이나 언어 면에 있어서까지도 장족의 영향을 크게 받고 있다고 하였다. 이 마을 산 위의 묘당(廟堂)에는 주신(主神)으로 이랑신(二郞神)과 함께 3, 4분의 산신(山神)이 모셔져 있었다. 이곳의 제의(祭儀)는 T'iao Wu T'u(跳於菟)라 부르는 일종의 호랑이춤이 중심을 이룬다. Wu T'u(於菟)는 그들 말로 호랑이를 뜻한다. 산신은 여러 종류가 있지만 호랑이로 상징되는 것이라 여겨진다. 그러나 이 제사는 산신 뿐만이 아니라 이랑신에 대한 제사도 함께 거행되는 것이라 한다. 산 위의 신묘(神廟)에서 간단한 제의를 마친 뒤 무사(巫師)의 인도를 따라 옷을 거의 다 벗은 7명의 젊은이들이 온 몸에 숯과 재로 호랑이 무늬를 그리고 맹수 동작의 춤을 추면서 동리로 내려온다.

토족의 T'iao Wu T'u(跳於菟) 장면

그들은 동리에 내려와서는 집집마다 찾아다니면서 모든 역귀를 쫓아낸다는데, 춤도 단조로웠고 의식도 간단하게 느껴졌다. 그러나 이제껏 본 일이 없는 새로운 주변 풍경이며 진흙으로 두텁게 다져 넓게 벽을 세우고 그 속에 집을 꾸미고 사는 주거환경이며 그곳 사람들의 일거일동 모든 것이 진귀하여 정신을 차리기 어려울 지경이었다.

다시 버스를 타고 가서 가까운 퉁런현(同仁縣) 룽우진(隆務鎭)에 있는 융무사(隆務寺)라는 원(元)대에 지어진 규모가 큰 사원을 구경하고 호텔로 돌아왔다.

8월 10일

　오전 8시에 버스를 타고 다시 퉁런현(同仁縣) 랑찌아촌(浪加村)으로 가서 토족(土族)과 장족(藏族)이 함께 거행하는 나제(儺祭)를 구경하였다. 만물 어디에나 영(靈)이 있음을 믿는 분교(苯敎)와 라마교(喇嘛敎, 紅派)에다가 무속(巫俗)까지 뒤섞여 있는 것 같은 종교의식을 바탕으로 한 행사이다. 지역에 따라 모시는 보호신의 종류가 서로 다른 여러 가지가 있다고 하는데, 이곳은 납일타라(拉日朶羅)라고 하는 옥황상제(玉皇上帝) 비슷한 신이 주신(主神)이란다. 시간이 되자 마을 사람들이 북과 징을 두드리는 사람들을 앞세우고 제물을 각기 가지고 계속 산 위에 있는 신묘(神廟)로 올라왔다. 정식 행사는 신묘에서 시작되었다. 신묘 옆 광장엔 둥근 화덕 위에 불을 피워 놓고 양 머리로 번제(燔祭)를 지내면서 지전 등을 어지러이 태워 날리고 있었다. 신상이 모셔져 있는 신묘 안에서는 지루할 정도로 오랜 동안의 제의가 거행되었는데, 중간에 다른 마을 사람들로 보이는 일단의 사람들이 요란하게 올라와 약간 다른 방법으로 의식을 행하기도 하였다. 나도 한국대표라 하여 불려들어가 잠깐 동안 향불 연기로 눈도 뜨기 어려운 묘당 안의 제의에 참가하였다. 그리고 많은 사람들이 바로 아래 광장으로 가서는 두 마을의 화합을 기원하는 뜻이 담긴 용무(龍舞)를 추었다. 제사는 대체로 농사의 풍작과 생활의 평안을 비는 것이 주목적인 듯하였다. 중간에 많은 아들 출산을 비는 용녀(龍女)의 춤이 사람들의

눈길을 끌었는데, 용녀의 춤이란 나무로 조각한 남근
(男根)과 벌거숭이의 여자 조각상을 여인이 각각 양손에
들고 노골적인 성교 동작을 계속 보여주는 춤이었다.

호텔로 돌아가 점심을 먹고는 오후에는 다시 공설운
동장으로 가서 궁관사(窮官寺) 장희(藏戲)인 공보다걸청
법(公保多杰聽法)이라는 것을 구경하기로 하였다. 공연
이 시작되자마자 소낙비가 쏟아져서 다시 지붕이 있는
본부석으로 옮기어 연출을 하였는데 연출자들이나 구경
꾼들이나 어수선하여 재미가 반감하였고 제대로 연출하
지도 못하는 듯하였다. 대체로 사냥꾼 얘기인 듯, 짐승
가죽옷을 두르고 활과 화살을 든 사람이 짐승 춤을 추
었고 사슴과 개도 등장하였다. 살생을 금하는 뜻이 담
긴 탈놀이인 듯이 보였다. 장족들은 지역에 따라 여러
가지 장희(藏戲)를 보존하고 있으나 모두 라마교와 관련
이 있기 때문인지 나에게는 다른 지역의 탈춤보다는 생
소하게 느껴졌다.

8월 11일

오전 8시 버스를 타고 민허현(民和縣) 중추안향(中川鄉)으로 설 때 행사보다도 더 성대하다는 토족(土族)의 Na Tun절(納頓節) 행사를 보러 갔다. 시닝(西寧)으로부터 민허현으로 가는 길 주변은 칭하이 독특한 풍경이 적어 약간 실망스러웠다. 민화빈관(民和賓館)에 도착하여 점심을 먹고 다시 중추안향의 Na Tun회(會)라고도 부르는 칭하이 최대의 나희(儺戲)가 연출된다는 어찌아촌(鄂家村)으로 갔다. 그들은 우리의 도착을 기다려 본시보다는 행사 시간을 늦추고 있다 하였다.

이 행사는 중추안향의 여러 마을들이 합동으로 거행하는 행사인데, 본시는 음력 7월 12일에 시작하여 한 마을에서 하루씩 행사를 벌이고 하루나 3, 4일 쉬어가며 각 마을로 돌아가며 행사를 거행하여 9월 15일에야 끝을 맺게 된다고 한다. 행사장은 마을 옆의 넓은 들판이었고, 약간 언덕진 한 편에 큰 천막을 쳐 그 아래 신단(神壇)이 마련되어 있었다. 신단 위에는 주신(主神)으로 이랑신(二郎神)을 가운데 모시고 양편에 구천성모낭낭(九天聖母娘娘)·용왕야(龍王爺)·수초대왕(水草大王)·용왕(龍王)의 신상(神像) 오위(五位)를 모셔놓고 있었다. 신단에는 여러 가지 제물을 차려놓고 있는데 특히 집집마다 직경 50cm가 넘는 큰 만두를 만들어 제물로 씀으로 이 행사를 만두회(饅頭會)라 부르기도 한다고 한다.

행사가 시작되자 각 마을 사람들이 손에 피리와 깃발

중추안향(中川鄕)
Na Tun절(節)의 신단(神壇)

및 옛날 무기 같은 것을 든 덕망이 있는 노인들을 앞세
우고 백 명 또는 수백 명의 사람들이 대체로 나이 순서
대로 늘어서서 여러 가지 옷차림에 깃발·징과 북·부
채·버들가지·무기 등을 들고, 북소리 징소리 따라 환
호를 하고 춤을 추면서 장사진(長蛇陣)·용문진(龍門
陣)·팔괘진(八卦陣) 등의 진형을 이루고 여러 가지 의
식을 행하면서 행사장으로 들어온다. 중간에 주 대열이
다른 마을의 대열과 만나 합쳐질 적에는 더 큰 법석이
일어난다. 이 대열을 도회수(跳會手)라 하였다. 이것은
토족들이 오랜 역사를 두고 한족과 전쟁을 해오면서 발
전시킨 의식이 아닐까 여겨진다.

  이 도회수(跳會手)를 하는 사람들이 광장으로 들어와

중추안향(中川鄉)
Na Tun절(節)에서 「장가기(莊稼其)」라는 농촌생활을 주제로 한 탈놀이를 하는 모습

모여 다시 한바탕 의식이 끝나자 본격적인 각 마을에서 연출하는 나희(儺戲)가 벌어졌다. 첫 번째 나희가 장가기(莊稼其), 늙은 농부가 농사일에 힘쓰면서 덕망이 많은 영감을 초빙하여 건달 같은 아들에게 올바로 농사짓는 일을 가르치는 내용의 탈춤이다. 가면을 쓴 소도 두 마리 쟁기를 끌면서 등장하였다. 내용이 알기 쉽고도 재미가 있고 토가족 농민의 정직하고도 부지런하며 농업을 중시하는 품성을 잘 표현하고 있었다. 탈은 종이로 만든 것으로 보이는 별 특징이 없는 것이었다. 영감님은 짙은 회색, 아들과 기타 인물들은 계란색, 소는 검은 색의 탈이었다.

다음엔 『삼국지』에 나오는 얘기를 주제로 한 탈춤 삼장(三將)과 오장(五將)·관왕(關王)이 이어졌다. 삼장은 유비(劉備)·관우(關羽)·장비(張飛)가 관복을 입고 등장하여 도원결의(桃園結義)를 하는 탈춤이다. 오장은 다시 이 세 장수들이 조조(曹操)와 손을 잡고 여포(呂布)를 치는 얘기이다. 먼저 여포가 등장하여 계속 다른 사람들에게 도전을 하는데, 여포는 외적(外敵)과 간악한 인물들도 상징하고 있는 것 같았다. 관왕은 관우의 당당하고 용맹스런 무공을 칭송하는 내용이다. 다음에는 살호장(殺虎將)이라는 춤 동작이 거칠고 격렬한 탈춤이 이어졌다. 이는 전설적인 매우 신통한 산왕(山王)이 늑대·호랑이·표범·벌레 등의 탈을 쓴 요괴들과 지혜와 힘을 다투는 끝에 마침내는 모든 요괴들을 물리치는 내용이다. 산왕은 남장을 한 여인의 인도를 따라 등장하는데 뿔이 달린 소 탈을 쓰고 갑옷을 입고 쌍검을 휘두르면서 맹렬한 동작의 춤을 추면서 요괴를 물리친다. 극정이 최고조에 달했을 적에는 관중들도 앞으로 나아가 요괴들을 치면서 함께 사악함을 물리친다. 다시 오관(五官)이라 하여 머리에는 붉은 수실이 달린 모자를 쓰고 긴 장삼을 입은 다섯 명의 청(淸)대 관원이 등장하여 황제를 찾아가 배알하는 내용의 탈춤을 춘다. 이것은 청나라 관원들에 의하여 이루어져 지금까지도 연출되고 있는 탈춤이라고 느껴졌다.

Na Tun은 끝머리를 신비성도 있는 도법랍(跳法拉)이라는 놀이가 장식하였다. 이 놀이의 주역은 박수인 무사(巫師)인데, 신을 즐겁게 하고 역귀(疫鬼)를 몰아내는 것이 목적이다. 무사는 쇠창을 들고 춤을 추면서 소귀(小鬼)들과 함께 광장에 등장하여 수많은 사람들이 보는 앞에서 길이 20센치 너비 1센치 정도의 길고 날카로운 칼을 양 볼에 입속을 꿰뚫어 끼고서 행사를 시작하였다. 때에 따라서는 코·두 귀·양 어깨·두 젖꼭지·혀 등에 열두 개의 강철 바늘을 꿰기도 한단다. 무사가 두 칼을 양 볼에 끼울 적에는 수많은 사람들이 둘러싸고 흥분하여 고함을 쳐, 나는 가까이 다가가기가 어려웠다. 그리고는 칼을 볼에 낀 채 이리저리 날뛰면서 소귀들을 몰아내었다. 본시는 중간에 소희(小戲)의 연출도 있다는데 오늘은 시작 시간이 늦어 간단히 끝낸다고 하였다.

토족의 종교는 본시 무습(巫習)이 전부였는데, 최근에는 장족(藏族)들이 불교를 전하여 출가하여 라마승(喇嘛僧)이 되는 사람도 늘고 있고 또 한족도 들어와 도교를 전하여 그 영향도 받고 있다고 한다. 이 Na Tun이라는 나희에 있어서도 앞에 소개한 살호장(殺虎將) 같은 탈춤은 그 탈의 모양이며 춤의 형식이 티베트 불교 사원의 Qiang Mu(羌姆)라는 장희(藏戲)와 흡사해진 것이다. 어떻든 대단히 큰 규모의 좋은 나희(儺戲)를 구경하였다고 생각하였다.

8월 12일

　오전에는 시닝(西寧) 근교 황중현(湟中縣) 서남쪽 롄화산(蓮花山) 허리에 있는 탑이사(塔爾寺)를 구경하였다. 명(明) 가정(嘉靖) 년간(1522-1566)에 지어진 것이라 하는데, 규모가 매우 컸다. 그리고 이 절에는 예술 사절(四絶)이라고 자랑하는 퇴수(堆綉, 채색 비단에 수를 놓은 것으로 불교 고사와 종교생활에 관한 도안인데 미술공예의 특산품이다) · 벽화(壁畵, 전각의 담과 벽 및 들보와 기둥에 그려진 그림. 대부분 천에 그려 붙여져 있지만 직접 벽이나 기둥에 그려진 것도 있다. 천연 광물 염료를 써서 오래 되어도 색깔이 바래지 않는 불교화이다.) · 나무 조각(이 절 건축물 목재 위에 조각된 용과 봉황, 나무와 꽃 및 여러 가지 무늬의 장식이다.) · 수유화(酥油花, 일종의 연유를 원료로 라마의 예인이 심혈을 기울여 만든 예술품. 매년 음력 보름날엔 수유화 전시회가 열려 10만 인파가 몰린다 하며, 옛날에는 전시가 끝나면 이것을 태워버렸다고 하는데 지금은 전시실을 만들어 모두 전시실에 전시하고 있다.) 라는 네 가지 예술품이 있다.

　벽화 중에는 탕카(唐卡)라 부르는 천에 광물이나 식물 등에서 뽑은 자연 염료로 그린 대형의 두루마리 그림이 있다. 폭 2.5미터, 길이 618미터로 전체 무게는 1톤이 넘는다 한다. 시짱 · 윈난 · 칭하이의 300명에 이르는 장족(藏族) · 토족(土族) · 몽고족의 예인들이 4년의 세월을 두고 완성한 작품이라 한다. 대체로 장족의 역사 · 종교 · 문화 · 예술 · 민속을 소재로 한 다양한 내용

탕카(唐卡)의 일부 사진.

의 그림인데, 좀 세밀한 곳의 그림을 보면 1평방미터 너비에 사람만도 300여명이 그려져 있다 한다. 이것은 올해 9월에서 10월 사이에 서울에서 열리는 서장문화전(西藏文化展)에 갖고 가서 전시될 예정이라 한다. 이것들은 모두 국가의 중점문물보호단위(重點文物保護單位)로 지정되어 있다는 자랑이었다.

호텔로 돌아와 점심을 먹고는 다시 버스로 평탄백화대(平彈百花臺)로 가서 그곳의 설창(說唱)과 민간가요를 듣기로 하였다. 평탄(平彈)도 그곳의 대표적인 민간연예(民間演藝)의 하나이다. 그러나 오늘 공연의 중심은 세계 최대 규모의 티베트족의 민족영웅서사시(民族英雄敍事詩)인 『Gesar 왕전(格薩爾王傳)』을 중국 최고의 연창예인(演唱藝人) 차이랑왕투이(才讓旺堆)가 직접 설창한다는 것이다.

『Gesar 왕전』은 모두 200부(部)나 되며(1987년 통계, 대략 1부는 20만 자, 각종 서로 다른 판본 89부는 제외한 숫자임) 티베트어로 민간에 설창이 전해지고 있는 것인데, 중국 내의 시짱(西藏)·칭하이·깐수(甘肅)·스추안(四川)·윈난(雲南) 등지의 장족(藏族)·몽고족(蒙古族)·토족(土族)·납서족(納西族)·유고족(裕固族) 뿐만이 아니라 몽고인민공화국·인도·파키스탄·네팔·부탄 등의 나라에까지도 널리 전하여져 있다는 것이다. Gesar 왕은 전설적인 장족의 민족영웅이다.

이 중국의 영웅서사시는 1953년 3월 중국 전성음악무도회연(全省音樂舞蹈會演) 때 왕이누안(王沂暖)이란 학자가 민간예인 화찌아(華甲)가 설창하는 것을 듣고 이를

중국 최고의 연창예인 차이랑왕투이(才讓旺堆)가 「Gesar 왕전」을 설창하는 모습, 앞 사람은 그의 젊은 제자. 우리 호텔 김흥우 교수 방에서

중국어로 번역 소개하여 학계의 주목을 받기 시작한 것인데, 그의 번역본은 귀덕분장본(貴德分章本)이라 하여 지금껏 학계에서 중시되고 있다 한다.

그 뒤로 학계의 관심 속에 대대적인 자료의 발굴과 수집 작업이 진행되어 왔으나 아직도 더 많은 수집 정리와 작업을 필요로 하고 있다 하였다. 수집 정리가 어려운 것은 이 영웅서사시가 기록으로 전하는 것보다도 입으로 구전되고 있는 것들이 대부분이라는 것이다. 게다가 조금씩 전수받은 사람도 많아서, 현재 칭하이성 만도 이 서사시를 설창할 줄 아는 사람이 백 명을 넘는다 한다.

그러나 그 중에서도 오늘 설창하는 차이랑왕투이(才讓旺堆)는 가장 특출한 설창인이라는 것이다. 우선 1987년 『Gesar 왕전』 연창실태를 조사할 적에도 전국의 특출한 연예인으로 시짱(西藏)의 여자 연예인 위메이(玉梅)가 18대종(大宗)과 48소종(小宗)을 창하고, 칭하이성 꿔러장족자치구(果洛藏族自治區)의 꺼리찌엔찬(格日堅參)이 112부(部)를 외워 쓸 수가 있고, 시짱의 유명한 예인 쨔파(札巴)가 42부를 설창할 수 있고, 시짱 나취지구(那曲地區)의 츠런잔투이(次仁占堆)가 63부를 창할 수 있었는데, 차이랑왕투이는 120부를 창할 수가 있었다 한다.

그는 본시 시짱 태생인데 칭하이성으로 옮겨와 살고 있고 현재 69세이며, 1987년 칭하이성에서 첫 번째로 Gesar 민간예인연창회(格薩爾民間藝人演唱會)를 개최했을 적에 최우수자로 뽑히어 전국에 유명해졌다 한다.

그는 아버지와 형제들이 전쟁통에 죽고 어머니도 돌아가시자 여덟 살 적에 고향을 떠나와 7일 밤낮으로 꿈을 통하여 신으로부터 『Gesar 왕전』의 창법을 전수 받아 120부를 설창할 수 있다는데, 근년에 거의 실전된 『Gesar 왕전』을 녹음하기 시작하여 『아달록종(阿達鹿宗)』·『길상왕축복(吉祥王祝福)』·『탁령전쟁(托嶺戰爭)』·『서령전쟁(犀嶺戰爭)』·『매모수정종(梅毛水晶宗)』·『남철보장종(楠鐵寶藏宗)』등 6부를 녹음하였으며, 그 수량은 녹음테이프 650곽에 이르고 이것들은 문자 기록으로도 모두 옮겨졌다 한다.

그는 홀몸이며 하루 한 끼를 먹고 있고 그 곳 사람들은 그야말로 살아있는 부처라 믿고 있었다. 나는 마침 그 곳에서 판매하고 있는 녹음테이프를 10여 곽 사왔다.

이 설창의 명인 차이랑왕투이는 깃발이 다섯 개 꽂힌 오각모를 쓰고 홀로 나와 먼저 기도를 드린 다음 반주도 없이 『곽령전쟁(霍嶺戰爭)』이란 제목의 얘기를 티벳트어로 설창을 하였다. 전혀 무슨 소리인지 알아들을 수도 없는 것이었으나, 그에게는 위엄도 있고 풍도(風度)도 있었으며 얘기 대목에 따라서 장단과 가락이 바뀌면서 서로 다른 분위기를 느끼게 해 주는 살아있는 목소리였다.

청중 거의 모두가 티벳트어는 한 마디도 모르는 사람들이었으나 온 무대 안의 사람들이 설창자에게 압도당하고 끌리어 처음부터 끝까지 조용하였다. 나도 시간의 흐름을 잊고 그의 설창에 아무것도 모르면서 빠져 있었다. 그의 설창이 끝난 다음 그의 제자라는 30대 젊은 남자의 설창이 이어졌다. 목소리도 크고 젊고 아름다웠으나 웬일인지 그의 스승인 차이랑왕투이 같은 감동은 전혀 주지 못하였다.

그 뒤로 칭하이 동부지방의 민간가곡으로 「오경고(五更鼓)」 등의 연창과 가무 및 평현(平絃)이라는 「월아만만조구주(月兒彎彎照九州)」등의 연주와 노래가 이어졌으나 흥미를 잃어 무척 졸리기만 하였다.

오후 5시 호텔로 돌아와 홀로 호텔 로비에 앉아 쉬고 있을 때 마침 명예인 차이랑왕투이가 그의 제자와 Gesar 왕전연구소 직원을 거느리고 돌아와 내 옆 자리에서 쉬게 되었다. 좋은 기회라 싶어 그들과 얘기를 하다가 방으로 들어가 좀 더 실제로 창을 들려주면서 이 위대한 영웅설화의 설창에 대하여 알려달라고 간청을 하자 결국 그가 허락하였다. 마침 우리 일행 중에서 동국대의 김흥우 선생님이 가장 큰 방을 차지하고 있는지라 김 선생에게 연락하여 그의 방으로 모셨다. 이 소식을 듣고는 한국 학자들은 다 모여들었다.

차이랑왕투이는 Gesar 왕전의 특징을 간단히 설명하고는 그 특징을 가장 쉽게 알 수 있도록 구성되어 있다는 『영국형성(嶺國形成)』이란 제목의 창을 직접 들려주었다. 마이크 없이 직접 옆에서 듣는 육성의 감동은 각별하였다. 끝으로 "젊은 친구가 그냥 갈 수가 있느냐"고 그의 젊은 제자에게도 요청하여 『강국왕자(姜國王子)』라는 부분의 한 대목을 창하여 들려주었다. 정말 기뻤다.

8월 13일

　본격적인 곤륜문화학술연토회(崑崙文化學術研討會)
가 열리는 날이다. 오전에 2단원(單元), 오후에 2단원으
로 나누어 하루 종일 회의가 열렸는데, 1개 단원에 발표
자 3명과 1시간 30분의 시간이 배정되어 있었다. 한국
학자 중에는 곤륜문화에 대하여 연구하는 사람이 없음
으로 한 사람도 논문발표에 끼지 못하였다. 나는 제 2단
원의 주석(主席)을 맡아 회의를 진행하였다.

　첫 번째로 청해문물고고연구소(靑海文物考古研究所)
연구원인 탕후이성(湯惠生)이 「신화 중의 곤륜산 고술
(考述)」이란 논문을 발표하였는데, 재미있는 내용이었
다. 토론 시간에 나는 그에게 "Shaman(薩滿)의 우주관
을 설명하면서 회남자(淮南子)·산해경(山海經)·수신
기(搜神記)·수경주(水經注) 등의 전적을 인용하고 있는
데, 도교의 도사가 무술(巫術)도 흡수하였다고는 하지만
좀 문제가 있는 것이 아니냐?"는 요지의 질문을 하였
다. 그는 자신의 입장을 변호하였으나 중국 학자 조우
화빈(周華斌)·캉바오청(康保成) 등이 모두 내 견해를
지지해 주었다. 내가 주석을 맡은 단원에서 일본 동경
대학의 교수이며 많은 글을 발표하고 있는 추방춘웅(諏
訪春雄)이란 유명한 학자가 「서아시아 내방신(來訪神)
의 제사」라는 제목으로 일본의 계절제에 등장하는 내방
신이 서아시아에 근거를 둔 것인데 중국의 장강(長江)
유역을 거쳐 일본으로 들어온 것임을 증명하려 하였다.
그 얘기를 듣고 중국 학자들은 흐뭇하게 느끼는 표정들

학술 발표회에서의 필자(좌측)와 추방춘웅(諏訪春雄) 교수(우측 두번째)

이고 토론시간에 질문자도 없기에 주석이란 자리에 앉아 있으면서도 나는 이의를 제기하였다. "발표자는 연말 연초와 우란분회(盂蘭盆會) 때의 내방신 얘기를 많이 하였는데, 연말의 내방신은 나례(儺禮)와 관계가 없는가? 또 우란분회 때의 내방신은 목련희(目連戲)와 관계가 없는가? 이들이 밀접한 관계에 있다면 조선을 경유한 내방신의 존재는 생각할 수가 없느냐?"는 질문을 하였다. 그는 내방신의 유입은 매우 오래된 것이어서 그렇게 간단히 처리할 수가 없는 것이라며 얼버무렸다.

오후에는 감기 기운이 약간 생기어 일찍 방으로 들어와 쉬려 하였으나 계속되는 전화와 내방객 때문에 밤늦도록 제대로 쉬지 못하였다. 대만에서는 나와 가까운 주당들이 온 지라 그들 술자리에도 끌려 나가 적지 않은 술을 마시고 감기가 악화되지나 않을까 걱정되었다.

  아침 6시에 3대의 버스로 출발하여 중국에서 가장 큰 호수인 청해로 제해의식(祭海儀式) 및 사원법무(寺院法舞)를 구경하러 갔다. 청해 쪽으로 가는 주변 풍경은 황토고원에 이어 끝없는 초원이 전개되었다. 9시에 청해에 도착, 그 곳의 유일한 건물인 것 같은 곳으로 가서 조반을 먹었다. 청해는 넓기가 4583평방키로이고, 호수면이 해발 3260미터라 한다. 몇몇 사람들에게 고소증후가 나타나기 시작하였다. 다시 출발하여 청해 가를 따라 제해 행사를 하는 장소로 약 40분 가량 달려갔는데, 청해는 정말로 가도 가도 끝이 보이지 않는 바다 같았다.

  제해 곧 청해의 제사는 대체로 음력 7월 15일을 전후하여 행해지며 제사지내는 고정된 장소는 없다고 한다. 이 제사는 옛날부터 장족과 몽고족이 함께 거행하여 의식이나 악무(樂舞) 등에 두 민족의 풍습이 다 들어가 있다고 한다.

  제해의식은 먼저 식장 옆에 만들어져 있는 몽고풍의 오보(敖包)에서 제사지내는 형식으로 시작되었다. 너비 4, 5미터 높이 1미터 좀 더되는 대(臺) 위에 소나무 가지·소 똥·귀리(척박한 토지에 재배하는 곡식)·기름·차 잎 등을 쌓아놓고 라마(喇嘛)가 경문을 왼 다음 한 사람이 불을 붙이면 제사에 참여하는 사람들이 그 대를 돌면서 입으로 경문 같은 것을 외우며 가져온 제물(귀리·술·과자 등)과 용달(龍達)이라는 종이쪽지를 불에 던진다. 그리고 옆에는 커다란 천막 안에 서왕모(西王母) 이하 11종류의 신이 모셔진 신당(神堂)이 있어 그곳에서도 제사의식이 행해졌다. 그리고 수십 명의 라마승들이 호수로 가서 해신(海神)을 제사지냈는데, 여러 사람들도 줄을 서서 호수로 내려가 품속에 넣고 간 제물을 꺼내어 호수 물속에 힘껏 내던지며 소원을 빌었다.

다음에는 옆의 광장에서 법왕무(法王舞)라는 여러 가지 탈놀이의 연출을 구경하였다. 처음에는 법왕(法王)으로 보이는 한 명의 탈을 쓴 사람이 나와 음악 연주를 따라 춤을 추더니 차츰 놀이하는 내용이 다양해지고 인원 수도 많아졌다. 그들의 탈 중에는 해골 모습이나 그림이 그려진 것들이 특히 인상적이었는데, 해골을 신성시하기 때문이라 한다. 귀나 눈이 큰 용사 모습의 탈을 쓰고 추는 춤도 있었고, 사슴 머리 탈과 소 머리 탈을 쓰고 놀이를 하기도 하였다.

뒤에는 소머리 모양의 탈에 해골이 여러 개 그려진 것을 쓴 무서운 형상의 법왕(法王)과 여러 명의 천신(天神) · 명왕(明王) 등 많은 인물들이 들락날락 하며 춤을 추는데, 악마를 처치하는 내용도 있는 것 같았다. 그리고 금강무(金剛舞)도 있었다.

탈놀이는 성대하고 복잡하게 거행되어 관중들의 관심을 끌었으나 날씨가 갑자기 매우 추워졌다. 감기 기운이 가시지 않아 걱정을 하던 중, 대만에서 온 학자들이 중요한 행사는 다 끝났고 날씨가 추우니 자기들은 먼저 돌아가겠다고 하였다.

청해가에서 좌로부터 전경욱 교수, 취류이(曲六乙) 선생, 필자와 중국 학자 치엔푸(錢弗)

마침 그들 버스 앞자리가 하나 비어있다기에 나는 한국 동료들에게 사정을 얘기하고 그들의 차를 타고 먼저 돌아가기로 하였다.

대만 학자들을 태운 버스는 청해호를 떠나 꾸불꾸불 험한 길을 따라 올라가다가 청장공로(青藏公路) 옆에 있는 일월산(日月山)에 들려 구경하고 시닝(西寧)의 호텔로 돌아왔다. 일월산은 윗부분이 자주 빛 사암(砂岩)으로 이루어져 붉은 색을 띄고 있어 옛날에는 적령(赤嶺)이라고도 불렀다는데, 주변 경관이 모두 신비하게 느껴질 정도로 특이하였다. 일월산은 기련산맥(祁連山脈)의 지맥으로 평균 높이도 해발 4000미터 정도의 작은 산이지만, 이 산이 유명하여 많은 사람들의 발길을 멈추게 하는 것은 빼어난 특이한 경관 이외에도 다음과 같은 두 가지 연유 때문이라 한다. 첫째 : 일월산은 황토고원과 청장고원(靑藏高原)의 분계에 위치하여, 동쪽은 황토 골짜기에 초목이 자라 농사를 짓고 있고 서쪽은 끝없는 초원이라 일부 지역에 소와 양을 방목하고 있다. 동서가 완연이 다른 세상이다.

둘째 : 당(唐) 태종(太宗)은 티베트 지방을 근거로 국세를 떨치던 토번(吐蕃)을 달래기 위하여 문성공주(文成公主)를 토번 임금에게 시집보냈는데, 공주는 시집오는 길에 일월산을 지나다가 장안의 생활을 떠올리게 하는 애용하던 거울을 과감히 동쪽 골짜기로 내던지고 서쪽으로 가서 토번 생활을 잘 하였다 한다. 중국에서는 티베트와 중국 인민은 형제 사이임을 강조하기 위하여 특히 일월산을 빌어 이 얘기를 크게 내세우고 있는 것 같았다.

여하튼 다른 일행보다는 훨씬 먼저 호텔에 도착하여 저녁을 먹고 쉬었다.

8월 15일

　베이찡으로 돌아와 이틀 묵으면서 많은 친구들 만나고 귀국하였다. 본시 취류이 선생에게 부탁하여 신찌앙 여행을 계획하고 일정까지 짜 놓았는데 함께 갈 친구가 없어 그대로 돌아와 귀국 날짜에 여유가 생긴 것이다. 어떻든 베이찡에 머무는 동안에도 몇 가지 좋은 연극을 구경하였다.

　16일 저녁에는 중앙희극학원(中央戱劇學院) 교수의 주선으로 사회과학원(社會科學院) 옆에 새로 지은 큰 극장으로 가서 「수향춘래조(水鄕春來무)」란 한 제목 아래 연출하는 쩌찌앙성(浙江省)의 월극(越劇, 2종)·무극(婺劇)·소극(紹劇)·목극(睦劇) 등 5종의 개량전통극(改良傳統劇)을 한 자리에서 구경하였다. 정말 행운이었다. 재미는 있었지만 어색하고 이상하게 느껴지는 점도 많아 중국 희곡개량의 고민을 실감할 수 있었다.

　17일 저녁에는 역시 중국 친구의 주선으로 왕푸찡따찌에(王府井大街) 수도극장(首都劇場) 옆에 붙어있는 소극장으로 가서 현대 희곡의 대작가 조우(曹禺)의 『원야(原野)』 공연을 관람하였다. 수십대의 텔레비젼과 양변기 침대 등을 무대에 늘어놓은 완전히 새로운 실험기법을 동원한 연출이었다. 남녀 주인공의 연기가 매우 뛰어났고 원작과는 또 다른 느낌을 주는 재미있는 공연이었다.

　18일에는 중국예술원 및 메이란팡기념관(梅蘭芳記念館) 등을 돌면서 중국 친구들을 만나고 필요한 자료도 수집한 뒤, 20일에야 귀국하였다.

2005. 7. 23

공림(孔林) 안에 있는 청대 희곡의 대표작 「도화선(桃花扇)」의 작가 공상임(孔尚任)의 묘.

포송령(蒲松齡)의 옛집 앞에 서있는 꿔머러(郭沫若)의 제사(題辭) 비석 옆에서

🔹 뤄양(洛陽) 교외에 있는 향산사(香山寺) 표지판 앞에서, 일행과

✿ 태산(泰山)에 올라가는 입구의 일천문(一天門) 앞에서

7. 샨둥 지방 문학 탐사 여행

행정 ▌ 샨둥 웨이하이(威海) - 펑라이(蓬萊) - 칭조우(靑州) - 쯔뻐(淄博) - 환타이(桓臺) - 찌난(濟南) - 타이안(泰安) - 취푸(曲阜) - 쏘우시엔(鄒縣) - 옌조우(兗州) - 찌닝(濟寧) - 찌난 - 베이찡 - 허난(河南) 정조우(鄭州) - 루어양(洛陽) - 시안시(陝西) 시안(西安) - 샹하이

1991년 6월 26일

우리는 중국 옛 문인들이 샨둥성(山東省)에 남긴 발자취를 더듬어보려고 마침내 일 년여를 두고 계획한 중국 문학 탐사여행을 위하여 인천을 출발하여 중국 웨이하이(威海)로 향하는 여객선에 몸을 실었다.

일행은 나 이외에 고려대 이동향 교수·연세대 전인초 교수·이화여대 이종진 교수·외국어대 이영구 교수·한양대 오수형 교수의 여섯 명으로 모두 중국 문학 전공자들이었다. 우리는 사전에 샨둥과 관계가 있는 저명한 역대 중국 문학자와 문학작품 30여 종류를 골라

서로 나누어 조사를 하고, 여행 예정지 10여 지역도 미리 분담하여 탐사할 곳의 자료를 수집하였다. 우리 여행을 맡아준 중국국제여행사(中國國際旅行社) 위해지사(威海支社)와는 탐사여행 일정의 조정을 위하여 번거로운 협상을 벌여야만 하였다. 중국 국제여행사에서는 끝까지 우리 여행을 산동명승지유(山東名勝之遊)니 한국교수방문단(韓國敎授訪問團) 등으로 부르고 우리가 내세운 문학탐사여행이란 용어는 쓰지 않았다. 어떻든 1991년 5월 10일에는 그들의 정식 초청장과 함께 합의된 30일 간의 여행일정표를 중국 국제여행사로부터 받을 수가 있었다. 그리고 문화방송에서는 장래 그들이 계획하고 있는 중국문학기행의 기초자료를 얻을 목적으로 PD 한 명을 수행시키는 조건아래 경비 일부를 보조하여 주었다. 따라서 우리는 MBC에서 요구하는 일도 모두 미리 분담하여 책임지기로 하였다.

우리는 웨이하이로 가는 여객선 표를 끊을 때 한 사람만이 투윈 침실에 응접실과 화장실이 붙어있는 일등실 표를 끊고 나머지 인원은 모두 값이 싼 3등표를 끊었다. 그리고 배에 오른 뒤에는 모두 일등실에 모여 술도 마시고 환담을 하며 시간 가는 줄도 모르고 항해를 하였다. 배를 타는 여행도 할 만하다고 여겨졌다.

6월 27일

　오전 9시 좀 넘어 우리 배는 웨이하이 항구에 도착했다. 거의 모든 승객이 길게 줄을 서서 선상에서 VIZA를 발급받고 배에서 내리는데 우리는 국제여행사 직원들이 나와 도와주어 비교적 쉽게 수속을 끝내었다. 12시 넘어 위해대하(威海大廈)에 도착하니 산동대학(山東大學) 위해분교(威海分校)의 루안창따(欒昌大) 교수가 전에 부탁한 대로 우리의 답사여행에 동행해줄 젊은 자오쓰치앙(趙自强) 교수를 데리고 왔다. 그리고 오후에는 국제여행사직원들 상대로 경비계산 및 경비지불을 하고, 산동대학 중문과 교수들과 학술교류 및 학생들의 중국연수 문제 등을 협의하며 담소하였다.

6월 28일

　오전에는 웨이하이 앞 바다에 있는 류꿍따오(劉公島)를 구경하였다. 웨이하이는 본시 명(明)나라 때 왜구(倭寇)의 침범을 막기 위하여 성을 쌓고 군대를 주둔시켰던 곳인데, 특히 류꿍따오는 청(淸)나라 말엽에 현대적인 북양함대(北洋艦隊)를 조직하면서 그 주요기지의 하나가 되었던 곳이다. 그리고 류꿍따오의 기정산(旗頂山) 위에는 62문의 대포가 배치되어 있었다는데 아직도 여러 개의 포대(砲臺) 자리가 그대로 남아있고, 그 산 기슭에는 청나라의 무척 큰 시설인 해군분소(海軍分所) 건물들이 아직도 남아있다. 그리고 해군 간부를 양성하던 수사학당(水師學堂)도 여기에 있었다.

그런데 내 눈길을 특히 끈 것은 해군분소에서 약간 떨어진 곳에 용왕묘(龍王廟)가 있는데 그 묘 앞에 있는 희루(戲樓)이다. 용왕묘에 제사를 지내고 연희를 하였겠지만 해군 군인들도 경희(京戲)를 비롯한 연희를 무척 즐겼을 것이라는 생각이 들었다. 샨둥은 특히 여러 가지 지방희와 함께 우리의 판소리 같은 고사(鼓詞)가 성행하는 지역이다. 군사시설 가운데 극장이 있는 것은 이런 샨둥의 특징을 드러내 보여주는 것이라 여겨졌다.

광서(光緒) 20년(1894)에는 이 앞 바다에서 북양함대 군함 10척이 일본 군함 12척과 격렬한 해전을 벌인 끝에 쌍방 모두 큰 손상을 입었고 특히 수사제독(水師提督) 정여창(丁汝昌)과 함대장 등세창(鄧世昌)이 전사한 유명한 격전지이다. 대충 섬을 둘러보고 웨이하이로 돌아와 온천욕을 하면서 피로를 풀었다.

오후에는 산동대학 위해분교로 가서 부교장(副校長)·교무주임(敎務主任) 및 중문과 교수들과 좌담을 한 뒤 청대 소설가이며 이곡(俚曲)의 작가인 샨둥 출신인 포송령(蒲松齡)에 관한 비디오 테이프를 보고 중문과 학생들이 행사를 벌이고 있는 바로 옆 바닷가로 나갔다. 백사장은 넓고 바다는 깨끗한데 외부 사람은 하나도 없어 우리는 옷을 벗고 바다에 들어가 해수욕을 즐겼다. 저녁까지 학교에서 먹었다.

6월 29일

웨이하이를 출발하여 중형 버스를 타고 바닷가를 따라 서북쪽으로 옌타이(烟臺)를 지나 펑라이시(蓬萊市) 북쪽 바닷가 단애(丹崖)라는 절벽 위에 있는 봉래각(蓬萊閣)을 찾아갔다. 당(唐)대 두우(杜佑)의 『통전(通典)』에는 "한(漢) 무제(武帝)가 이곳에 와서 바다 가운데의 봉래산(蓬萊山)을 바라보고 성을 쌓아서 이런 이름이 붙었다."고 기록하고 있다. 봉래산은 동쪽 바다 가운데 있다는 유명한 삼신산(三神山) 중의 하나이다. 그리고 그 앞 바다는 한종리(漢鍾離)·여동빈(呂洞賓) 등 유명한 여덟 명의 팔선(八仙)이 이곳으로부터 저 건너까지 걸어서 바다를 건너갔다는 팔선과해(八仙過海)의 전설로도 유명한 곳이다.

우리는 무엇보다도 송대의 문호 소식(蘇軾, 1037－1101)이 이곳 등주(登州)의 태수로 부임해 와서 봉래각에 올라와 지었다는 「해시(海市)」 시로 인하여 큰 관심을 갖고 있었다. 그러나 여기에 도착해 보니 봉래각은 한 개의 누각만이 있는 것이 아니라 여러 개의 건축으로 이루어져 있어 어리둥절하였다. 여조전(呂祖殿)·삼청전(三淸殿)·봉래주각(蓬萊主閣)·천후궁(天后宮)·용왕궁(龍王宮)·미타사(彌陀寺)의 여섯 건물이 주를 이루고 다시 그 사이에는 수많은 루(樓)·정(亭)·전(殿)·각(閣) 등이 있었다. 이 건물들은 당(唐)대에 시작하여 송(宋)·명(明)·청(淸)으로 이어지면서 지어져 지금의 모습을 갖추게 된 것이라 한다.

절벽 위 푸른 바다가 바라보이는 곳에 소공사(蘇公祠)가 있는데, 소식은 원풍(元豐) 8년(1085)에 등주태수(登州太守)로 부임하여 겨우 5일 만에 예부원외랑(禮部員外郎)으로 서울로 불려 올라갔고, 그 사이 이틀 동안 봉래각에 올라와 「해시(海市)」 시를 지었을 뿐인데 여기에 사당을 세웠다는 것은 지나친 대우인 것 같았다. '해시'는 바다 위에 나타나는 신기루(蜃氣樓)이다. 「해시」 시 앞머리에 그 자신이 이런 서문을 쓰고 있다.

"나는 등주의 해시에 대하여 얘기를 들은 지 오래 되었다. 이곳 부로(父老)들이 말하기를 해시는 언제나 봄과 여름에 출현하는데, 올해는 늦어서 다시는 볼 수가 없을 것이라 하였다. 나는 이곳에 부임하여 5일 만에 떠나게 되었으니 그것을 못 보는 게 한이 되었다. 바다의 신 광덕왕(廣德王)의 묘당에 빌었더니 그 다음 날 해시를 보게 되었다. 이에 이 시를 짓는 바이다."

믿기 어려운 일이다. 그러나 소식은 역시 문호여서 신기루를 바라보는 서정이 빼어난다. 시의 앞부분만을 아래에 인용한다.

동쪽의 구름바다는 공활하고 또 공활한데
여러 신선들이 공명(空明)한 가운데 출몰하고 있네.
동탕(動蕩)하는 덧없는 세상에는 만 가지 형상 생기지만
어찌 자개로 장식한 궁궐이나 진주로 꾸민 궁전이 있겠
　　　는가?
마음으로는 본 것들이 모두 환영임을 알지만
감히 귀와 눈 위하여 신공(神工)을 번거롭게 하였네.

날씨 춥고 물은 차서 하늘과 땅이 닫혀 있는데
나를 위해 잠자는 물고기와 용을 깨우고 채찍질 해주셨
　　네!
많은 누각과 푸른 언덕이 서리 내리는 새벽에 나타나니
기이한 일로 백세 가까운 늙은이도 놀라 넘어지겠네.

東方雲海空復空, 羣仙出沒空明中.
蕩搖浮世生萬象, 豈有貝闕藏珠宮?
心知所見皆幻影, 敢以耳目煩神工.
歲寒水冷天地閉, 爲我起蟄鞭魚龍!
重樓翠阜出霜曉, 異事驚倒百歲翁.

　소식은 등주로부터 5일 만에 서울 변경(汴京)의 조정
으로 돌아와 곧 「등주소환의수군장(登州召還議水軍狀)」
이란 글을 올려 샨둥 수군의 문제점을 논하면서 그 곳
방위를 강화할 것을 건의하고 있는 것을 보면 역시 모
든 면에서 범인은 흉내 내기도 어려운 큰 인물임을 느
끼게 된다.
　다시 그곳으로부터 약간 더 올라가면 웅장한 봉래주
각이 있어 넓은 바다를 시원하게 내려다 볼 수가 있다.
그리고 봉래주각 동쪽에는 와비정(臥碑亭)이 있는데, 그
안에는 한 면에는 해서(楷書)로 「해시」 시가 새겨져 있
고 다른 한 면에는 행서(行書)로 「제오도자화후(題吳道
子畵後)」 시가 새겨져 있는 비석이 뉘어있다. 모두 소식
이 이곳에 와서 직접 쓴 글씨라 한다. 소식은 이름난 서
예가이기도 하다.

봉래각에서 일행 몇 사람이

　봉래각 옆으로는 지금까지 남아있는 규모가 상당히
크고 잘 만들어졌다고 생각되는 중국 고대 해군기지의
하나인 봉래수성(蓬萊水城)이 있다. 명대에 지형을 따라
서 성을 쌓고 그 안의 바다를 준설(浚渫)하여 바닷물을
끌어드리고 큰 갑문(閘門)을 만들어 배들이 들락거릴 수
있게 만들어 놓은 것이라 한다. 본시 왜구(倭寇)를 막기
위한 것이 주목적이었고, 여기가 명대의 유명한 항왜명
장(抗倭名將) 척계광(戚繼光)이 활약한 근거지이다. 명
초에서 명 말에 이르기까지 척계광의 집안은 7대에 걸
쳐 등주위지휘첨사(登州衛指揮僉事)라는 벼슬을 세습하
면서 산둥 연안을 지켰는데, 특히 척계광은 16세에 등
주위지휘첨사직에 올라 산둥 연해의 왜구를 물리치는
데 큰 공을 세우고 뒤에는 남하하여 쩌찌앙(浙江)·푸찌

엔(福建) 연안의 왜구까지 크게 무찔러 명성을 떨쳤다. 이 수성 남쪽에는 척계광의 공로를 기리기 위한 척가사당(戚家祠堂)이 세워져 있고, 다시 그 옆에는 척씨 집안을 기리는 모자절효방(母子節孝坊)과 부자총독방(父子總督坊)으로 이루어지는 웅장한 석조의 척가비방(戚家碑坊)이 서 있다.

수성의 소해(小海)라 부르는 수면은 7만여 평방미터라 하며, 청대에도 해군기지로 계속 사용되었다. 성벽과 함께 수문(水門)·부두(埠頭)·포대(砲臺)·방파제·등대와 필요 건물로 이루어진 수성은 지금도 해군요새로 쓰일 만한 것으로 느껴졌다. 그리고 옛 지휘본부 자리는 선박박물관(船舶博物館)으로 쓰이고 있었다.

옌타이(烟臺)로 돌아가 저녁을 먹고 기차로 칭조우(靑州)를 향해 출발하였다.

6월 30일

아침에 칭조우에 도착하여 오전에는 운문산(雲門山)을 찾아갔다. 산꼭대기 병풍 같은 바위에 큰 구멍이 나 있어서 구름이 그 곳을 들락거리며 선경(仙境)을 이루어 '운문'이라는 이름이 붙여졌다 한다. 또 산 남쪽 기슭에는 크고 작은 다섯 개의 석굴이 있는데 그 속에는 272개의 불상조각이 있어서 역시 칭조우에 있는 타산(駝山)의 석굴 불상(5개 석굴에 638개 불상)과 함께 칭조우의 석굴군(石窟群)을 이루어 중국 동부의 고대 불교예술을 대표하고 있다. 불상은 수(隋)나라 때 만들어진 것이 많다는데, 내가 직접 들어가 본 한 두 곳의 느낌으로는 유명한 뤄양(洛陽) 근처의 용문석굴(龍門石窟)의 불상들보다도 더 잘 보전되어 있는 것 같았다.

이처럼 본시는 불교와 연이 깊은 산이었으나 송(宋)초의 유명한 도사 진단(陳搏)과 밀접한 관계를 갖게 되면서 도교의 유적이 많아졌다 한다. 내가 찾은 곳은 모두 불교 사원이 아니라 도관(道觀)이었다. 산 북쪽 절벽 위에는 멀리서 보아도 뚜렷이 보이는 큰 壽(수) 자가 새겨져 있고(글자의 높이가 7.5m라 한다.), 또 산의 절벽 여러 곳에는 가는 곳마다 역대 명인들이 등산하여 새겨 놓은 시들이 있었다. 당대 시인의 것도 있었지만 송대 희녕(熙寧) 2년(1069)에 대시인 구양수(歐陽修, 1007-1072)가 청주지부(靑州知府)로 와 있으면서 각석제시(刻石題詩)한 것이 있었다. 그 시는 다음과 같다.

하는 일 없이 청주에서 일 년 동안 지내면서
사철 따라 종일 흐르는 물이나 보고 있네.
나는 산을 사랑하는 사람임을 알아야만 할 것이니
한 시에도 산 얘기가 나오지 않는 작품은 없다네.

偸得靑州一歲間, 四時終日對潺湲.
須知我是愛山者, 無一詩中不說山.

그의 『거사집(居士集)』 14권에는 「유제남루이절(留題
南樓二絕)」의 한 수로 들어있고 자구(字句)에도 약간의
출입이 있다. 또 명대 풍몽룡(馮夢龍, 1574-1645)의
『성세항언(醒世恒言)』에 보이는 「이도인독보운문(李道
人獨步雲門)」이란 얘기도 이 산의 석굴을 배경으로 하
여 이루어진 작품이다.

오후에는 칭조우의 옛날 성 밖 서성(西城)의 담 아래
흐르고 있는 남양하(南陽河) 가에 있는 범공정(范公亭)
을 찾아갔다. 그곳은 땅이 푹 패어 깊은 골짜기를 이루
고 있는 속에 맑은 물이 흐르고 있고 나무들이 무성하
게 자라고 있어 특별하고도 아름다운 풍광을 이루고 있
었다. 고청주팔대경(古靑州八大景) 중의 하나라 한다.
범공정의 '범공'은 송대의 문장가이며 적극적으로 백성
들을 위하고 청렴한 생활을 하여 많은 사람들의 존경을
받은 범중엄(范仲淹, 989-1052)을 가리킨다. 그는 황
우(皇祐) 2년(1050)에 칭조우 지사(知事)로 부임하였는
데, 전하는 말로는 범중엄이 백성들에게 많은 은혜를
베풀어 하늘도 감응하여 이곳 개울가에 예천(醴泉)이 솟

아나게 하였다 한다. 범중엄이 그 샘물 위에 이 정자를 지었고 명대를 이어 청대에도 보수하여 지금까지 전해지고 있다 한다. 목조의 정자 한 가운데 직경 1m, 깊이 5m의 예천이 있는데 많은 물이 솟고 있고 물 맛이 아주 좋다고 한다. 사람들은 범중엄을 기리기 위하여 그 샘을 범공천(范公泉)이라고도 부르고, 그 정자를 '범공정'이라고 부른다 한다. 범중엄은 『고문관지(古文觀止)』를 비롯하여 거의 모든 문장교본에 실려 있는 「악양루기(岳陽樓記)」의 작자이며, 그 속의 명구인 "걱정할 일에 대하여는 남들보다 먼저 걱정을 하고, 즐길 일은 남들보다 뒤늦게 즐기기로 한다.(先天下之憂而憂, 後天下之樂而樂.)"는 말을 몸소 실천한 사람이라고 칭송되고 있다.

이 범공정 뒤에는 북송(北宋) 시대에 칭조우 지사로 일시 부임하였던 명신들인 범중엄과 구양수(歐陽修)·부필(富弼) 세 사람을 모신 삼현사(三賢祠)가 있다. 본시는 구양수를 기념하는 구양공사(歐陽公祠)와 부필을 기념하는 부공사(富公祠)가 따로 있었는데, 명 말에 칭조우에 큰 장마가 져 이들 두 사당이 무너진 뒤, 다시 범중엄을 모시는 범공사(范公祠)가 있는 곳으로 이 두 분도 합쳐놓고 제사를 지내면서 '삼공사'라 부르게 되었다 한다.

그곳을 나와 다시 범공정 북쪽으로 가서 맑은 시냇물 위에 놓인 다리를 건너가면 순하루(順河樓)가 있다. 송대의 유명한 여류사인(女流詞人) 이청조(李淸照, 1081-1140?)가 칭조우에 살던 시기에 늘 찾아오던 곳이라 한다. 순하루는 이름은 '루'이지만 실은 단층 건물로 바위

로 이루어진 높은 터에 세운 것이라 멀리서 보면 마치 누
각 같이 보이고 흐르는 강물을 따라 그 옆에 지었기 때문
에 '순하루'라 부른다. 지금은 마치 이청조 기념관 같은
기분이다. 샨둥 찌난(濟南) 사람인 이청조는 18세에 같은
샨둥 찌난 사람인 조명성(趙明誠)에게 시집을 갔다. 남편
은 결혼 다음 해부터 벼슬살이를 시작했는데 그의 아버
지가 죽은 해(1107)에 조씨 집안이 간신 채경(蔡京)의 미
움을 받아 조명성은 벼슬을 버리고 칭조우로 와서 숨어
살아야 하였다. 그러나 이들 부부는 옛 동기(銅器)와 비
각(碑刻) 같은 것을 수집 연구하는 것이 취미였고, 틈틈
이 사를 지어 주고받으면서 나날을 보냈다. 시댁의 처지
와 남편 조명성의 관운은 좋지 않던 시기였지만 이청조
스스로 이 시기를 자신의 일생 중 가장 행복했던 시기로
뒤에 추억하고 있다. 조명성은 선화(宣和) 3년(1121) 이
후에야 다시 벼슬살이를 시작하여 이곳을 떠났다.

  얼마 못가 정강(靖康) 2년(1127) 금(金)나라 군사가 샨
둥으로 쳐들어와 집 더미 같은 장서와 수집물을 버리고
이들 부부는 피난길에 오르게 되었고, 특히 건염(建炎)
3년(1129) 남편이 쩌찌앙성(浙江省)의 후조우(湖州) 지
사(知事)가 되었으나 곧 병으로 죽어 이로부터 이청조는
가난하고 외로운 객지생활을 보내야만 하였다. 이 뒤로
이청조의 사나 글을 통하여 이 칭조우에서 남편과 함께
지냈던 시기는 가장 행복했던 결혼생활로 추억되고 있
어서 이곳을 찾는 이들에게 짙은 애상을 안겨준다. 지
형이 특별하고도 아름다운 이곳을 둘러보면서 샨둥은
옛날 중국문화의 중심 지역이었음을 실감하였다.

7월 1일

　본래 정해진 여정에는 638존(尊)의 불상 조각이 있는 5개의 석굴이 있다는 타산(駝山)을 들리게 되어 있었지만 문학과는 직접 관련이 적은 곳이라 하여 생략하고 바로 쯔뻐(淄博)로 떠났다. 쯔뻐로 가는 도중의 린쯔(臨淄)는 춘추전국(春秋戰國)시대의 제(齊)나라 수도여서 옛 성터가 남아있고, 창밖으로 사왕총(四王塚)·이왕총(二王塚) 등의 임금 무덤과 삼사총(三士塚) 같은 명사들의 크고 작은 무덤이 여기저기에 보여 마치 우리 경주 근처를 지나는 것 같은 감흥을 주었다. 린쯔 시내는 마치 장날처럼 물건을 팔고 사는 사람들로 북적대어 차가 지나가기 어려운 정도였는데, 언제나 그런 상황이라 한다. 시장을 빠져나가자 제나라의 옛 유물을 모아 전시하는 박물관이 있었다. 전시 유물도 잘 정리되어 있었고 직접 관장이 나와서 시종 자상한 설명을 해주어 정말 고마웠다. 관장은 가까운 곳에 228필의 제나라 때의 전마(戰馬, 일부만을 센 것이고 실제로는 600필 정도가 된다고 한다.)의 유골이 발굴된 순마갱(殉馬坑)을 보고 가라고 권하였으나 시내를 통과하는데 너무 많은 시간을 소비하여 그대로 쯔뻐 시내로 가서 숙소를 잡고 점심을 먹었다.

　오후에는 쯔추안(淄川) 푸찌아쫭(蒲家莊) 마을에 있는 청대의 유명한 소설가 포송령(蒲松齡, 1640-1715)이 옛날 살던 집을 찾아갔다. 푸찌아쫭 마을에는 9할 이상 포씨들이 살고 있다 한다. 그 마을 한 편 골목에 있는

포송령(蒲松齡)의 옛집 앞에서 이영구 교수 · 이종진 교수와 필자

대문에 포송령고거(蒲松齡故居)라 전아한 글씨로 쓴 편
액이 붙은 집이 있었고, 규모가 작지 않은 그 집의 건물
과 정원은 잘 정돈되어 있었다. 그리고 그 중에는 그의
저작 전시실이 있는데 수백 종의 그의 저작의 여러 가
지 판본 및 외국의 번역서와 그와 관계가 있는 자료들
이 전시되어 있었다. 그의 대표작으로 437편의 둔갑을
하는 여우와 요괴 얘기가 중심을 이루는 얘기가 실린
『요재지이(聊齋志異)』가 있고 기타 저작을 모두 모아놓
은 『포송령집(蒲松齡集)』 상 · 하 두 권(1962, 출판)이
있다. 포송령은 『요재지이』를 바탕으로 하여 산둥의 민
간연예 형식의 이곡(俚曲)도 지었고 여러 편의 희곡작품
도 썼는데, 이에 대한 자료는 제대로 갖추어져 있지 않

았다. 그리고 중국 현대문학계의 거장 꿔머러(郭沫若)·라오셔(老舍)·톈한(田漢) 등 여러 사람의 포송령의 저작에 대한 제사(題辭)도 걸려있었다. 인민의 작가라 칭송되는 라오셔의 제사를 소개한다.

귀신과 여우에게도 자기 성격이 있어
웃고 욕하는 게 모두 멋진 글이 되네.

鬼狐有性格, 笑罵成文章.

포송령의 옛집을 나와 동쪽으로 밋밋한 비탈길을 내려가면 유명한 유천(柳泉)이란 샘이 있고 그 옆에는 아담한 정자가 서 있다. 옛날에는 이 유천이 언제나 넘쳐흘러 본래 이름은 만정(滿井)이라 하였고 물맛이 좋아 길을 가던 사람들이 모두 쉬어서 목을 축이고 갔다 한다. 포송령은 정자에 차를 준비해놓고 길가는 사람들을 대접하며 한가한 얘기를 나누면서 늘 그들로부터 귀신과 둔갑하는 여우 얘기 같은 것을 듣고 『요재지이』라는 소설의 재료를 수집하였다는 얘기가 전해온다. 그는 이 샘물 이름에서 호를 따 유천거사(柳泉居士)라 하였다. 유천 옆에는 '유천(柳泉)'이라 현대 작가 심안빙(沈雁氷)의 글씨를 새긴 돌비석이 세워져 있고, 정자는 옛날 것이 아니라 새로 지은 것이라 한다. 유천에는 물이 말라 없어졌지만 그래도 옛날 포송령의 생활을 더듬어볼 만한 유적이었다.

유천으로부터 약 300m 정도 떨어진 평지에 포송령의

유천(柳泉)에서

묘가 손질은 제대로 되지 않고 있었으나 비교적 잘 보
존되어 있었다. 평지의 옛날 묘지는 거의 모두 새 중국
이 들어선 뒤로 개간되었음을 감안할 때, 포씨들이 사
는 마을 근처에 자리하고 있어서 그대로 유지된 것이라
여겨진다. 그리고 마을 바로 옆에는 대대적으로 호선관
(狐仙館)이란 포송령기념관을 건설하고 있었다. 이곳을
관광자원으로 개발하려는 목적으로 짓고 있는 것이겠지
만 어딘가 앞뒤 차례가 바뀌어있는 듯하였다.

　저녁에는 만찬 때 특별히 이 고장에서 생산되는 포송
령을 기념하기 위하여 만든 포공주(蒲公酒)를 마시며 포
송령에 관한 얘기를 계속하였다.

7월 2일

쯔뻐시 환타이현(桓臺縣) 신청진(新城鎭)에 있는 청초에 신운설(神韻說)을 내세우며 명성을 떨쳤던 시인 왕사정(王士禎, 1634-1711)의 옛날 살던 집을 찾아갔다. '사정'이란 이름도 건륭(乾隆)황제가 하사한 것이며, 고조(高祖) 때부터 대대로 전 왕조인 명나라 진사(進士) 출신이고 그의 아버지도 국자감좨주(國子監祭酒)라는 벼슬을 지낸 명문 집안 출신이다. 시인이라지만 진사가 된 뒤 주로 경사에서 여러 가지 벼슬을 하다가 71세에 고향으로 돌아오기까지 벼슬이 형부상서(刑部尙書)에 이르렀었다. 명대로부터 만주족이 다스린 청나라에 이르러서도 이 집안은 계속 벼슬을 하였으니 이 집안사람들은 세상살이에 도가 터 있었던 것 같다.

먼저 왕사정의 고조부인 왕중광(王重光)을 기념하는 근충사(勤忠祠)를 안내받으며 구경하였는데, 고백(古柏)이 여기저기 위용을 과시하면서 이루어진 넓은 정원이 아름다웠고, 역대의 명인들인 왕희지(王羲之)·왕헌지(王獻之)·안진경(顔眞卿)·동기창(董其昌) 등의 친필을 새겨놓은 오래된 비석들이 볼만 하였다. 그 안에 왕어양기념관(王漁洋紀念館)이 있었으나('어양'은 왕사정의 호임) 진열품은 그리 대단하게 여겨지는 것들이 없었다.

그곳으로부터 500m 쯤 떨어진 곳에 왕사정이 살던 옛집이 있었는데 거의 손질은 하지 않은 채 양곡위원회(糧穀委員會)의 사무실 등으로 쓰이고 있었다. 오히려

신청(新城)에 있는 왕사정(王士禎) 집안의 자랑인 사세궁보(四世宮保) 방문(坊門)

수리를 하지 않고 전혀 손을 대지 않아 낡고 부서진 것
이 마음에 걸리기는 하였지만 집의 모양이나 창문 등에
서 옛날 왕사정이 살던 시절의 본시 모습을 느낄 수가
있었다. 다만 전혀 손을 대지 않았을 뿐만이 아니라 관
리 책임자도 없어 집안을 들어가 볼 수가 없었다. 그 곳
사람들 말에 의하면 그 집 뒤에는 큰 연못도 있었다 하
니 정원도 상당히 넓었을 것으로 생각되었다. 그의 정
원에 연못이 있어 『지북우담(池北偶談)』이라는 수필집
도 썼는가보다 하고 짐작만 하였다.

 그러고 보니 시인 왕사정은 무척 행운아였다고 여겨
졌다. 시인은 가난하다는데 그는 대대로 벼슬한 명문
집안에서 태어나 자신도 수를 누리면서 높은 벼슬을 하

였고, 자신도 잘 몰랐을 애매한 신운(神韻)이란 말로 시론을 내세워 많은 사람들이 그를 따르기도 하였다. 그는 같은 고향 출신 포송령(蒲松齡)의 『요재지이(聊齋志異)』를 무척 좋아하여 자기보다도 연하인데다가 집안도 형편없고 신분도 생원(生員)에 불과한 그에게 「장난삼아 포생의 요재지이 권후에 제함(戱題蒲生聊齋志異卷後)」이라는 시를 지어 바치고 있다. 그 시는 다음과 같은 것이다.

잠시 함부로 하는 말을 잠시 들어보게,
콩 덩굴 외넝쿨 받침대 위로 비는 실낱같이 내리네.
틀림없이 인간세상 얘기 하는 것 싫증이 나서,
가을 무덤에서 귀신이 노래하는 것 듣기 좋아할 때일세.

姑妄言之姑聽之, 豆棚瓜架雨如絲.
料應厭作人間語, 愛聽秋墳鬼唱時.

이 시에 대하여 포송령은 답하는 시를 지어 보냈다. 이러한 두 사람의 관계도 떠올라 왕사정의 '신운'은 포송령의 귀신요괴에서 영향을 받은 게 아닐까 엉뚱한 생각도 해 보았다.

왕사정의 집에서 나와 100m 쯤 떨어진 큰 길 가운데에 사세궁보방(四世宮保坊)이라는 돌과 전(磚)으로 만든 크고 멋지게 지은 성문처럼 생긴 정문(旌門)이 서 있다. 이는 명나라 만력(萬曆) 연간(1573-1619)에 왕사정의 선대 할아버지 왕상건(王象乾)이 조정에 큰 공을 세워 명 신종이 그에게 태자태보(太子太保) 벼슬을 내려주면서, 그의 증조부 왕린(王麟)·조부 왕중광(王重光, 왕사정의 고조부)·아버지 왕지완(王之垣)에게도 태자태보 벼슬을 추증(追贈)하여 이 왕씨 집안은 사세궁보(四世宮保)가 된 것이다. '궁보'는 송나라 이래의 겸직으로 내린 명예직으로 태자태보·태자소보(太子少保)·태자태사(太子太師) 등 여섯 가지 명예직을 가리키는 말이다. 이 정문은 왕상건이 신종의 윤허 아래 세웠다는데, 멋지고 큰 누각 같은 비방(碑坊)의 중앙에는 자동차도 통과할 수 있는 공간이 나 있고, 양편으로 다시 사람들이 걸어 다니는 작은 문이 나 있다. 그리고 아치형 중앙 공간 위에는 명대의 명필 동기창(董其昌)이 썼다는 '사세궁보'라는 네 개의 큰 글자가 새겨져 있다. 정문 양편에서 문을 받치고 있는 여덟 마리의 사자 조각을 비롯하여 정문 위아래의 여러 가지 조각이 모두 예술품처럼 느껴졌다.

오후 늦게 기차를 타고 산동의 성도인 찌난(濟南)으로 가서 제로빈관(齊魯賓館)에 짐을 풀었다.

7월 3일

아침에 일어나 우리가 묵고 있는 호텔 앞 천불산(千佛山)에 올라갔다. 중턱에는 천불사(千佛寺)가 있었고 그 옆에는 순(舜)임금과 노반(魯班)의 사당(祠堂)도 있었다. 순임금 사당 안에는 순임금과 함께 이비(二妃) 아황(娥皇)과 여영(女英)의 형상이 모셔져 있었다. 사마천(司馬遷)의 『사기(史記)』에 순임금이 요(堯)임금으로부터 임금 자리를 물려받기 전에 "역산(歷山)에서 밭을 갈고 뇌택(雷澤)에서 물고기를 잡고 황하 가에서 질그릇을 구었다"고 하였는데, 천불산은 옛 이름이 '역산'이었고 뇌택과 황하도 모두 이 근처에 있는 호수와 강물이다. 특히 청말 유악(劉鶚, 1850?-1910)의 소설 『노잔유기(老殘遊記)』 제2장은 찌난을 유람하는 내용으로 이루어져 있는데, 역산 아래에는 순임금이 밭 갈던 유적이 남아있다 한다. 노반은 공수반(公輸班, 班은 盤 또는 般으로도 씀)으로 전국(戰國)시대 노(魯)나라의 유명한 기술자여서 흔히 노반이라 부른다. 『묵자(墨子)』에는 공수(公輸)편이 있고 『맹자』 등에도 그 이름이 보인다. 산 위 능선에서는 찌난 시내가 여기저기 한 눈에 내려다 보였다.

조반을 먹고는 산동대학을 예방하였다. 산동대학 중문과 쿵판찐(孔範今) 주임(主任) 이하 10여 명의 중국문학 전공 교수들이 맞아주었다. 서로 인사를 나누고 전체 좌담회가 끝난 뒤에도 전공과 관심분야가 비슷한 사람들끼리 2, 3명 씩 모여 12시가 넘어도 환담이 끝일 줄을 몰랐다.

  오후에는 찌난 시내의 유명한 호수 대명호(大明湖)를 찾아갔다. 넓고 맑은 호수가 아름다운데 근처에 세워놓은 관음상(觀音像) 등 자연 풍광과 어울리지 않는 시설물들이 몇 가지 눈에 띄었다. 먼저 북송(北宋)의 고문(古文) 팔대가(八大家) 중의 한 사람인 증공(曾鞏, 1019-1083)을 모신 남풍사(南豐祠)와 남송(南宋) 초의 사(詞) 작가 신기질(辛棄疾, 1140-1207)을 모신 신기질 기념사(辛棄疾記念祠)를 찾아갔다. 증공은 지금의 찌앙시성(江西省) 난펑(南豐) 사람인데 찌난의 태수(太守)로 부임해 와서 수리(水利) 사업을 비롯한 여러 가지 선정을 베풀어 뒤에 이 사당을 짓게 되었다 한다. 그러나 보존 상태가 너무나 썰렁한 느낌이었다. 신기질기념사는 이 고장 사인(詞人)인 그의 애국정신을 기리기 위하여 1961년에 세웠다고 하는데, 사당 안에는 신기질의 소상(塑像)과 그의 평생의 사적을 소개하는 자료들이 전시되어 있었으나 중국문학사에서의 평가만큼 제대로 대접을 받지 못하고 있는 것 같은 느낌이었다. 다음에는 대명호 중간 작은 푸른 섬 안에 있는 역하정(歷下亭)을 찾아갔다. 당대의 시성(詩聖) 두보(杜甫, 712-770)가 젊었을 적에 찌난에 와서 북해태수(北海太守) 이옹(李邕)이 이곳 역하정에서 베푼 잔치자리에 참석하여 「배이북해연역하정(陪李北海宴歷下亭)」이란 명시를 남긴 곳이다. 지금은 정자 앞 회랑(回廊)의 양편 기둥에 그 중의 다음과 같은 두 구의 명구가 청대의 명필 하소기(何紹基)의 글씨로 걸려있다.

이 세상에 오래된 이 정자가 있고
제남에는 많은 명사들이 있네.

海右此亭古, 濟南名士多.

　찌난은 샘물의 도시로도 유명한 곳이다. 본시는 시내에 72명천(名泉)이 있어 여기서 솟아나와 넘쳐흐르는 물이 모여 대명호를 이룬다 하였다. 우리는 대명호를 벗어나 바로 옆에 있는 72명천 중의 하나인 흑호천(黑虎泉)을 가보았다. 흑호천은 시내를 흐르는 개울 언덕에 뚫린 깊은 석굴 속에서 물이 솟아나와 옆에 만들어 놓은 돌 호랑이 입을 통해 쏟아져 나와 개울로 흘러들어 그 소리가 마치 세 마리 호랑이가 포효하는 것 같았다 한다. 그러나 지금은 동굴 안에도 물이 별로 많지 않았다. 그리고 이 부근에는 10여 개의 작은 샘물이 딸려 있었다고도 하나 모두 말라있어 도시 개발의 비정함을 보는 듯하였다.

7월 4일

　오전에 박돌천공원(趵突泉公園) 안에 있는 이청조기념당(李淸照紀念堂)을 찾아갔다.

　송대의 여류 사(詞) 작가 이청조(1081-1140?)는 찌난 출신이어서 일찍이 청나라 때 왕사정(王士禎)이 대명호가에 이청조의 사당을 세우려 했으나 뜻을 이루지 못하고 결국 새 중국이 들어선 뒤 1980년에야 기념당이 세워졌다.

　'이청조기념당' 이라는 편액은 곽말약(郭沫若)이 썼고 안에는 그가 쓴 이청조의 문학을 칭송하는 제시(題詩)도 있었다. 사당 안에는 이청조의 화상과 함께 그의 저작

이청조기념당(李淸照紀念堂)이 있는 박돌천(趵突泉) 공원에서

들이 전시되어 있고 작가의 아버지와 남편에 관한 자료도 몇 가지가 있었다. 그리고 주변은 공원이라 잘 가꾸어져 있었다.

이 공원의 이름인 박돌천(趵突泉)은 제남 72천(泉) 중의 으뜸가는 샘물이어서 아직도 깊은 바위 틈 속에서 샘물이 솟아 흐르고 있었다. 이청조기념당 앞쪽에도 수옥천(漱玉泉)·금선천(金線泉) 등 옛날에는 많은 양의 물이 솟아 넘치던 샘이 있었다 하나 지금은 물이 거의 말라가고 있는 듯이 보였다.

앞에서 잠깐 인용한 청 말 유악(劉鶚)의 『노잔유기(老殘遊記)』라는 시국의 여러 가지 모순을 고발하는 소설은 주인공이 우리처럼 등조우(登州)의 봉래각(蓬萊閣)에서 시작되는 샨둥 유람으로 얘기가 펼쳐지고 있다. 찌난에 와서는 황하(黃河)로 나가 보는데, 마침 봄철이라 저 하늘 끝으로부터 흘러내려오는 듯한 넓은 강물 위에는 크고 작은 유빙(流氷)이 가득 떠내려 오면서 햇빛에 여러 가지로 반짝이면서 서로 부딪히어 요란한 소리를 내면서 흐르는 장엄한 광경을 묘사한 대목이 있다. 당나라 이백(李白)도 「장진주(將進酒)」 첫 구절을 "그대는 보지 못했는가? 황하 물은 하늘로부터 흘러 내려와서, 여울져 흘러 바다로 들어가면 다시는 돌아오지 못하는 것을!(君不見黃河之水天上來, 奔流到海不復廻.)"하고 읊고 있다.

나는 황하의 장관을 한 번 보려고 우리 차를 황하 쪽으로 돌렸다. 운전기사는 우리를 『노잔유기』의 주인공이 유빙이 떠 흐르는 황하 물을 구경한 장소인 뤄커우

(洛口)라는 나루터에 데려다 주었다. 우선 차에서 내려 보니 강물은 전혀 보이지 않고 앞에 성벽 같은 높은 제방이 가로막혀 있었다. 제방 애기는 이미 듣고 있었으나 생각보다도 높고 어마어마한 제방이었다. 그래도 황하의 장관을 보겠다고 뛰어올라갔으나 물이 보이지 않았다.

자세히 살펴보니 강폭은 저편 제방을 분간하기 어려울 정도로 넓은데 흐르는 물의 분량은 서울 한강의 몇 분의 일 정도로 여겨졌다. 밑에까지 내려가 보았으나 강물은 생각했던 것보다도 더 짙은 진흙물이어서 물고기는 살기가 어려울 것으로 생각되었다. 크게 실망을 하고 바로 시내로 돌아왔다.

7월 5일

　찌난을 출발하여 유명한 태산(泰山)이 있는 타이안(泰安)으로 가 화교대하(華僑大廈)에 여장을 풀었다. 점심을 먹고 잠시 쉬었다가 대묘(岱廟)를 찾아갔다. 역대 황제들이 태산에서 하늘과 땅에 제사를 지내는 봉선(封禪)을 할 때 와서 머물며 여러 가지 의식과 잔치를 벌이던 장소이다. 이미 진시황(秦始皇)이 와서 봉선을 할 적에 이곳을 하늘과 땅을 제사지낼 터전으로 정했으나 실제로 건물을 짓기 시작한 것은 한(漢)대이고 송(宋)대에 이곳의 중심 건축인 천황전(天貺殿)을 지었으며 이후로도 중건(重建)과 중수(重修)가 진행되었다. 전체 규모며

타이안(泰安)에서 우리가 묵은 화교대하(華僑大廈) 입구에 세워놓은 우리를 환영하는 팻말 앞에서, 전인초 교수와 필자.

형식이 완전히 제왕의 궁전 양식으로 총면적이 9.66만 평방미터라 한다. 어떤 친구가 여기에 송대 소식(蘇軾)과 황정견(黃庭堅)의 시문(詩文)이 새겨진 비석이 있다고 하여 모두가 찾았으나 땀만 흘리고 헛수고였다. 그러나 진(秦) 승상(丞相) 이사(李斯)가 황제의 조서를 새겼다는 태산각석(泰山刻石)을 비롯하여 한대에서 당대에 이르는 시대의 비석도 여러 개가 있음을 보고 놀랐다. 태산에 봉선한 역대 황제 중에서도 한나라 무제(武帝, B.C.141-B.C.87 재위)가 유명한데 그 안에는 무제가 와서 심었다는 향나무 비슷한 백(柏)나무 다섯 그루가 있었다. 2000여 년이나 자란 나무라니 믿어지지가 않았다. 당나라 현종(玄宗)도 봉선을 하고 그때 심은 느티나무가 살아있었다는데 결국은 늙어 죽어버려 지금은 그 자리에 근래에 다시 심은 나무가 서 있다. 어떻든 이런 나무들이 깊은 인상을 심어 주었다.

대묘를 나와 차를 타고 국민당(國民黨) 정부의 장군으로 장찌에스(蔣介石) 주석과는 달리 끝까지 항일(抗日)을 하다가 끝에 가서는 공산당으로 전향한 펑위샹(馮玉祥)과의 인연으로 유명한 보조사(普照寺)를 찾아갔다. 펑위샹은 장찌에스의 난찡(南京) 정부가 항일의 열의가 없고 정치가 부패한 것을 보다 못해 몇 번이나 이 절로 들어와 울분을 삭이면서 세월을 보내었다. 그의 묘도 이곳으로부터 멀지 않은 곳에 있다 한다. 절은 크지 않았지만 이제껏 본 중국의 절 가운데 가장 아담하게 느껴졌다. 절은 육조(六朝)시대에 창건한 것이다. 특히 명 영락(永樂) 연간(1403-1424)에는 조선 스님 만공화상

(滿空和尙)이 여기에 와서 절을 확장 건설하고 포교에 힘써서 외국과의 불교교류에도 큰 공헌을 하여 이 절 서쪽에는 스님을 기념하여 세운 만공탑(滿空塔)이 서 있다.

절 안에는 유명한 육조송(六朝松)과 일품대부송(一品大夫松)이 있다. 육조송은 육조시대에 심은 소나무라 해서 그렇게 부른다 한다. 나무 등걸이 용트림 한 것 같은 꽝장한 노송이기는 하나 정말 1500년 이상이나 묵은 것인지 알 수가 없다. 일품대부송의 이름 유래도 들었을 터이지만 잊어버렸다. 어떻든 세상에서 보기 드문 멋진 두 그루의 소나무이다.

저녁에는 길거리 포스터를 보니 중국공산당 70주년 기념작으로 「마오쩌뚱과 그의 아들」이라는 영화가 공연되고 있기에 극장으로 영화를 보러 갔다. 극장 안은 앉아있기가 괴로울 정도로 더럽고 냄새가 진동하였으나 마오쩌뚱과 1950년 10월 한국전쟁에서 죽은 그의 가장 사랑하던 맏아들과의 관계를 부각시키면서 얘기 줄거리도 없는 내용을 통하여 사회주의 혁명에 전념하는 마오쩌뚱의 위대한 인간성을 드러내 놓은 내용에 끌리어 긴장 속에 두 시간을 보내고 나왔다.

7월 6일

태산을 등산했다. 우리는 일행이 반으로 나뉘어 제1진
은 버스를 타고 중간의 중천문(中天門)까지 가서 나머지
코스를 걸어서 올라가고, 제2진은 중천문까지 걸어서
올라간 다음 그곳에서 캐이블카를 타고 정상으로 올라
가 남천문(南天門)에서 합류하기로 하였다. 그리고 두
팀의 견문을 합치면 결국 우리 일행이 해발 1524m의
태산 전 코스를 걸어서 올라간 것이 되기 때문이다. 나
는 전인초·오수형·산동대 조교수와 함께 팀을 이루어
중천문까지 걸어 올라가기로 하였다.

중국에는 옛날부터 동·서·남·북·중앙의 영산(靈
山) 오악(五嶽)이 있었는데 동쪽에 있는 태산은 그 중에

태산(泰山)의 정상에서

서도 가장 존중받는 산이었다. 역대의 제왕들은 모두 태산에 와서 하늘에 제사를 지내는 봉선(封禪)을 함으로써 그들의 중국통치를 보다 확고히 하려 하였다. 심지어 청대의 강희(康熙) 황제는 태산에 올라 동악(東嶽)에 제사를 지내고는, "태산산맥이 요동(遼東)에서 시작하여 뻗어 내려와 있는 것은 자기네 애신각라(愛新覺羅)씨가 동북으로부터 중원으로 들어와 황제 노릇을 하게 됨을 상징하고 있는 것"이라 하였다. 그리고 중국의 광대한 영토를 확정시킨 그의 손자인 건륭(乾隆)황제는 무려 열한 번이나 타이안에 와서 여러 번 태산에 오르는 기록을 세우기도 하였다.

따라서 태산은 역대 중국 문인들과도 모두 인연이 있는 산이다. 우선 『시경(詩經)』 노송(魯頌) 비궁(閟宮)시에 "태산이 우뚝하니 노나라 어디에서나 우러러 보네.(泰山巖巖, 魯邦所詹.)"이라 읊고 있고, 공자(孔子)는 "태산에 올라보니 천하가 작게 보인다.(登泰山而小天下.)"라는 유명한 말을 남겼다(『孟子』). 조조의 아들 조식(曹植, 192-232)은 "나는 본시 태산 사람이다"라고 자신을 내세우고 있고, 당대의 이백(李白)·두보(杜甫)를 비롯하여 수많은 역대 문인들이 태산에 관한 시와 유기(遊記)를 남기고 있다. 보기로 두보의 「태산을 바라보며(望嶽)」라는 시를 아래에 든다.

태산은 그 어떠한가?
제나라 노나라에 걸쳐 푸르름 끝이 없네.
조물주께서는 신묘(神妙)함과 빼어남 모아놓았고,

높이 솟아 그늘진 곳과 양지쪽을 저녁과 아침인 듯 쪼개
　　놓았네.
가슴 출렁이도록 산에서 뭉게구름 피어나고
보다가 눈 꼬리 찢어질 지경으로 새가 날아 돌아가네.
언제건 산꼭대기 올라가 보면
다른 산들은 모두 조그맣게 보이리라.

岱宗夫如何? 齊魯靑未了.
造化鍾神秀, 陰陽割昏曉.
蕩胸生層雲, 決眦入歸鳥.
會當凌絕頂, 一覽衆山小.

　타이안 시내로부터 태산에 올라가는 길에는 우선 거
창한 대종방(岱宗坊)이라는 명대에 세운 대문이 서 있었
고 등산로에는 돌을 잘 깔고 계단을 만들어놓아 등산하
는 기분이 나지 않았다. 올라가는 길 여기저기에 새겨
있는 두시(杜詩)를 비롯한 역대 문인들의 시문이 눈을
끌었고, 조금 가니 홍문궁(紅門宮)이라는 각문(閣門) 아
래 공자등림처(孔子登臨處)라는 석방(石坊)이 있다. 공
자가 제자들과 이곳을 지나다가 이곳에서 자기 시아버
지와 남편과 아들이 모두 호랑이에게 물려 죽었다면서
통곡하는 부인을 보고 "왜 이런 곳을 떠나지 않는가?"
하고 묻자 부인은 "가혹한 정치가 없기 때문입니다." 하
고 대답한다. 이때 공자는 "가혹한 정치는 호랑이보다
도 더 사납다.(苛政猛于虎)"고 하는 유명한 말을 남긴
곳(『禮記』 檀弓편)이라 전해진다. 또 하나 중도의 장관
은 경석욕(經石峪)이다. 넓은 산골짜기 평평한 바위에

태산 골짜기에 『금강반야바라밀경(金剛般若波羅密經)』을 바위에 새겨놓은 경석욕(經石峪)

사방 50cm 크기의 글자로 『금강반야바라밀경(金剛般若波羅密經)』이 새겨져 있다. 본시는 모두 2500여 자였는데 지금은 비바람의 침식으로 1067자가 남은 것이라 한다. 북제(北齊, 557-577) 때에 새긴 것이라 추정되고 있는데, 글씨에 힘이 있고 기백이 있어 큰 글씨의 비조(鼻祖)라 서도가 사이에 알려지고 있다.

우리는 주변의 경관과 함께 수많은 각석(刻石)과 묘각(廟閣)들을 구경하면서도 2시간이 되기 전에 중천문에 도착하였다. 중천문은 이천문(二天門)이라고도 부르며 위쪽으로 '중천문'이란 제액(題額)이 붙어있는 석방(石坊)이 있다. 태산의 아름다운 계곡과 봉우리가 바라보이는 중허리에 있는데, 지금은 태산의 관광을 개발하기 위하여 이곳까지 버스를 타고 올라올 수 있도록 길을

닦고 주차장을 만들었으며 다시 이곳에서부터는 케이블
카를 타고 정상에 올라갈 수 있도록 만들어 놓았고, 관
광객을 위한 여러 가지 편의시설도 만들어져 있다. 우
리는 다시 케이블카를 타고 태산의 골짜기를 내려다보
면서 정상 쪽으로 올라가 남천문에 도착하였다.

남천문은 삼천문(三天門)이라고도 부르는데 높다란
절벽 위에 묘하게 세워져 있다. 원(元)나라 때 세웠다고
하며 지금은 옆에 절벽을 따라 경관을 구경할 수 있도
록 관경대(觀景臺)가 새로 마련되어 있다. 우리보다 먼
저 도착하여 있으리라 예상한 다른 일행은 우리보다 약
간 뒤에 가파른 돌계단 길을 걸어 올라와 우리와 합류
하였다.

태산(泰山)의 중천문(中天門)까지 걸어 올라와서, 전인초 교수와 필자.

옛날에는 떠오르는 아침 해를 바라보는 '욱일동승(旭日東升)'·해가 질 적의 '만하석조(晚霞夕照)'·황하를 바라볼 적의 '황하금대(黃河金帶)'·달이 떴을 적의 '운해옥반(雲海玉盤)'을 태산에 올라야만 볼 수 있는 사대기관(四大奇觀)이라 하였는데, 지금은 그 중 어떤 광경도 볼 수 없게 된 상태라서 실망을 하였다. 대기오염 때문이라 여겨져 사람들이 이에 대하여 각성하기를 마음속으로 빌었다.

다시 진짜 천문(天門)이라고도 하는 서천문(西天門)을 지나 상점가도 구경하고 공자의 석상이 있는 공자묘(孔

당나라 현종(玄宗)의 진필인 「기태산명(紀泰山銘)」이 새겨져 있는 당마애(唐摩崖). 태산의 정상 부근에 있다.

子廟)와 바위 절벽에 당나라 현종(玄宗)의 친필인 「기태산명(紀泰山銘)」이 새겨져 있는 당마애(唐摩崖), 한 무제(武帝) 때 세워졌다는 글씨가 깨끗이 다 지워진 무자비(無字碑)를 비롯하여 태산의 정상인 옥황정(玉皇頂)에 있는 옥황묘(玉皇廟) 등을 둘러보고 내려왔다. 내려오는 도중 케이블카가 중간에 한참 동안 멈춰서서 아찔하기도 했으나 태산의 사방 경관이 잘 보이어 구경은 잘 할 수가 있었다.

　점심을 먹고는 중국의 시성(詩聖) 이백(李白, 701-762)이 젊었을 적에 친구 5명과 더불어 시와 술을 즐기며 숨어 지내어 죽계육일(竹溪六逸)이라 하여 유명한 조래산(徂徠山)의 죽계(竹溪)를 찾아갔다. 조래산은 태산과 같은 산맥으로 이어진 산인데, 『시경』 노송(魯頌) 비궁(閟宮)시에는 궁전을 짓는 데 쓸 재목으로 "조래지송(徂徠之松)"을 읊고 있으니 옛날에는 소나무가 우거져 있었을 것이다. 그러나 차를 타고 지도를 따라가 멀리 바라보는 조래산은 크기는 한데 소나무는커녕 풀 한 포기도 없는 바위산처럼 보여 실망하였다. 먼저 송 초의 도학자로 이 산 아래서 강학한 석개(石介, 1005-1045)가 살던 마을을 찾았다. 석개는 호를 조래선생(徂徠先生)이라 하였고 성리학(性理學)의 발전은 물론 송대 고문(古文)의 발전에도 크게 기여한 사람이다. 우리가 미리 조사한 자료에는 이 근처에 그의 묘가 있어서 마을 사람에게 물어보니 저 쪽 밭 한가운데 있었으나 새 중국이 들어선 뒤 밭으로 개간하여 없어져 버렸다 한다. 지도를 근거로 죽계 근처에 왔다고 생각되는 곳에서 여러 사람들에게 죽계의 위치를 물었으나 안다는 사람이 하나도 없었다. 산동대학의 조교수며 국제여행사에서 붙여준 안내양도 아무런 도움이 되지 않았다. 가만히 생각해 보니 여기에서 죽계에 대하여 알만한 사람은 중학교 국어선생 밖에는 없겠다고 생각되어 근처 중학교로 가서 국어선생을 찾아 죽계의 위치를 물어보았다. 과연 국어선생은 잘 알고 있어서 정확한 위치를 일러주었다. 그리고 골짜기 어귀의 큰 바위에 "죽계가경(竹溪佳境)"이라는 네 글자가 새겨져 있으나, 가보아야 옛날과는 달리 계곡에는 물 한 방울도 없고 풀과 나무도 없는 바위 골짜기니 아무런 도움도 못될 거라는 말을 부언해 주었다. 날도 저물어 가고 날씨도 흐리어 서둘러야겠다는 생각에 길도 없는 밭과 농촌마을을 가로질러 죽계라고 가르쳐준 산골짜기를 향해서 뛰기 시작했다. 서울대 오수형 교수가 끝까지 나를 따라와 주었다. 죽계라고 생각되는 산골짜기 앞까지 갔으나 정말 거기에는 물도 풀이나 나무도 없는 순 바위 골짜기다. 거기에 빗방울도 떨어지기 시작하였다. 중학교 국어선생 말대로 들어가 보아야 아무 것도 없을 것이 분명하여 골짜기를 향하여 카메라 셔터만 두어 번 누르고는 허전한 가슴을 달래면서 발길을 돌렸다. 자연은 제대로 가꾸지 않으면 소나무가 울창하던 산도 이처럼 풀 한 포기 없고 물 한 방울 없는 바위산이 되고 만다는 것을 실감하기만 하였다.

7월 7일

타이안을 출발하여 공자의 본향인 취푸(曲阜)로 갔다. 취푸 공자묘(孔子廟) 근처의 거리에는 늙어서 특수한 모양으로 자란 고백(古柏)이 늘어서 있어서 오래 된 고장임을 실감케 하였다.

우리는 먼저 공자와 그의 후손들의 가족묘지인 공림(孔林)부터 가 보기로 하였다. 공림은 입구 길에서부터 고백(古柏)이 늘어서 있고 안은 바라보기만 하여도 여러 종류의 고목과 잡목들이 우거진 사이에 크고 작은 묘들이 끼어있는 특수한 광경이었다. 둘레에 담이 둘러쳐져 있는 공림은 역대로 보수 확장되어 지금은 2평방 km 너비에 고목 20000여 그루가 자라고 있다 한다. 거창한 두 개의 지성림문(至聖林門)을 통해 들어가 대성지성문선왕묘(大成至聖文宣王墓)란 비석이 세워져 있는 공자묘와 그 옆의 아들 리(鯉)와 손자 급(伋)의 묘를 둘러보고 특히 여러 묘 중에서도 청대 전기(傳奇)의 대표작이라 할 『도화선(桃花扇)』을 지은 희곡작가 공상임(孔尙任, 1648-1718)의 묘를 자세히 둘러보았다. 내일은 특히 공상임과 관련이 많은 석문산(石門山)을 찾아가기로 예정이 잡혀있기 때문이다. 공상임의 묘 앞에는 특히 복숭아나무가 심겨져 있었는데, 『도화선』을 기리려는 뜻에서 심어놓은 것일 것이다. 공자의 76대 손자인 공령이(孔令貽)의 묘에는 그의 아들 쿵더청(孔德成) 선생님이 세운 묘비가 있어 반가웠다. 쿵더청 선생님은 대만에 계시면서 대만대학 중문과에서는 주로 의례(儀禮)

샨둥 취푸(曲阜)의 공림(孔林) 안에 있는 공자의 묘.

강의를 하셨는데, 나는 대만을 방문할 때마다 그곳 스
승님들과 함께 늘 모시게 되어 오히려 졸업한 뒤에 스
승처럼 모시게 된 분이시다. 내게는 "불우불구(不憂不
懼)"라는 우리 집 가훈을 써주시어 지금도 우리 집 현관
앞에 그 액자가 걸려있고, 내가 쓴 『중국문학사』 책의
제자(題字)를 써 주시기도 하였다.

　오후에는 공자의 제사를 지내는 공묘(孔廟)와 공자의
후대 직계 자손들이 살아온 공부(孔府)를 구경하였다.
공자는 중국에서 역대로 지성선사(至聖先師)라 떠받들

어 모셔오며 황제들이 직접 제사를 지내기도 하고 그 직계 자손들에게는 옛날부터 연성공(衍聖公)이라는 작위(爵位)를 내려주며 특별대우를 해온 터이라 규모가 대단할 것이라는 점은 미리 짐작하고 있었다. 그럼에도 불구하고 입구의 고백(古柏)과 여러 개의 대문 등이 우리를 압도하였다. 그리고 좌우에 여기저기 서 있는 돌 비석들은 모두 어떤 성격의 것인지 확인할 수도 없을 만큼 많았다. 그러나 웅장한 대성전(大成殿) 보다도 그 앞의 공자가 현가고금(絃歌鼓琴)하며 제자들을 가르쳤다는 행단(杏壇)과 공자의 옛날 살던 집이 인상에 많이 남았다. 공자의 옛집에서는 공자가 『논어』 계씨(季氏)편에 보이는 "『시경』을 공부하지 않으면 남과 말을 할 수가 없느니라.(不學詩, 無以言.)" 하고 아들 이(鯉)에게 정교(庭敎)를 했다는 곳에 세워진 시례당(詩禮堂), 문학가인 공상임(孔尙任)이 강희(康熙) 황제에게 경전(經傳)을 강의한 장소라는 예기고(禮器庫), 유일한 공자 시대의 유물이라는 우물인 고택정(故宅井), 한(漢)나라 때 노(魯) 공왕(恭王)이 공자의 옛 집을 헐다가 벽 속에서 수많은 고문경(古文經)을 발견한 장소라는 노벽(魯壁), 또 노공왕이 공자의 집을 헐기 시작하자 사방에서 음악 연주 소리가 들리어 두려워서 집 허무는 일을 중지했는데, 그 일을 기념하기 위하여 지었다는 금사당(金絲堂) 등이 인상적이었다.

공부를 나와서는 다시 취푸의 북쪽에 있는 공자의 수제자로 일찍 젊어서 죽은 안회(顔回)의 사당인 복성묘(復聖廟)를 찾아갔다. 서한(西漢) 때에 짓고 역대로 중수하여 지금에 이르렀다 한다. 복성문(復聖門) 안에는 백소(柏樹)를 비롯한 여러 종류의 고목이 자라있고 또 많은 비석들이 눈에 들어왔으며, 특히 누항고지(陋巷故址)라는 돌 비석이 눈길을 끌었다. 『논어』 옹야(雍也)편에서 공자는 그의 제자 안회가 가난하게 누추한 골목(陋巷)에 살고 있으면서도 늘 즐겁게 지내는 현명한 자라고 칭찬하고 있다.

취푸(曲阜)의 안회(顔回)의 사당 복성묘(復聖廟) 앞에서.

7월 8일

　조반을 일찍 마치고 옛날부터 문인들과 연이 깊은 석문산(石門山)을 찾아갔다. 지도를 보고 석문산을 찾아가 우선 청대의 희곡작가인 공상임(孔尙任)이 지내던 초당(草堂)이 옆에 있다는 옥천사(玉泉寺)를 목표로 잡고 두 번이나 왔던 길을 되돌아가며 물어물어 갔다. 안내를 부탁하고 모셔온 산동대학 교수를 비롯하여 세 명의 중국인들이 따라왔으나 우리 목적지를 찾는데 아무런 도움도 되지 않았다. 결국 우리는 산허리에 절이 있을만한 곳을 발견하고 무조건 등산하여 찾아보기로 하였다. 길도 나있지 않고 사람들도 다닌 흔적이 별로 없는 위에 군사시설 흔적만이 보이는 약간 오싹한 느낌을 갖게 하는 산골짜기를 올라가 보니 과연 지키는 사람 하나 없고 다 허물어져 가는 옥천사가 있었다.

　이 절 터는 옛날 공자가 『역경』을 공부하던 자리라 한다. 기록에 의하면 옛날에는 옥천사를 석문사(石門寺)라고 불렀고 절에 옥천(玉泉)이라는 샘물이 솟아 절 이름을 옥천사라 바꿨다 한다. 그리고 석문산 위에 샘물이 솟아 이 골짜기에는 물이 여울져 흘렀고 수목도 우거져 풍광이 아름다웠다는데, 지금은 옥천도 온데간데없고 온 골짜기에 물 한 방울 보이지 않으며 풀과 나무도 모두 시들시들 말라죽어가고 있어서 기분을 언짢게 만들어주는 산속 풍경이었다.

　절에서 얼마 떨어지지 않은 곳에 역시 다 허물어진 공상임의 초당이 있었다. 공상임은 자기 아우들과 이곳에 놀러왔다가 이곳 풍경이 마음에 들어 뒤에 초당을 짓고 한동안 이곳에 들어앉아 공부를 하였다. 이때 박학다식하면서도 벼슬은 하지 않은 공상임의 아버지는 이 시대 애국 예인(藝人)으로 고사(鼓詞)의 명인인 가부서(賈鳧西)와 친교를 맺고 있어서 뒤에 가부서는 이곳 초당도 방문하여 공상임에게 많은 영향을 주었다. 후에 공상임은 「목피산객전(木皮散客傳)」이란 가부서의 전기도 썼다. 목피산객은 가부서의 호이다. 그리고 그의 명저 『도화선』이란 희곡작품 앞머리 청패(聽稗)에서 후방역(侯方域)이 친구들과 함께 듣는 유명한 설서인(說書人) 유경정(柳敬亭)의 고사(鼓詞)는 완전히 가부서의 목피산객고사(木皮散客鼓詞)를 한 자도 틀림없이 인용한 것이라 한다. 공상임은 만년에 벼슬자리에서 쫓겨난 뒤에 다시 이곳으로 돌아와 많은 시간을 보내다가 결국 여기에서 죽었다.

본시 강희(康熙)황제는 강희 23년(1684)에 친히 취푸를 찾아와 공묘에 가서 공자에게 정중한 "삼궤구고례(三跪九叩禮)"를 올렸다. 강희황제는 강력한 봉건전제의 지배를 유지하기 위하여 공자를 높이고 주자학(朱

석문산(石門山)의 공상임(孔尙任) 초당(草堂) 옆에서 전인초 교수와 필자.

子學)을 강조하였다. 이때 황제는 공상임에게 경전 강의를 들었고, 그 뒤로 공상임의 학문을 높이 사 그를 국자감박사(國子監博士)에 임명하여 공상임은 베이찡으로 가서 벼슬을 하기 시작하였다. 그리고 1699년에 그의 명작 『도화선(桃花扇)』을 탈고하였다. 이 작품은 명(明) 말 애국 시사(詩社)인 복사(復社)에 소속되어 활동하던 문인 후방역(侯方域)과 남경(南京)의 명기 이향군(李香君)의 사랑을 주제로 하면서 명 말 청 초의 사회 현실을 심각히 반영한 것이다. 이 작품이 상연되자 경사(京師)가 크게 떠들썩하였고 명나라 유신들은 눈물을 흘리며 한탄하였다 한다. 이는 명나라 조정에 충성을 다한 사람을 칭송하고 명 말의 나라를 망친 권세가들과 간신들을 은근히 공격하며 애국정신과 민족정기를 고취하는 내용이 담겨있기 때문이었다.

강희황제는 겉으로 표현은 하지 않았지만 이 때문에 그의 벼슬을 빼앗고 그를 멀리했음이 분명하다. 강희·옹정·건륭황제는 청나라나 만주족에 불리한 글을 썼다 하여 수십 번이나 문자옥(文字獄)을 일으켰던 임금들이다. 보기로 장정롱(莊廷鑨) 사건을 하나 들면, 장정롱은 1663년에 명나라 주국정(朱國槙)이 편찬한 『명사(明史)』를 간행하였는데, 그 책 속에는 만주 귀족들에게 불리한 기록이 있다는 고발을 한 자가 있었다. 청나라 정부는 곧 이미 죽은 장정롱의 관을 꺼내어 목을 잘라버리고, 그 책의 서문을 쓴 사람, 책을 인쇄하는 일을 한 사람, 책을 판 사람들을 모두 72명이나 찾아내어 죽이고, 이 책과 관련이 있는 다른 수백 명을 잡아 변경지역의 군졸로 보내었다. 공상임은 공자의 직계후손이기에 벼슬만 빼앗고 고향으로 돌려보냈을 것이다.

다시 옥천사 아래편에는 당대의 시선(詩仙) 이백(李白)과 시성(詩聖) 두보(杜甫)가 함께와 놀면서 시를 지은 추수정(秋水亭)과 추수담(秋水潭) 자리라고 여겨지는 터가 있었다. 두보는 "추수는 맑아서 바닥이 없고, 깨끗이 나그네 마음 씻어주네.(秋水淸無底, 蕭然淨客心.)"하고 여기 와서 술 마실 적의 감회를 읊고 있다. 지금은 물 한 방울 없지만 넓은 바위 위에는 정자가 있던 자리와 물이 고였다가 흘러내린 자욱이 분명히 보존되어 있었다. 중국을 대표하는 이들 두 시인들은 천보(天寶) 4, 5년(745-746)에 만나 함께 찌난(濟南)으로부터 이곳에 이르는 지방을 노닐었다. 두보는 「이백과 함께 범십이 숨어 지내는 곳을 찾아가서(與李十二白同尋范十隱居)」 시에서 이렇게 읊고 있다.

나도 동몽 지방을 여행하게 되어서
군을 형제처럼 사랑하였네.
가을철 취하여 잘 적에는 이불 함께 덮고
낮에는 손잡고 함께 다녔네.

余亦東蒙客, 憐君如弟兄.
醉眠秋共被, 携手日同行.

이들 두 대시인은 형제처럼 손잡고 놀다가 밤이면 한 이불 속에 자면서 산동지방을 유람하였다. 그리고 그들은 2년의 만남을 이 곳 석문산에서 끝냈다. 두보는 장안 (長安)으로 돌아가고 이백은 유랑생활을 계속하였다. 이 백에게는 그때 지은 「노군 동쪽 석문에서 두보를 전송 하며(魯郡東石門送杜二甫)」라는 시가 있다.

취하여 이별하면 또 몇 날이나 못 볼까?
여기에 올라와 보니 온통 연못과 누대(樓臺)일세!
어느 때면 석문이 있는 이 길에서
다시 금 술통을 함께 열게 될까?
가을 물결이 사수에 흘러내리고
바다 빛으로 조래산이 밝게 보이네.
바람에 날리는 쑥대처럼 제각기 멀리 가게 되었으니
그만 손에 든 술잔이나 비우세!

醉別復幾日？ 登臨徧池臺.
何時石門路, 重有金樽開？
秋波落泗水, 海色明徂徠.
飛蓬各自遠, 且盡手中杯!

여기의 사수(泗水)는 취푸에 흐르고 있는 강물 이름이 다. 대시인들의 아쉬운 이별의 정이 느껴진다.

공상임의 초당이 있는 곳으로부터 골짜기로 내려오니 낡아빠진 작은 문이 있는데 이것이 석문이란다. 문 옆에 는 그 고장 어떤 사람이 이곳 석문산과 관계되는 역사적 사실들을 손으로 큰 종이에 써서 붙여놓았는데, 그 종이 가 낡아지면 다시 써 붙이는 듯 낡아빠진 종이가 여러 겹 으로 붙어있고 지금 맨 위에 붙어있는 종이도 이미 상당

히 여러 날이 지난 듯 낡아서 글씨도 읽기가 쉽지 않았
다. 여기에 쓰여 있는 내용 중에 특기할만한 것은 『논어』
헌문(憲問)편에 나오는 '석문'은 바로 이곳이며 공자의
제자 자로(子路)는 이곳을 통하여 변(卞)으로부터 노(魯)
사이를 왕래하며 스승을 섬겼다는 것과, 이백과 함께 죽
계(竹溪)에 숨어 시와 술을 즐기던 사람의 하나인 장숙
명(張叔明)도 뒤에 이 근처로 옮겨와 살아 두보는 두 번
이나 그를 방문하여 시를 짓고 있다는 것이었다.

오후에는 공자가 만년에 경전을 편찬하고 제자들에게
강학(講學)했다는 수사서원(洙泗書院)을 찾아갔다. 북쪽
으로 사수(泗水)가 흐르고 남쪽에는 그 지류인 수수(洙
水)가 흘러 붙여진 이름인데, 문화혁명 때 홍위병들이
다 두드려 부수어 최근에 복구를 시작하고 있다. 늙은
백(柏)나무 아니라면 옛 자취는 짐작도 못할 판이다.

다음엔 피라미드처럼 돌로 쌓아 만든 소호릉(少昊陵)
을 찾아갔다. 소호는 오제(五帝)의 한 사람인 헌원(軒
轅)의 아들이며 동이족(東夷族)의 조상으로 알려져 있
다. 그리고 연이어 주(周)나라의 예의제도(禮儀制度)를
마련하여 중국의 봉건제도와 중국 전통문화의 터전을
마련한 주공(周公)의 묘(廟)를 찾아갔다. 그의 위대한
공로 때문에 맹자(孟子)는 주공을 성인(聖人)이라 부르
고 있다. 본시 이곳 노(魯)나라는 주공을 봉한 곳이나
주공은 중앙정치에 겨를이 없어 부임을 못하고 아들 백
금(伯禽)이 첫 번째 제후로 부임하였다. 특히 강희(康
熙)황제의 큰 돌비석이 눈에 띄었다. 앞에는 영성문(欞
星門)이 있고 다시 앞쪽으로 노나라 옛 성터가 있었다.

7월 9일

　취푸의 궐리빈관(闕里賓館)을 나와 조우시엔(鄒縣)을 향
해 출발하였다. 도중 푸촌(鳧村)에 맹자고거(孟子故居)와
맹모림(孟母林)이 있는 것을 발견하고 둘러보고 가기로 하
였다. 이 마을에서 맹자가 태어났다고 하며 여기에는 맹모
정(孟母井)도 있었다. 우리 안내를 위하여 4명의 중국 친
구들이 따라다니고 있지만 실상 우리에게 아무런 도움도
안 되고 우리가 먹여주고 재워주고 하면서 그들을 구경까
지 시켜주고 있는 셈이다. 맹자의 직계 후손들이 살아온
맹부(孟府)와 맹자를 제사지내는 맹묘(孟廟)를 둘러보았
다. 북송(北宋) 때 맹자의 묘를 찾아내고 그 옆에 묘당을
짓고 다시 직계자손을 찾아내어 옆에 살면서 제사를 모시
도록 한 것이라는데 웅장한 건물에 고목이 자라있어 존엄

조우시엔(鄒縣)의 맹자묘(孟子廟) 앞에서, 일행.

성과 오랜 문화가 느껴졌다. 다시 약간 교외에 떨어져 있는 맹모림(孟母林)을 찾아갔다. 그 안에는 맹자 어머니의 묘와 사당이 있었고 근처에 맹씨들의 묘도 몇 기가 있었다. 그리고 멀지 않은 곳에 맹자의 묘가 있는 맹림(孟林)이 있었다. 북송 때 발견한 묘이나 대대로 확장하여 지금은 상당히 넓은 땅에 고목과 분묘가 어우러져 있다. 맹자의 묘 앞 몇 백 미터 쯤 떨어진 곳에 세기의 옛 무덤이 있는데 공자의 시대 노(魯)나라의 대부로 권세가였던 맹손씨(孟孫氏)·계손씨(季孫氏)·숙손씨(叔孫氏)의 묘라 한다.

맹림을 나와 조우시엔 북쪽의 철산(鐵山) 마애각석(摩崖刻石)을 구경하였다. 큰 글자로 금강경(金剛經)의 글을 900여 자 17줄을 새긴 글이 주였다. 그리고 가는 길에 맹부가주(孟府家酒) 술 공장에 들러 술맛도 보고 술도 한 병씩 선물을 받았다. 조우시엔에서 묵었는데 숙박시설은 가장 나쁜 조건이었다.

샨둥 조우시엔(鄒縣)에 있는 맹자의 어머니 무덤이 있는 맹모림(孟母林) 입구. 이 옆에 맹자의 직계 자손들 무덤이 있는 맹림(孟林)이 있다.

7월 10일

　나는 7월 11일부터 7월 18일에 이르는 8일 동안 베이찡의 출판사 상무인서관(商務印書館)의 초청을 받고 있어 베이찡으로 가야 하기 때문에 오늘 일행과 헤어져 홀로 다시 찌난(濟南)으로 가서 비행기로 베이찡을 방문하게 되어 있었다. 오후에 국제여행사에서 내게 찌난으로 돌아갈 승용차를 보내도록 약속이 되어 있었다. 그러나 오늘 아침에 찌난으로 떠나는 급행열차가 있어서 그것을 타면 오전 중에 찌난에 도착하여 그 사이 산동 대학에 와 있는 제자들을 만나고 베이찡으로 갈 수 있을 것 같았다. 나는 아침 6시 30분에 일행과 헤어져 기차역으로 나가 차표를 산 다음 7시 30분 찌난 행 열차를 기다렸다. 그런데 수많은 사람들이 땅바닥에 담요를 깔고 누워 기차를 기다리는데도 시간이 다 되도록 아무런 소식도 없었다. 근처에서 웅성거리는 소리가 나기에 가보니 작은 칠판에 백묵으로 “기차가 너덧 시간 늦는다.”고 쓰여 있었다. 역무원에게 왜 늦는가 하는 항의는 커녕 불평 한 마디 들리지 않았다. 하는 수 없이 9시 50분 기차로 차표를 바꾼 다음 운 좋게 잡힌 승용차를 빌려 타고 호텔로 돌아와 보니 조반 중이라 함께 밥을 먹었다. 국제여행사의 안내원이 찌난으로 한참 전화를 걸더니 나를 데리러 오는 승용차가 이미 출발하였고 기차는 절대로 믿을 수가 없는 것이니 점잖게 오후까지 기다리라는 것이다. 그의 말을 따르는 수밖에 없었다.

　조우시엔을 떠나 엔조우(兗州)로 갔다. 엔조우는 두 대시인 시선(詩仙) 이백과 시성(詩聖) 두보가 모두 거쳐

간 곳이다. 먼저 흥륭사(興隆寺) 안에 있는 8각 15층의 높이가 54m나 되는 전탑(磚塔)인 흥륭탑(興隆塔)을 구경하였다. 수(隋)나라 때 세운 것이라 하나 창문의 모양이나 조각된 무늬 등으로 보아 북송(北宋) 때 것이라 주장하는 이들이 있다. 어떻든 그 오래된 역사와 탑의 크기가 보는 이를 압도한다. 엔조우는 오래 된 도시여서 옛날부터 많은 문인들이 이곳을 찾았고 탑을 보고 시로 읊기도 하였다. 박물관을 둘러본 다음 두보를 기념하기 위하여 세운 소릉대(少陵臺)를 찾아갔다. '소릉'은 두보 스스로 소릉야로(少陵野老)라 불렀던 그의 호이다. 소릉대는 본시 남루(南樓) 터에 있었다는데, 지금은 이곳을 중심으로 새로 큰 소릉공원(少陵公園)을 만들고 소릉대도 다시 세운 것이다. 소릉대 옆에는 두보의 사당(祠堂)도 있었다. 엔조우는 두보와는 특별한 인연이 있는 도시여서 두보의 명성을 빌어 관광지로 개발하려는 것 같았다.

두보는 개원(開元) 18년(730) 그가 19세 때 만사를 훌훌 털어버리고 여행길에 올라 먼저 샨시(山西)를 거쳐 남쪽 오월(吳越)지방까지 돌아다니면서 견문을 넓힌 뒤 24세 때에는 뤄양(洛陽)으로 가서 과거(科擧)에 응시하였으나 낙방을 하고는 다시 제조(齊趙)지방 곧 샨둥(山東) 허베이(河北) 지방을 4, 5년 동안 여행한다. 마침 그때 그의 아버지 두한(杜閑)이 연주사마(兗州司馬) 벼슬을 하고 있어서 29세 무렵에 아버지를 찾아 엔조우로 온다. 그는 이 때 「연주 성루에 올라(登兗州城樓)」라는 시를 남겼는데, 그의 본격적인 시작(詩作)은 이때부터 시작된다. 이 시는 비석에 새겨 공원 안에 세워져 있다. 아래에 그 시의 번역과 본문을 든다.

동쪽 연주로 아버지를 찾아갔을 적에
처음으로 남루(南樓)에 올라가 사방을 바라보았네.
뜬 구름은 바다에서 태산(泰山)까지 연이어 펼쳐 있고
평평한 들판은 청주(靑州)에서 서주(徐州)까지 벌어져
　　있네.
우뚝 솟은 산봉우리에는 진시황(秦始皇)의 비석이 서 있고
황폐한 곡부성(曲阜城)에는 노(魯)나라 영광전(靈光殿)
　　터가 남아있네.
본시 회고의 정이 많은 나인지라
사방을 둘러보며 홀로 서성이네.

東郡趨庭日,　南樓縱目初.
浮雲連海岱,　平野入靑徐.
孤嶂秦碑在,　荒城魯殿餘.
從來多古意,　臨眺獨躊躇.

　이 시의 "우뚝 솟은 산"은 맹자의 고향인 조우시엔(鄒
縣) 바로 동남쪽에 있는 명산으로 역대 제왕과 이백·두
보·소식(蘇軾)·원매(袁枚) 같은 문인들이 찾아와 시를
지은 곳이다. 진시황은 천하를 순수(巡狩)하다가 이곳에
이르러 승상 이사(李斯)에게 명하여 자신의 위대한 공적
을 비석에 새기어 세워놓도록 하였다. 진짜 비석은 없
어지고 원(元)대의 모조품이 조우시엔 맹자묘(孟子廟)
안에 남아 전한다. 그리고 '서주'는 샨둥성 바로 남쪽에
있는 찌앙수성(江蘇省)에 속하는 도시이다. '청주'는 산
동 북쪽에 있는 도시임을 생각할 때 중국 시인들의 큰
흥회가 느껴진다. 그리고 앞에서 얘기한 그가 이백을
만나고 찌난(濟南)·태산(泰山)·취푸 등지에 그의 자취

를 남긴 것도 이 무렵의 일이다. 이 시로 인하여 남루 터에 소릉대를 세운 것이다.

그리고는 엔조우를 떠나 태백루(太白樓)가 있는 찌닝 (濟寧)으로 가서 호텔도 태백루반점(太白樓飯店)에 자리 잡았다. 태백루는 찌닝의 성 담에 붙여 세워져 있는 높이 20여 m의 이층으로 지은 큰 누각이다. 흔히 태백루는 옛날 이백이 찌닝에 와서 머물던 곳이라 하나 실은 이백이 친구들과 어울려 찾아와 늘 술을 마시던 하란씨주루(賀蘭氏酒樓) 자리라 한다. 당(唐)나라 때의 심광(沈光)이란 사람이 이곳을 찾아와 「이한림주루기(李翰林酒樓記)」를 써서 남겼는데 "지나다니는 나무꾼이나 목동들까지도 이곳을 지나면서 '여기가 이백이 늘 취하던 곳'이라고 손가락으로 가리키었다."고 쓰고 있다. 곧 찌난으로부터 나를 데리러 오는 승용차가 도착하여 나는 찌닝을 제대로 둘러보지도 못하고 홀로 출발하여 엔조우·취푸·타이안을 거쳐 찌난으로 갔다.

이제까지 우리는 샨둥 북쪽에서 남쪽으로 더듬어 내려왔지만 찌닝을 둘러본 다음에는 다시 서북쪽으로 올라가며 원샹(汶上)·량샨(梁山)·양꾸(陽谷)·뚱아(東阿)를 거쳐 찌난으로 돌아와서는 찌앙수성(江蘇省) 쉬조우(徐州)를 거쳐 허난성(河南省)으로 들어가 카이펑(開封)·뤄양(洛陽)을 둘러본 다음 옛날의 장안(長安)이었던 시안(西安)을 구경하고 다시 샹하이(上海)와 홍콩(香港)을 거쳐 귀국하도록 일정이 짜여 있었다. 그리고 나는 국제여행사와 연락을 취하면서 7월 18일 비행기를 타고 카이펑이나 뤄양으로 가서 일행과 다시 합류하기로 되어 있었다.

특히 량샨과 양꾸는 명대의 소설 『수호전(水滸傳)』의 유적이 많은 곳이다. 북송(北宋) 때 송강(宋江)이 기의(起義)했던 량샨에는 산 위에 송강채(宋江寨)의 유지(遺趾)와 충의당(忠義堂) 등이 남아있고, 양산박(梁山泊)에는 아직도 황하(黃河) 물이 들어와 있기는 하나 지금은 도적들이 관군을 피하여 숨을만한 곳이 못되는 곳으로 변해있다 한다. 양꾸(陽谷)에는 『수호전』에 나오는 무송(武松)이 맨손으로 호랑이를 때려잡았다는 경양강(景陽岡)과 무송이 『금병매(金瓶梅)』의 주인공인 돈 후안 서문경(西門慶)을 그 위에서 잡아 아래 땅바닥으로 내 동댕이쳤다는 사자루(獅子樓)가 있다. 샨둥에는 조조(曹操)의 삼부자 중 시를 제일 잘 쓴 조식(曹植)이 샨둥에서 많은 세월을 보냈고, 죽기 전 이삼년 동안 동아왕(東阿王)으로 엔조우에서 지냈다. 우리 일행은 조식의 묘가 근처에 있다는 말을 듣고도 그곳은 들르지 못하였다 한다.

7월 11일

찌난을 출발 비행기로 베이찡에 갔다. 상무인서관(商務印書館) 사람들이 마중 나와 있었다. 나는 그들이 정해준 호텔로 가서 베이찡에 와 있는 제자들에게 전화를 걸고 푹 쉬었다.

7월 12일

　상무인서관에서 나를 초청한 것은 내가 그들이 낸 중국의 보통화(普通話) 규범사전(規範辭典)인 『현대한어사전(現代漢語辭典)』에 약간의 수정을 가하여 우리 나라 동아출판사에서 그것을 출판하기로 계약을 하였기 때문이다. 아침에 상무인서관에 나가보니 『현대한어사전』을 편찬한 중국사회과학원(中國社會科學院) 어언연구소(語言研究所)의 학자들이 나와 있는데, 내가 수정한 내용이 크게 문제가 되고 있었다. 사회과학원 학자들은 자신들이 편찬한 보통화 규범사전에 어떤 누가 멋대로 한 글자인들 수정할 수가 있겠느냐는 것이다. 그들은 이 일을 진행시킨 상무인서관 총경리(總經理)와 편집(編輯)에게 맹렬한 공격을 퍼부었다. 나는 하는 수 없이 꼼작도 못하고 앉아 있다가 끝에 가서 발언권을 얻어 내 입장을 변명하였다. 이 사전에 손을 댄 것은 나인데, 내가 이 사전을 수정했다고 하지만 실은 이렇게 고쳤으면 어떻겠느냐는 시안(試案)을 만든 것이나 같은 셈이다. 왜냐하면 당신들이 승인해주지 않는 이상 수정한 사전을 출판할 수가 없기 때문이다. 흥분을 가라앉히고 돌아가서 당신들끼리 냉정히 검토해본 다음 내 수정안이 근거 없는 부당한 내용이라고 한다면 나도 수정하지 않고 그대로 한국에서 출판하도록 하겠다. 그러나 나의 수정안은 중국어 규범사전으로는 크게 잘못 되었다고 생각되는 점을 고친 것이다. 돌아가서 토의한 다음 결과를 알려주기 바란다고 말하고는 그 자리에서 일어나

회의장을 나와 버렸다. 호텔로 돌아왔으나 마음속으로
는 무척 불안하여 저녁밥도 먹히지 않았다.

7월 13일

　아침 일찍이 중국사회과학원에서 차를 보내와 그것을
타고 사회과학원 어언연구소로 갔다. 어언연구소 방으
로 들어가니 연구소 중요 멤버들이 나와 있다가 박수로
나를 맞아주었다. 마음속의 응어리가 한 순간에 확 풀
리는 느낌이었다. 자기들이 회의를 한 결과 사전의 부
적절한 내용과 표현 등을 지적해주어 매우 고맙게 생각
하며, 자신들도 현재 계획하고 있는 대사전에는 내 수
정방향을 반영시키도록 하겠다는 것이었다. 그리고 베
이하이(北海)의 고전적인 멋진 식당으로 가서 점심 대
접을 받았다. 이 뒤로는 상무인서관에서 자동차도 한
대 내주어 베이찡을 떠나올 때까지 시간이 나는 제자들
을 불러 함께 베이찡 시내와 근교를 누비고 다니면서
놀았다.

　특히 상무인서관 편집(編輯)인 리쓰찡(李思敬) 선생은
북경대학 출신의 학자로 연극 애호가여서 저녁에는 중
국의 전통연극이나 여러 가지 곡예(曲藝)를 볼 수 있도
록 해달라고 부탁하여 그의 승낙을 얻었다.

7월 15일

저녁에는 리쓰찡 선생의 안내로 전문반점(前門飯店)에 있는 이원(梨園)으로 가서 경극(京劇)을 관람하였다. 명 대의 작자를 알 수 없는 『양가장연의(楊家將演義)』를 바탕으로 한 양가장(楊家將)의 무장(武場) 한 토막과 역시 『양가장연의』의 얘기를 소재로 하면서도 내용을 바꿔서 편극한 사랑탐모(四郎探母)를 보았다. 양가장은 송(宋)대의 양씨(楊氏)성의 장수가 4대에 걸쳐 외적을 물리치는데 큰 공을 세운다는 내용의 얘기로 경극뿐만이 아니라 민간의 설서(說書) 등으로도 널리 알려진 얘기 줄거리의 연극이다. 사랑탐모는 양씨 집 7형제 중 넷째 아들이 요(遼)나라의 포로가 된 뒤 그 나라 공주에게 장가들어 잘 살다가 그의 부인의 기지로 적진으로 들어가 꿈에도 그리던 어머니와 형제 장수를 만나고 온다는 얘기여서 재미가 있었다.

베이찡에서 중국의 전통 연극과 곡예(曲藝)를 볼 수 있도록 안내해 준 상무인서관(商務印書館) 편집(編輯) 리쓰찡(李思敬) 선생과 나.

7월 16일

　저녁에는 리쓰찡 선생의 안내로 시내의 전문(前門) 앞
에 위치한 노사차관(老舍茶館)으로 설서(說書)를 중심으
로 한 민간연예를 들으러 갔다. 이 찻집은 문 앞에 인민
의 작가로 칭송되는 소설가로 문화대혁명 때 희생된 라
오셔(老舍)의 흉상이 세워져 있고 그 밑에는 중국작가연
맹(中國作家聯盟)의 주석(主席)이며 유명한 희곡작가인
차오위(曹禺)가 "위대한 인민의 작가 운운"하고 쓴 송사
(頌辭)가 붙어 있다. 라오셔는 중국작가연맹의 부주석을
지냈다. 그에게는 『차관(茶館)』이라는 희곡작품도 있다.
　옛날부터 중국의 도시에서는 우리의 판소리 비슷한
설서를 중심으로 하는 연예가 차관에서 공연되어 왔다.
꽤 넓은 차관 안에는 7, 8 명이 둘러앉을 만한 테이블과
의자가 여러 세트 놓여있고, 손님들이 자리를 잡고 앉
으면 뎬신(點心)이라 부르는 간단한 과자류와 차를 써비
스한다. 손님들은 둘러앉아 차를 마시고 얘기들을 나누
면서 연출을 즐긴다. 중국 사람들은 무대에서 무엇이
연출되고 있든 아랑곳 하지 않고 친구들과 차를 마시며
떠들고 있어서 사회자의 말도 제대로 들리지 않을 정도
였다. 그러나 연출되고 있는 연예의 음악이나 내용을
잘 알고 있어서 적절한 대목에서는 떠들다 말고 갑자기
갈채도 하고 창을 잘할 적에는 앙콜을 요청하기도 하였
다.
　처음에는 우리 나라 판소리와 같은 계열의 민간연예
라 할 설서로 경운대고(京韻大鼓)·금서(琴書)·쾌판(快

板) 등의 연출이 있어 시끄러운 중에도 주의 깊게 들었다. 경운대고는 허베이성(河北省) 농촌에서 목판(木板)으로 절박을 하며 애기를 창하던 목판대고(木板大鼓)가 톈진(天津)·베이찡으로 들어와 개량 발전한 것인데, 대삼현(大三絃)·호금(胡琴) 같은 악기도 반주악기로 쓰이고 있으니 창조가 이상하게 변질되었음이 분명한 것이었다. 리쓰찡 선생 덕분에 공연되고 있는 것이 경운대고이며 창하고 있는 내용은 『삼국지』 애기의 한 토막이라는 것을 알았다. '금서'는 보통 산동금서(山東琴書)라고도 부르며 샨둥 농촌에서 민간 소곡(小曲)을 연이어 창하던 것이라는데, 지금은 반주악기며 창조가 모두 변하고 남쪽 장강(長江) 남북 지방에까지도 유행하고 있다 한다. '금서'는 청중들을 적지 않게 웃기는 내용의 창을 하였다. '쾌판'은 크고 작은 죽판(竹板)으로 절박하면서 창하던 민간연예라는데, 이것도 근래에 들어와 개량 발전되면서 음악이며 창조가 크게 달라졌다. 지금 와서 죽판은 다른 악기의 보조용으로만 간간히 쓰이는 듯하였다. 그러나 '쾌판'을 창한 젊은이는 연달아 앙콜 요청을 받았다. 이어서 경희(京戲)와 지방희(地方戲)의 몇 대목을 한 두 명이 나와 창하였는데, 적진으로 들어가 오래 헤어진 어머니와 형제를 만난다는 사랑탐모(四郎探母)의 한 대목을 부른 남녀의 연예인은 가장 적극적인 호응을 받으면서 앙콜 요청에 몇 번이나 응하였다. 끝에는 입으로 하모니카처럼 불어 연주하는 구금(口琴)과 마술도 보여주었다. 어떻든 중국에 가서도 듣기 쉽지 않은 설서를 들은 것이 무척 기뻤다.

7월 17일

중국학자들과 북경에 와있는 여러 한국교수들을 만났
다.

7월 18일

베이찡 수도기장(首都機場)으로 나가 쌍발 푸로펠러
비행기를 타고 허난성(河南省) 정조우(鄭州)로 갔다. 정
조우에서 다시 뤄양(洛陽)으로 가 호텔에서 일행과 합류
할 예정이었다. 나는 정조우에 내려 비행장 밖으로 나
가 값을 흥정한 다음 택시를 잡아타고 뤄양을 향하여
아스팔트 길을 달려갔다. 뜻밖에도 중도에 저 멀리 우
리 일행이 타고 가는 것 같은 버스를 발견하였다. 곧 그
버스를 추월하고 보니 과연 우리 일행이라 차를 길에
세우고 나도 그 버스로 옮겨 탔다. 나도 일행을 다시 만
나 기뻤지만 모두들 기적적인 재회가 기뻐서 환호성을
올리며 반겨주었다. 저녁에 뤄양에 도착하여 호텔에서
쉬었다.

7월 19일

  아침 일찍이 출발하여 중국의 삼대예술보고라고 하는 뤄양 근교의 용문석굴(龍門石窟)을 찾아갔다. 용문석굴은 이수(伊水)를 따라 1km나 뻗어있고 수많은 석벽과 석굴 안의 크고 작은 불상은 모두 10만 여 개나 된다고 한다. 수많은 조각상 중에는 기악(伎樂)을 하는 사람의 모습을 조각한 것도 끼어있다.

용문의 극남동(極南洞) 석굴에 있는 기악인(伎樂人) 조각.

　이 석굴은 대체로 북위(北魏) 때 조각을 시작하여 수(隋), 당(唐)대에 이루어진 것인데, 간혹 오대(五代)·북송(北宋)에서 청(淸)에 이르는 사이에 조각된 것들도 끼어있다 한다. 특히 북위 때 이룩된 빈양중동(賓陽中洞)·연화동(蓮花洞)·고양동(古陽洞)과 당대에 이룩된 잠계사(潛溪寺)·만불동(萬佛洞)·동산간경사(東山看經寺)·봉선사(奉先寺) 등이 유명하다. 이 중 봉선사는 예술성이 가장 뛰어나는 대표적인 석굴로 알려져 있으며 그 중에는 머리 높이 4m, 귀 길이 1.0m에 전체 높이가 17.14m나 된다는 큰 불상도 있다. 일찍이 시성(詩聖) 두보(杜甫)도 이곳에 와 「용문의 봉선사에 노닐면서(遊龍門奉先寺)」라는 시를 남기고 있다.

이미 스님 좇아 놀고 나서
또 절 경내에 묵으니,
북녘 골짜기에선 영묘한 소리 나고
달빛 아래 숲 속은 맑은 그림자 어지럽네.
하늘 문 같은 용문산은 성좌에 닿아 있는 듯,
구름 속에 누우니 옷이 차가워지네.
잠결에 아침 종소리 들리니
사람으로 하여금 깊은 반성을 하게 하네.

已從招提遊，　更宿招提境.
陰壑生靈籟，　月林散淸影.
天闕象緯逼，　雲臥衣裳冷.
欲覺聞晨鐘，　令人發深省.

뤄양(洛陽) 교외 향산(香山)에 있는 당대 시인 백거이(白居易)의 묘에서, 일행과.

다만 바위 절벽에 빈 틈없이 잘 조각해 놓은 작은 불상들이 거의 모두 머리가 부서져 있어 마음을 아프게 하였다. 어떤 자가 망치를 들고 일부러 때려 부순 듯하였다. 문화대혁명 때 홍위병들의 짓일까?

용문석굴에서 이수를 사이에 두고 강 건너에 바라보이는 산이 향산(香山)이며 거기에는 향산사(香山寺)가 있고, 그곳은 당대의 사회시인 백거이(白居易, 772-846)가 만년에 스스로 향산거사(香山居士)라 호하며 은퇴하여 살았던 곳이다. 그곳에는 백거이를 기념하기 위한 여러 개의 정각(亭閣)과 함께 역대의 서법 명가들의 글씨로 백거이의 시를 새겨놓은 비석 100여 개가 서있는 시랑(詩廊)도 있었다. 향산사 바로 옆에 백거이의 묘가 있는데, 이제껏 본 어떤 사람의 묘보다도 규모도 좋고 보존도 잘 되어 있다고 여겨졌다. 향산은 돌산이라 앞으로 개간할 수도 없을 것이니 백거이의 묘는 영원히 잘 보존될 것 같았다. 그러면 흉악한

돌산이야말로 무덤으로서는 명당이 아닐까? 만년에 백
거이가 향산에서 지은 「향산피서(香山避暑)」라는 시를
소개한다.

유월 여울물 소리는 사나운 빗소리 같고
향산의 누각 북쪽에는 문창(文暢) 스님 계신 방이 보
　　이네.
밤은 깊었는데 일어나 난간에 기대어 서니
귀 가득 졸졸 물소리요, 얼굴 가득 시원함일세.

六月灘聲如猛雨, 香山樓北暢師房.
夜深起凭欄干立, 滿耳潺湲滿面凉.

돌아오는 길에는 관우(關羽)의 무덤이 있는 관림(關
林)을 거쳤다. 관묘(關廟)에는 무엇을 빌러 온 사람들이
많았고, 작은 산 같은 관우의 묘에는 사람들이 멋대로
올라가 짓밟고 있었다.
오후에는 거의 알아볼 수도 없게 된 한(漢)·위(魏) 시
대의 성지(城址)를 둘러보고 불교가 들어온 뒤 정부에서
지은 중국 최초의 절이라는 백마사(白馬寺)를 구경하였
다. 불교는 서한(西漢) 말엽에 중국에 수입되었지만, 동
한(東漢)으로 들어와 황제들도 불교에 끌리기 시작하여
서기 68년에 칙명으로 지은 절이라 한다. 천축(天竺, 인
도·파키스탄)의 불승들이 실크로드를 따라 들어와 이
곳에서 불경을 강설도 하고 중국 글로 번역도 하였다.
건물은 대부분 최근에 수건(修建)한 것 같았다. 특히 뒤
편의 동한 명제(明帝)가 피서하며 독서했다는 청량대(淸

凉臺)가 인상적이었고 24m 높이의 탑이 매우 정교하였다. 박물관도 견학하고 돌아왔다.

7월 20일

조반 후 뤄양을 출발 시안(西安)으로 갔다. 오랜 중국의 수도였던 곳이라 볼 곳이 상당히 많다. 성문들을 돌아본 다음 현장법사(玄奘法師)와 연이 깊은 대자은사(大慈恩寺)와 대안탑(大雁塔) 등을 구경하였다. 당대의 시인 두보(杜甫)와 고적(高適)에게 「제공과 자은사탑에 올라(同諸公登慈恩寺塔)」라는 시가 있다.

7월 21일

　신석기시대 앙소문화(仰韶文化)를 대표하는 반파원시인유적지(半坡原始人遺跡地)를 찾아갔다. 반파의 원시인 거주지는 면적이 5만 평방m가 넘는다는데 박물관으로 잘 정리 전시되고 있었다. 특히 원시생활의 여러 가지 유적들이 환상적이었고 그중에서도 도기의 도문(陶文)이 인상적이었다. 그리고 여산(驪山) 기슭의 산처럼 큰 진시황릉(秦始皇陵)을 거쳐 진용박물관(秦俑博物館)에 가서 유명한 병마용(兵馬俑)과 동거마(銅車馬) 등을 구경하였다. 그리고 머지않은 곳에 있는 천하의 절색인 양귀비(楊貴妃)가 목욕하여 유명한 온천장인 화청지(華淸池)와 화청궁(華淸宮)을 구경하였다. 당 현종(玄宗)이나 양귀비의 유적보다도 서안사변(西安事變) 때(1936) 장찌에스(蔣介石)가 장쉐량(張學良)에게 구금되어 지내던 방이 그대로 보존되어 있었다. 이백(李白)도 43세 때 장안으로 와 한림공봉(翰林供奉) 벼슬을 할 때 이곳에 와서 「시종하여 놀러 와 온천궁에 묵으면서 지음(侍從遊宿溫泉宮作)」이란 시를 남기고 있다.

금위군(禁衛軍)의 열두 장수가
성좌처럼 늘어서서 호위(護衛)를 하니,
서릿발 같은 의장(儀仗)에는 가을 달이 걸려있고
무지개무늬 깃발에는 밤 구름이 말리네.
엄중한 야경(夜警)으로 많은 집들이 조용하고
맑은 음악만이 하늘로부터 들려오네.

해가 떠서 바라보니 상서로운 기운이
자욱이 성군 계신 곳 감돌고 있네.

羽林十二將, 羅列應星文.
霜仗懸秋月, 霓旌卷夜雲.
嚴更千戶肅, 淸樂九天聞.
日出瞻佳氣, 叢叢繞聖君.

　시선(詩仙)도 바로 다음 해면 자신이 조정으로부터 쫓
겨나게 될 줄을 모르고 천자를 따라 화청궁에 와서 의
기가 양양했던 것이다.
　오후에는 문묘(文廟)였던 섬서성박물관(陝西省博物
館)의 비림(碑林)을 비롯한 엄청난 진열품을 감상하고,
옆 건물에 전시되고 있는 실크로드 유품전(遺品展)도 눈
을 크게 뜨고 구경하였다. 다시 교외로 먼지가 이는 길
로 나가 차를 달려 많은 문인들이 찾아와 시를 지은 향
적사(香積寺)를 찾아갔다. 당대의 자연시인 왕유(王維,
699-761)의 「향적사를 찾아가다(過香積寺).」라는 시를
소개한다.

　향적사는 있는 곳 알지도 못하고
　몇 리 길을 걸어 구름 덮인 산봉우리로 들어가네.
　고목 속에 사람 다닌 길이란 없는데
　깊은 산 어디에선가 종소리 들려오네.
　샘물 소리 높은 바위 밑에서 흐느끼듯 나고
　해 빛은 푸른 소나무에 차게 비치고 있네.
　해질 무렵 고요한 연못 구비에서

좌선하는 스님이 독룡을 제압하고 계시네.

不知香積寺, 數里入雲峯.
古木無人逕, 深山何處鐘?
泉聲咽危石, 日色冷靑松.
薄暮空潭曲, 安禪制毒龍.

마치 해탈(解脫)의 구도(求道) 과정을 읊은 것 같은 시이다. 이 시만 보아도 옛날에는 이 절이 나무가 우거진 산 속에 있었고 절 밑 골짜기에는 맑은 물이 흐르고 있었음을 알 수 있다. 두보(杜甫)의 「부성현향적사관각시(涪城縣香積寺官閣詩)」에서는 "절 아래에는 봄 강물이 깊은 데 흐르지도 않는 듯하다.(寺下春江深不流.)"고 읊고 있다. 지금은 산도 멀고 물도 보이지 않는다.

7월 22일

시안을 떠나 상하이(上海)로 가서 중국 현대소설의 대가인 루쉰(魯迅)을 기념하는 공원의 루쉰의 묘와 기념관을 둘러보고 나와 다시 루쉰이 살던 집, 황포(黃浦) 공원·송경령(宋慶齡) 고거(故居)·손문(孫文) 고거·주은래(周恩來) 고거·복단대학(復旦大學) 등을 둘러보고 7월 24일 무사히 귀국하였다.

❀ 2002년 10월 2일부터 2003년 2월까지(연장 전시) 국립민속박물관에서 한중수교 10주년을 기념하기 위하여 필자가 수집한 중국 탈의 기증전이 열렸을 적의 포스터 및 안내책자와 기념 사진첩의 표지.

꒰☯꒱ 꾸이조우(貴州)의 안순(安順)의 탈춤 지희(地戲)를 추는 모습. 대구대 박진태 교수가 찍음.

✿ 필자가 수집한 꾸이조우(貴州) 지방의 탈 일부

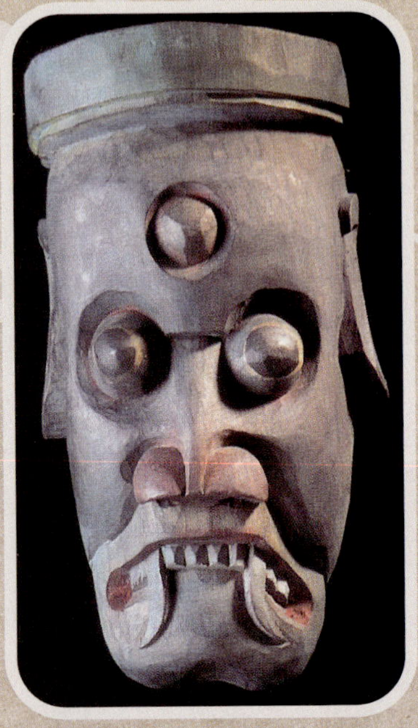

✿ 쓰추안에서 필자가 수집한 도십이상(跳十二相) 탈의 일부.

8. 중국 탈의 수집 경위

본인은 한국중국희곡학회(韓國中國戱曲學會) 회장으로 있으면서 1993년에 학회 회원들을 중심으로 하여 중국의 희곡문물(戱曲文物)과 각 지방의 전통연극 및 민간연예를 탐사하려고 중국 여행에 나섰다. 제1차는 베이찡(北京)을 거쳐 샨시(山西)로 가서 그곳의 희곡문물과 지방희를 구경하고 시안시(陝西) 서안(西安)을 돌아본 뒤 귀국한다는 여정이었다. 그때 우리의 탐사 여행에 함께 참가하며 적극적으로 도와준 이가 중국의 나희학회(儺戱學會) 회장인 취류이(曲六乙) 선생이었다.

본인은 중국의 학자들이 나희에 대하여 전혀 관심도 갖지 않고 있던 1963년에 「나례(儺禮)와 잡희(雜戱)」를 비롯하여 여러 편의 논문을 발표하여, 그 일부는 대만과 일본에서 중국어와 일본어로 각각 번역 또는 소개되어 있었음으로, 곡 선생은 본인에 대하여 큰 관심을 갖고 있었다. 따라서 자연이 그분과 나 사이의 대화중에는 중국의 탈놀이가 자주 화제가 되었다. 그리고 실지로 중국희곡 탐사여행을 하면서도 그때 중국에 행해지

탈춤 차오가이(曹蓋)를 추는 모양.

고 있는 탈놀이와 탈에 대하여도 계속 관심을 갖고 살 피게 되었다.

다시 1995년에는 실지로 중국민간에 연출되고 있는 연희(演戱)와 나희를 보려는 욕심에서 음력설을 끼고 샹 하이(上海)와 난찡(南京)을 거쳐 쓰추안(四川)으로 갔다. 청두(成都)에서는 쓰추안의 나희연구로 유명한 위이(于 一) 선생이 우리를 맞아주어, 그 지방 나희의 연출 실황 에 대한 많은 정보를 얻었다. 청두에선 먼저 사천박물 관(四川博物館)에 전시되고 있는 쓰추안 꽝한현(廣漢縣) 산싱투이(三星堆)에서 출토된 은상(殷商)대의 커다란 청 동가면(靑銅假面)을 비롯한 여러 개의 신면(神面)과 근 래의 쓰추안 지방 나희에 쓰이는 몇 종류의 탈을 직접 보고 중국 탈과 탈놀이에 대한 적지 않은 새로운 지식 을 얻었다.

다시 그곳의 지방희인 유명한 천극(川劇)의 공연을 두 어 차례 관람하고는 다시 멘양(綿陽)시를 거쳐 검각(劍閣)으로 향하는 옛 촉도(蜀道)를 버스로 세 시간이나 거 슬러 올라가 즈통(梓潼)의 작은 마을에 도착하여 그곳 신묘(神廟)에서 연출되는 괴뢰희(傀儡戲)가 나오는 탈놀 이인 재동양희(梓潼陽戲)를 구경하였다. 언덕 위 신묘 아래쪽 정문 문루에 희대(戲臺)가 마련되어 있어 신은 정전(正殿)의 신위(神位)에서 편히 앉은 채로 놀이를 감 상하고, 비탈진 신위와 정문 사이의 넓은 공간인 맨바 닥이 관객석이었다. 1000명도 넘을 근처 마을 농민들 관객 속에 끼어 위이 선생의 설명을 들으며 신묘한 중 국탈놀이에 빠져들었는데, 특히 투박하게 나무를 깎아 만든 그 지방 탈의 모습이 무척 마음을 끌었다. 이 날 위이 선생에게 부탁하여 그 지방의 나무를 깎아 만든 탈을 몇 개 구하고는 중국 탈에 매료되어 좀 더 적극적 으로 중국 탈을 수집해 보려는 마음이 들었다. 다시 여 러 중국 친구들에게 중국 각 지방의 나무 탈을 모아 달 라고 부탁하였다.

뒤에 베이찡에서 열리는 학회에 참석했다가 그 때 베 이찡에서 열리고 있던 『중국나희면구전(中國儺戲面具 展)』을 취류이(曲六乙) 선생과 함께 관람한 일이 있다. 그 전람회를 구경하고 나와서 나는 취 선생에게 이 탈 들을 한국으로 가져다 전람회를 열었으면 좋겠다는 뜻 을 알리었다. 취 선생은 즉시 기회가 닿는 대로 한국전 시를 추진해보자는 대답을 하였다. 이때 나는 취 선생 에게 다만 지금 전시되고 있는 것들을 보면 중국의 나

필자가 수집한 찌앙시(江西) 난펑(南豊)지역 탈놀이에 쓰이는 여러가지 탈

희 규모에 비하여 수집된 가면의 수도 너무 적고 수집한 지역도 일부에 지나지 않아 불만이란 말을 하였다. 그러자 자신도 중국의 탈 수집에 협조해 줄 터이니 당신 스스로 시작한 탈 수집을 보다 적극적으로 진행시키어 한국에서 전시를 할 적에는 당신의 수집품을 기초로 하고 부족한 것은 자기가 보조하여 수량이나 지역 안배에 있어서도 불만이 없도록 하겠다는 제의를 하였다.

나 자신도 그때부터 중국의 어느 지방을 가든 적극적으로 탈을 모으기 시작하였다. 그리고 탈이 입수되는 대로 그 탈이 나온 곳과 무슨 탈놀이에 어떤 역할을 하는 사람이 쓰는 탈인가를 자세히 기록하도록 하였다. 나희 탈의 제작방법을 전승 받은 사람이 있는 귀주(貴州) · 호남(湖南) 같은 곳에서는 그곳의 장인에게 부탁하여 탈을 새로 만들기도 하였다. 그 뒤에도 중국에 가서 그들이 개최하는 나희면구(儺戱面具) 전시회를 두어 번 보았는데, 모두 수량이 수십 개 정도여서 본인도 잘해야 그 정도 이상은 넘지 못할 것으로 알았다.

그러나 시간이 흐르면서 기대 이상의 수량이 모이는 데에는 본인 자신도 놀랐다. 그 사이 쓰추안(四川) · 꾸이조이(貴州) · 후난(湖南) · 찌앙시(江西) 각 성을 중심으로 하여, 꽝시(廣西) · 안휘이(安徽) · 윤난(蕓南) · 시안시(陝西) · 샨시(山西) · 시짱(西藏) · 후베이(湖北) · 네이멍구(內蒙古) 등 각 지방의 탈 280여개가 수집되었다.

이제는 아무리 돈을 쓴다 하더라도 이처럼 중국 각 지방의 탈을 모을 수는 없을 것이다. 모은 탈을 반출할 적에도 중국의 관련기관에서 협조를 해 주었는데 이제는

꾸이조우의 탈춤
추오타이찌(撮泰吉)의 공연 모습.

그런 협조도 불가능하여 탈을 반출할 수도 없을 것이
다.

그 뒤로 취류이 선생과 의논하였던 중국 나희 탈의 한
국전시는 실행할 기회를 잡지 못하고 있었다. 그러나
내가 수집한 탈의 수량이 300개에 육박하고 보니, 이제
는 여기에 있는 탈 만을 가지고도 실제로 중국 전체의
탈놀이를 전반적으로 설명할 자료가 될 것으로 여겨졌
다. 그리고 이 탈들의 도록(圖錄)을 내기만 하면 중국에
서 이미 나온 나희와 탈에 관한 어떤 화책(畵册)이나 도
록보다도 광범하고 다양한, 중국 나희를 이해하는데 큰
도움이 될 책이 되리라 생각되었다.

다만 이 탈의 보존과 활용방안이 큰 문제였다. 처음

에는 다행히도 서울대 인문대 건물의 쓰지 않는 작은 공간을 한 곳 빌리어 탈의 보관 장소로 썼다. 그러나 언제까지나 그런 상태로 둘 수가 없어서 서울대 박물관에 몇 년 뒤 수집이 일단 완료되면 기증을 하겠다는 뜻을 전하였다. 박물관장은 이 제의를 흔쾌히 승낙하고 우선 탈의 사진부터 찍겠다고 하였다. 곧 박물관 직원을 보내어 탈을 10여 개씩 박물관으로 가져가 사진을 찍는데, 직원들이 헌 사과 상자를 들고 와 탈을 아무렇게나 담아가지고 가서 사진을 찍은 다음 가져오는데 탈의 섬세한 조각이며 색칠이 적지 않게 손상이 되었다. 사과 상자 바닥에 떨어져있는 탈에서 떨어진 조각들을 보니 가슴이 아팠다. 게다가 박물관에 알아보니 사진을 찍는 사람도 전문가가 아니어서 찍은 사진이 형편없었다. 나는 직접 탈을 잘 다루어줄 것을 요구하고 또 탈 창고를 관리하던 학생도 몇 번 항의를 했는데, 그들의 탈을 다루는 방법은 조금도 달라지지 않았다. 이에 나는 그들에게 탈을 맡겼다가는 보존은 커녕 얼마 못가 다 쓰레기가 되고 말겠다는 생각이 들어 사진 찍는 일을 중단시켰다. 따라서 기증계획도 함께 취소되었다.

1999년 직장에서 정년퇴직을 하고 나니 탈의 보관이 더욱 문제가 되었다. 이 탈들을 보관해줄 곳을 수소문한 끝에 우리의 국립민속박물관을 찾아내었다. 국립민속박물관에서는 우선 그것을 전시해주고 도록을 만들어주겠다고 하였다. 무엇보다도 그들은 탈을 다루는 방법이 달랐다. 그들은 탈을 가지러 올 적에 거기에 맞는 오동나무 상자와 한지 및 광목을 갖고 와서 먼저 탈을 한지와 광목으로 잘 싼 다음 그것을 나무상자에 담았다. 나는 무상으로 기증을 하면서도 이 탈들이 주인을 제대로 만났구나 하고 내심 기뻤다.

2002년에 수집한 탈들을 모두 기증하고, 목표대로 전시회를 개최하고 전시 도록을 출간하게 되었다. 이때의 전시회는 한중수교 10주년을 기념한다는 뜻이 있었고 본시 예정된 전시기간은 2002년 10월 2일부터 12월 9일까지였으나 관람객이 몰리어 전시를 다음해 2월까지 연장할 정도로 전시회는 성공적이었다.

그때 출간된 도록이 '신의 표정 인간의 몸짓'이란 부제가 붙은 『중국탈- 김학주 교수 기증전』(국립민속박물관, 2002년)이란 책이다. 이 도록만으로도 중국의 나희를 이해하는 데에 편리한 도움이 되리라 여겨진다.

중국의 나희는 오랜 동안 일반사람들에게서 잊혀지고 오직 일부 오지의 외진 고장의 민간에만 전승되어 온 것이다. 개중에는 이미 경희의 영향을 받아 본시의 탈놀이로부터 멀어진 것들도 있다. 그러나 이 나희 속에는 아직도 진정한 중국의 전통연극의 모습이 담기어 있다. 중국의 전통연극은 남송(南宋) 이후 이민족(異民族)의 지배 아래 갑자기 변질되기 원(元) 잡극(雜劇)에서 명(明) 전기(傳奇)·청(淸)대의 경희(京戲)와 지방희(地方戲)에 이르는 이른바 대희(大戲)로 변한다. 연극의 개념뿐만이 아니라 연극 음악·무용·의상·화장 및 반주악기 등이 모두 크게 달라진 것이다.

남송 이전의 중국의 전통연극이란 탈놀이가 중심이

된 가무희(歌舞戲)였다. 곧 중국의 전통 연극 중에서 가
장 대표적인 것이 탈놀이였다. 중국나희학회장인 취류
이 선생이 중국의 나희는 "중국문화의 살아있는 화석
(活化石)"이라 한 것도[1] 그 때문이다. 그리고 1987년 가
을에 열린 귀주민족민간나희면구전(貴州民族民間儺戲
面具展)을 처음 관람한 당시 중국문련(中國文聯)의 주석
(主席)이었던 희곡작가 조우(曹禺, 1910-1997)는 "기적
이다! 만리장성이 우리의 기적이라면 나희도 우리의 기
적이다. 중국에 또 하나의 기적이 있게 된 것이다. 이
전람회를 보고 나서 나는 중국의 희극사(戲劇史)는 다시
써야 한다고 생각하게 되었다."[2]고 말하고 있다. 이를
계기로 오지에서 새로 발견된 중국의 나희 연구열이 고
조되기 시작한다.

따라서 이 나희의 탈은 참된 중국의 전통 공연문화와
더 나아가서는 진실한 중국의 전통문화를 이해하는 데
에도 큰 도움이 될 것이다. 도록의 사진 해설이나 각 탈
의 설명에 있어서도 중국 탈놀이의 전반적인 성격을 파
악할 수 있게 하려는 배려 아래 집필되고 있다. 그리고
우리 나라 여러 곳에 전해지던 탈놀이의 문화적인 성격
을 이해하는 데에도 적지 않은 참고가 될 것으로 믿는
다. 그러나 중국 나희 발전의 발자취를 드러내고 각 지
방 나희의 성격을 설명한다는 면에서 약간의 불만을 느
끼고 있었다. 이에 다시 내가 수집한 중국 탈 하나하나

---

1) 曲六乙 「中國儺戲的 '活化石' 價値」(人民日報, 1986. 8).
2) 廣修明 「中國文化發掘展覽與硏究成果及意向」에서 인용.

에 대하여 보다 자세히 설명을 하면서 중국 나희의 각 지방 연출 실태를 이해하고 중국 각지의 나희의 특성을 알게 하려는 뜻에서 다시 각지의 탈 사진과 탈놀이 실황 사진을 첨부하여 새로운 책을 편찬할 예정이다. 국립민속박물관에 소장된 중국 나희 탈들을 뒤에 보존하고 연구하는 데에 도움을 주려는 뜻도 담겨 있다.

끝으로 이 탈들을 모는 데 협력해준 여러 중국 친구들과 우리 한국중국희곡학회의 회원 여러분, 특히 여러 차례의 중국희곡 탐사여행을 함께 한 회원 여러분의 도움에 깊이 감사를 드린다. 그리고 우리의 민속을 보다 높은 차원에서 올바로 이해할 수 있도록 하기 위하여 우리 주변 나라들의 민속자료에까지 관심을 기울이어 중국 나희 탈의 전시회를 개최하고 도록을 출간해 준 우리 국립민속박물관 직원 여러분들의 노고에 경의를 표한다.

2006. 1. 3.

－중국회곡연예답사기(中國戲曲演藝踏査記)－

중국의 전통연극과 희곡문물·
민간연예를 찾아서

초판 인쇄 : 2007年　4月　10日
초판 발행 : 2007年　4月　16日
저　자 : 김학주
발행자 : 김동구
발행처 : 명문당(1926. 10. 1 창립)
서울특별시 종로구 안국동 17~8
대체 010041-31-001194
Tel　(영) 733-3039, 734-4798
　　　(편) 733-4748　Fax　734-9209
Homepage : www.myungmundang.net
E-mail : mmdbook1@myungmundang.net
등록 1977.11.19. 제1~148호

• 낙장 및 파본은 교환해 드립니다.
• 불허복제
값 15,000원
ISBN 978-89-7270-850-6 93820